dtv

Jenseits des häßlichen Entleins und der kleinen Meerjungfrau hat Hans Christian Andersen weitere, aberwitzige bis unheimliche Märchen erfunden. Nicht wirklich für Kinder geschrieben, erschließt sich der raffinierte, tiefere Sinn oftmals erst und nur dem Erwachsenen. Andersen kombiniert Mythen- und Sagenstoffe mit Alltagsgeschehnissen aus der Zeit der industriellen Revolution. So entstehen phantastische Geschichten, in denen der zeitlebens unter seiner körperlichen Unattraktivität und Hypochondrie leidende Andersen zum Teil seine persönlichen Probleme beim Schreiben verarbeitet. Sein sprachlich subtiler Humor mit einer Portion (Selbst-)Ironie, aber auch die Resignation, für die der Däne bekannt ist, werden in den ›Schrägen Märchen‹ auf die Spitze getrieben. Dabei läßt es der Dichter mit staatlichem Gehalt bei moralischen und gesellschaftlichen Themen gehörig rumoren.

Hans Christian Andersen wurde 1805 als Sohn eines Schuhmachers in Odense geboren. Als Kind liebte er Puppenspielen und Bücher. Um Schauspieler zu werden, ging er mit vierzehn Jahren nach Kopenhagen. Wohlwollende Gönner ermöglichten ihm Schulausbildung und Universitätsstudium. Den Durchbruch brachten Andersen seine Märchen nicht in der Heimat, sondern 1835 in Deutschland. Zahlreiche Reisen machten ihn in ganz Europa berühmt. Er starb 1875 in Kopenhagen.

Hans Christian Andersen

Schräge Märchen

Ausgesucht und aus dem
Dänischen übertragen von
Heinrich Detering

Mit einem Essay
von Michael Maar

Deutscher Taschenbuch Verlag

Dezember 2002
2. Auflage März 2003
Deutscher Taschenbuch Verlag GmbH & Co. KG,
München
www.dtv.de

Umschlagkonzept: Balk & Brumshagen
Umschlagbild: ›Sky Boat Train‹ von Dan Brecken
Gesetz aus der Bembo 10/12'
Gesamtherstellung: Druckerei C. H. Beck, Nördlingen
Gedruckt auf säurefreiem, chlorfrei gebleichtem Papier
Printed in Germany · ISBN 3-423-20584-9

Inhalt

Der Schreiber

Es hatte ein Mann ein Amt, in dem äußerlich schön geschrieben werden sollte; für das Amt taugte er, aber schöne Buchstaben konnte er nicht schreiben, und so suchte er in der Zeitung nach einem, der schön schriebe, und es meldeten sich so viele, daß ihre Namen einen ganzen Kübel füllen konnten. Einer konnte es so gut machen wie der andere, und so nahm der Mann den Erstbesten, aber mit einer Handschrift, die die geborene Schönheits-Schreibmaschine verriet. Der Mann mit dem Amt besaß Geist zum Schreiben, und als nun das Geschriebene mit flotten Buchstaben dastand, da sagten alle Leute: das ist reizend geschrieben. »Das habe ich getan«, sagte der Bursche, der einen halben Schilling wert war, und als er das eine ganze Woche lang sagen hörte, da wurde er hochmütig und wollte selber der Mann mit dem Amt sein. Er hätte wirklich einen guten Schreiblehrer abgeben können und gut dabei ausgesehen mit weißem Halstuch zur Teegesellschaft; aber er wollte nun alle anderen Schreiber in Grund und Boden schreiben, und er schrieb über Maler und Bildhauer, über Dichter und Leute, die Musik machen, er schrieb einen gewaltigen Unsinn, und wenn es gar zu schlimm gegangen war, dann schrieb er am nächsten Tag, daß es ein Druckfehler war. Alles was er schrieb war ein Druckfehler, und im Druck, das war das Unglück, konnte man ja nicht die schöne Handschrift sehen, die bei ihm die Hauptsache war. Ich kann zerschmettern, ich kann erheben, ich bin ein rechter Teufelskerl, so ein kleiner Herrgott, und nicht mal ein gar so kleiner! Das war nun Papperlapapp, und daran starb er, und es wurde erzählt, ach was für ein trübseliges Märchen zum Ausschmücken! von einem seiner Freunde, der Märchen schreiben konnte – aber seine Lebensgeschichte, ritsch, ratsch, – patsch, wurde beim besten Willen ein schlechtes Märchen.

Der Schatten

In den heißen Ländern, da kann die Sonne allerdings brennen! Die Leute werden ganz mahagonibraun; ja in den allerheißesten Ländern werden sie zu Negern gebrannt, aber es waren nun bloß die heißen Länder, in die ein gelehrter Mann aus den kalten gekommen war; da glaubte er nun genauso herumlaufen zu können wie zu Hause, na das wurde ihm schleunigst abgewöhnt. Er und überhaupt alle vernünftigen Leute mußten drinnen bleiben. Fensterläden und Türen blieben den ganzen Tag geschlossen; es sah aus, als ob das ganze Haus schliefe oder niemand daheim wäre. Die schmale Straße mit den hohen Häusern, in der er wohnte, war nun auch so gebaut, daß das Sonnenlicht von morgens bis abends darauf lag, es war wirklich nicht zum Aushalten! – Der gelehrte Mann aus den kalten Ländern, es war ein junger Mann, ein kluger Mann, er glaubte, er säße in einem glühenden Ofen; das griff ihn an, er wurde ganz mager, selbst sein Schatten schrumpfte ein, der wurde viel kleiner als zu Hause, die Sonne griff auch ihn an. – Erst am Abend, wenn die Sonne sich neigte, lebten sie auf.

Es war ein richtiges Vergnügen, das mitanzusehen; sobald das Licht in die Stube hereingebracht wurde, streckte der Schatten sich die ganze Wand hinauf, ja sogar bis unter die Decke, so lang machte er sich, er mußte sich strecken, um wieder zu Kräften zu kommen. Der Gelehrte ging auf den Balkon hinaus, um sich dort zu strecken, und wenn dann die Sterne in der herrlichen klaren Luft zum Vorschein kamen, da war es ihm, als erwachte er wieder zum Leben. Auf allen Balkonen in der Straße – und in den warmen

Ländern hat jedes Fenster einen Balkon – kamen die Leute hervor, denn Luft muß man haben, selbst wenn man daran gewöhnt ist, mahagonibraun zu sein. Da wurde es so lebendig oben und unten. Schuhmacher und Schneider, alle Leute zogen auf die Straße hinaus, Tisch und Stuhl kamen ins Freie, und das Licht brannte, ja über tausend Lichter brannten, und der eine erzählte und der andere sang, und die Leute gingen spazieren, die Wagen fuhren, die Esel gingen: klingelingeling! denn sie tragen Glöckchen; mit feierlichem Gesang wurden Leichen begraben, die Straßenjungen schossen mit Knallfröschen, und die Kirchenglokken läuteten, ja es ging weiß Gott lebhaft zu unten auf der Straße. Nur in dem einen Haus, das genau dem gegenüber lag, in dem der fremde, gelehrte Mann wohnte, war es ganz still; und doch wohnte da jemand, denn es standen Blumen auf dem Balkon, die wuchsen so herrlich in der Sonnenhitze, und das konnten sie nicht, wenn sie nicht gegossen wurden, und jemand mußte sie ja gießen; es mußten Leute dasein. Die Tür da drüben wurde auch geöffnet, später am Abend, aber drinnen war es dunkel, zumindest im vorderen Zimmer, tiefer drinnen erklang Musik. Der fremde, gelehrte Mann fand sie ganz unvergleichlich, aber natürlich war es auch gut möglich, daß er sich das bloß einbildete, denn er fand alles unvergleichlich da draußen in den warmen Ländern, wenn nur die Sonne nicht gewesen wäre. Der Wirt des Fremden sagte, daß er nicht wüßte, wer das Haus des Nachbarn gemietet hätte, man sah ja keine Leute, und was die Musik anbetraf, die fand er grauenhaft langweilig. »Das ist, als ob einer dasäße und ein Stück übte, mit dem er nicht fertig wird, immer dasselbe Stück. ›Ich schaffe es doch noch!‹ sagt er wohl, aber er schafft es doch nicht, so lange er auch spielt.«

Eines Nachts erwachte der Fremde, er schlief bei offener Balkontür, die Gardine davor hob sich im Wind, und es schien ihm, als käme ein seltsamer Glanz vom Balkon gegenüber, alle Blumen leuchteten wie Flammen in den herrlichsten Farben, und inmitten der Blumen stand eine schlanke, liebliche Jungfrau, es war, als ob auch sie leuchtete; es brannte ihm wirklich in den Augen, er riß sie nun auch so entsetzlich weit auf und kam gerade aus dem Schlaf; mit einem Satz war er auf dem Fußboden, ganz sachte trat er hinter die Gardine, aber die Jungfrau war fort, der Glanz war fort; die Blumen leuchteten kein bißchen, sondern standen anständig da, wie immer; die Tür war angelehnt, und tief drinnen erklang die Musik so weich und schön, daß man sich dabei richtig in süßen Gedanken verlieren konnte. Das war doch wie Zauberei, und wer wohnte da? Wo war der richtige Eingang? Das ganze Erdgeschoß war nur Laden an Laden, und da konnten die Leute ja wohl nicht immer durchlaufen.

Eines Abends saß der Fremde draußen auf seinem Balkon, drinnen in der Stube hinter ihm brannte das Licht, und da war es ja ganz natürlich, daß sein Schatten auf die Wand des Nachbarhauses hinüberging; ja, da saß er genau gegenüber zwischen den Blumen auf dem Balkon, und wenn der Fremde sich bewegte, dann bewegte der Schatten sich auch, denn das machen sie so. –

»Ich glaube, mein Schatten ist das einzig Lebendige, was es da drüben zu sehen gibt!« sagte der gelehrte Mann. »Sieh wie hübsch er zwischen den Blumen sitzt, die Tür ist nur angelehnt, jetzt müßte der Schatten so schlau sein, daß er hineinginge, sich umsähe, und dann käme und mir erzählte, was er gesehen hat! Ja du könntest dich mal etwas nützlich machen!« sagte er im Spaß: »Bitte sehr, hineinspaziert! na! gehst du?« und dann nickte er seinem Schatten zu, und der Schatten nickte zurück. »Na dann geh, aber bleib nicht weg!« und der Fremde erhob sich, und sein Schatten drüben auf dem Nachbarbalkon erhob sich auch; und der Fremde wandte sich um, und der Schatten wandte sich auch um; ja wenn jemand richtig aufgepaßt hätte, dann hätte er deutlich sehen können, daß der Schatten zur halboffenen Balkontür des Nachbarn hineinging, gerade als der Fremde in sein Zimmer trat und die lange Gardine hinter sich fallen ließ.

Am nächsten Morgen ging der gelehrte Mann aus, um Kaffee zu trinken und die Zeitungen zu lesen. »Was ist denn das?« sagte er, als er in den Sonnenschein hinaustrat, »ich habe ja keinen Schatten! dann ist er also gestern abend wirklich gegangen und nicht wiedergekommen, das ist doch höchst verdrießlich, ist das doch!«

Und das ärgerte ihn, aber nicht so sehr, weil der Schatten fort war, sondern vielmehr, weil er wußte, daß es da eine Geschichte gab von einem Mann ohne Schatten, die kannten ja alle Leute daheim in den kalten Ländern, und wenn nun der gelehrte Mann ankam und seine eigene erzählte, dann würden sie sagen, daß er herging und nachahmte, und das hatte er nicht nötig. Er wollte deshalb gar nicht davon reden, und das war vernünftig gedacht.

Am Abend ging er wieder auf seinen Balkon hinaus, das Licht hatte er ganz richtig hinter sich gestellt, denn er wußte, daß ein Schatten immer seinen Herrn als Schirm haben möchte, aber er konnte ihn nicht locken; er machte sich klein, er machte sich groß, aber es war kein Schatten da, es kam auch keiner; er sagte: hm! hm! aber das half nicht.

Ärgerlich war das, aber in den warmen Ländern wächst ja doch alles so schnell, und als acht Tage um waren, stellte er zu seinem großen Vergnügen fest, daß ihm ein neuer Schatten aus den Beinen herauswuchs, wenn er in die Sonne kam, die Wurzel mußte steckengeblieben sein. Nach drei Wochen hatte er einen ganz akzeptablen Schatten, der, als er sich nun nach Hause in die nördlichen Länder begab, während der Reise beständig wuchs, so daß er zuletzt so lang und so groß war, daß die Hälfte gereicht hätte.

So kam der gelehrte Mann nach Hause, und er schrieb Bücher über das Wahre in der Welt, über das Gute und über das Schöne, und es vergingen Tage und es vergingen Jahre; und es vergingen viele Jahre.

Da sitzt er eines Abends in seiner Stube, und da klopft es ganz sacht an die Tür.

»Herein!« sagte er, aber es kam niemand; dann öffnete er selber, und da stand vor ihm ein so überaus magerer Mensch, daß ihm ganz wunderlich zumute wurde. Übrigens war der Mensch ausgesprochen fein angezogen, es mußte ein vornehmer Mann sein.

»Mit wem habe ich die Ehre?« fragte der Gelehrte.

»Ja das dachte ich mir«, sagte der feine Mann, »daß Sie mich nicht erkennen würden! ich bin so sehr Körper geworden, ich habe ordentlich Fleisch und Kleidung angesetzt. Sie haben wohl nie gedacht, daß Sie mich einmal in dieser Verfassung sehen würden. Erkennen Sie Ihren alten Schatten nicht wieder? Ja Sie haben sicher angenommen, ich würde niemals zurückkehren. Mir ist es ausgesprochen wohl ergangen, seit ich zuletzt bei Ihnen war, ich bin in jeder Hinsicht vermögend geworden! wenn ich mich von meinem Dienst freikaufen soll, dann kann ich's!« und dann rasselte er mit einem ganzen Bündel kostbarer Siegel, die an seiner Uhr hingen, und er steckte seine Hand in die dicke Goldkette, die er um den Hals trug; nein, wie da alle Finger vor Diamantringen glitzerten! und es war Wirklichkeit, das Ganze.

»Nein, ich kann mich gar nicht beruhigen!« sagte der gelehrte Mann, »was ist das nur alles!«

»Ja, etwas Gewöhnliches jedenfalls nicht!« sagte der Schatten, »aber Sie gehören ja selbst nicht zu den Gewöhnlichen, und ich, das wissen Sie ja, bin von Kindesbeinen an in Ihre Fußstapfen getreten. Sobald Sie der Ansicht waren, ich sei alt genug, um allein in die Welt hinauszugehen, ging ich meiner eigenen Wege; ich befinde mich in den allerbrillantesten Umständen, aber mich überkam doch eine Art Sehnsucht danach, Sie noch einmal zu sehen, bevor Sie sterben, Sie müssen ja sterben! außerdem wollte ich gern dieses Land wiedersehen, denn man hängt doch immer an seinem Vaterland! – Ich weiß, Sie haben mittlerweile einen neuen Schatten, habe ich ihm oder Ihnen etwas zu bezahlen? Sie wollen bitte nur so gut sein und es mir sagen.«

»Nein, bist das wirklich du!« sagte der gelehrte Mann, »das ist doch höchst merkwürdig! niemals hätte ich geglaubt, daß einem sein alter Schatten als Mensch wiederbegegnen könnte!«

»Sagen Sie, was ich Ihnen zu zahlen habe!« sagte der Schatten, »denn ich will nicht gern in jemandes Schuld stehen!«

»Wie kannst du nur so reden!« sagte der gelehrte Mann, »von welcher Schuld kann hier die Rede sein! sei so frei wie nur irgend jemand! ich freue mich von Herzen an deinem Glück! nimm doch Platz, alter Freund, und erzähl mir ein bißchen, wie es dir ergangen ist, und was du beim Nachbarn gesehen hast, damals in den warmen Ländern!« – –

»Ja, das will ich Ihnen erzählen«, sagte der Schatten und nahm Platz, »aber dann müssen Sie mir auch versprechen, daß Sie niemals irgend jemandem hier in der Stadt, wo Sie mich auch treffen mögen, sagen, daß ich Ihr Schatten gewesen bin! ich habe die Absicht, mich zu verloben; ich kann mehr als eine Familie ernähren!« – –

»Sei ganz beruhigt!« sagte der gelehrte Mann, »ich werde niemandem sagen, wer du eigentlich bist; hier meine Hand darauf! ich verspreche es, und ein Mann ein Wort!«

»Ein Wort ein Schatten!« sagte der Schatten, denn so mußte er ja reden.

Es war übrigens ganz merkwürdig, wie sehr er Mensch geworden war; ganz schwarz gekleidet war er, und in den allerfeinsten schwarzen Stoff, lackierte Stiefel, und ein Hut, den man zusammenklappen konnte, daß er nur noch Krempe und Schatten war, ganz zu schweigen von dem, was wir schon kennen, Siegel, Goldkette und Diamantringe; doch ja, der Schatten war ausgesprochen gut gekleidet, und eben das machte, daß er so ganz Mensch war.

»Jetzt will ich erzählen!« sagte der Schatten, und dann stellte er seine Beine mit den lackierten Stiefeln so hart er konnte auf den Ärmel des neuen Schattens, der dem gelehrten Mann wie ein Pudel zu Füßen lag, und das geschah nun entweder aus Hochmut oder vielleicht in der Hoffnung, daß er hängenbleiben würde; und der liegende Schatten blieb ganz still und ruhig, um genau zuzuhören; er wollte bestimmt wissen, wie man so freikommen und sich zu seinem eigenen Herrn hochdienen konnte.

»Wissen Sie, wer im Nachbarhaus wohnte?« sagte der Schatten, »das war die Schönste von allen, das war die Poesie! Ich war drei Wochen dort, und das wirkt genauso stark, wie wenn man dreitausend Jahre leben und alles lesen würde, was gedichtet und geschrieben ist, denn das sage ich und das ist richtig. Ich sah alles, und ich weiß alles!«

»Die Poesie!« rief der gelehrte Mann, »ja, ja – sie lebt oft als Einsiedlerin in den großen Städten! Die Poesie! ja, für einen einzigen kurzen Augenblick habe ich sie auch gesehen, aber mir saß der Schlaf in den Augen! sie stand auf dem Balkon und leuchtete, wie das Nordlicht leuchtet; erzähl, erzähl! du warst auf dem Balkon, du gingest zur Tür hinein, und da – –!«

»Da war ich im Vorzimmer!« sagte der Schatten. »Sie haben immer nur auf das Vorzimmer hinübergeschaut. Da war überhaupt kein Licht, da herrschte eine Art Halbdunkel, aber eine Tür nach der andern stand offen in einer langen Reihe von Stuben und Sälen und die trübe Luft war da ganz hell und aufgeklärt, das Licht hätte mich glatt totgeschlagen, wenn ich ganz zu der Jungfrau hineingekommen wäre; aber ich wartete ab, ich nahm mir Zeit, und das soll man auch tun!«

»Und was hast du dann gesehen?« fragte der gelehrte Mann.

»Ich habe alles gesehen, und ich will es Ihnen erzählen, aber, – das wollen Sie bitte nicht als Stolz auffassen, aber – als freier Mann und mit den Kenntnissen, die ich besitze, von meiner guten Stellung ganz zu schweigen, meinen vortrefflichen Umständen, – möchte ich also wünschen, daß Sie bitte Sie zu mir sagen!«

»O Verzeihung!« sagte der gelehrte Mann, »das ist eine alte Angewohnheit, die noch drinsteckt! – Sie haben völlig recht! und ich will es mir merken! aber nun erzählen Sie mir alles, was Sie gesehen haben!« –

»Alles!« sagte der Schatten, »denn ich sah alles, und ich weiß alles.«

»Wie sah es in den innersten Sälen aus?« fragte der gelehrte Mann. »War es wie im frühlingsgrünen Wald? War es wie in einer heiligen Kirche? Waren die Säle wie der sternklare Himmel, wenn man auf den hohen Bergen steht?«

»Alles war da!« sagte der Schatten. »Ich ging ja nicht ganz und gar hinein, ich blieb im vordersten Zimmer, im Zwielicht, aber da stand ich ganz ausgezeichnet, ich sah alles, und ich weiß alles! Ich bin am Hof der Poesie gewesen, im Vorzimmer.«

»Aber was sahen Sie? Schritten durch die Säle alle Götter der Vorzeit? Kämpften dort die alten Helden? Spielten dort niedliche Kinder und erzählten ihre Träume?«

»Sie hören ja, ich war dort, und Sie verstehen, ich sah alles, was es da zu sehen gab! wären Sie dort hinübergekommen, Sie wären nicht zum Menschen geworden, aber das wurde ich! und zugleich lernte ich meine innerste Natur kennen, das, was mir angeboren ist, meine Verwandtschaft mit der Poesie. Ja, damals, als ich noch bei Ihnen war, dachte ich nicht darüber nach, aber jedesmal, das wissen Sie, wenn die Sonne aufging und wenn die Sonne unterging, wurde ich so wundersam groß; im Mondlicht war ich beinah deutlicher als Sie selbst; ich verstand damals meine Natur nicht, im Vorzimmer ging es mir auf! ich wurde Mensch! – Gereift kam ich heraus, aber Sie waren nicht mehr in den warmen Ländern; ich schämte mich als Mensch, so herumzulaufen wie ich herumlief, es verlangte mich nach Stiefeln, nach Kleidung, nach all diesem Menschen-Firnis, der einen Menschen kenntlich macht. – Ich fand Unterschlupf, ja, Ihnen erzähle ich das, Sie werden es ja in kein Buch setzen, ich fand Unterschlupf in den Unterröcken der Backmamsell, darunter verbarg ich mich; die Frau wußte gar nicht, wieviel sie da zu verbergen hatte; erst am Abend kam ich heraus; ich lief im Mondschein auf der Straße herum; ich machte mich lang, die Mauern hinauf, das kitzelt so herrlich im Rücken! ich lief hinauf und ich lief hinab, schaute zu den höchsten Fenstern hinein, in den Saal und aufs Dach, ich schaute hin, wo niemand hinschauen konnte und ich sah, was kein anderer sah, was keiner sehen sollte! Es ist im Grunde eine niederträchtige Welt! ich wollte gar kein Mensch mehr sein, weil nun einmal nicht anzunehmen war, daß es etwas bedeutete, einer zu sein! Ich sah das Allerundenkbarste bei den Frauen, bei den Männern, bei den Eltern und bei den süßen, reinen Kindern; – ich sah«, sagte der Schatten, »was kein Mensch wissen durfte, aber was sie alle so gerne wissen wollten, das Böse beim Nachbarn. – Hätte ich eine Zeitung geschrieben, die wäre gelesen worden! aber ich schrieb gleich an die Betreffenden selbst, und es verbreitete sich Schrecken in allen Städten, in die ich kam. Sie hatten solche Angst vor mir; und ich war ihnen so überaus lieb und wert. Die Professoren machten mich zum Professor, die Schneider gaben mir neue Kleider, ich bin gut versorgt; der Münzmeister schlug Münzen für mich, und die Frauen sagten, ich sei so schön! – und so wurde ich zu dem Mann, der ich bin; und jetzt sage ich adieu; hier ist meine Karte, ich wohne auf der Sonnenseite und bin bei Regen immer zu Hause!« und dann ging der Schatten.

»Das war doch merkwürdig!« sagte der gelehrte Mann.

Jahr und Tag vergingen, da kam der Schatten wieder.

»Wie geht's?« fragte er.

»Ach!« sagte der gelehrte Mann, »ich schreibe über das Wahre und das Gute und das Schöne, aber keiner interessiert sich für so etwas, ich bin ganz verzweifelt, ich nehme mir das so zu Herzen!«

»Ich aber nicht!« sagte der Schatten, »ich werde dick, und darauf kommt es auch vor allem an! ja, Sie verstehen sich nicht auf die Welt. Sie werden noch ganz elend davon. Sie müssen reisen! ich mache im Sommer eine Reise; wollen Sie mit? Ich hätte gern eine Reisebegleitung! Wollen Sie mitfahren, als Schatten? Es soll mir ein großes Vergnügen sein, Sie dabeizuhaben, ich bezahle die Reise!«

»Das geht aber doch etwas zu weit!« sagte der gelehrte Mann.

»Ganz wie man's nimmt!« sagte der Schatten. »Es wird Ihnen überaus guttun zu reisen! wollen Sie mein Schatten sein, so sollen Sie alles unterwegs umsonst bekommen!«

»Nein das ist doch unerhört!« sagte der gelehrte Mann.

»Aber so ist nun mal die Welt!« sagte der Schatten, »und so bleibt sie!« und dann ging der Schatten.

Dem gelehrten Mann ging es gar nicht gut, Sorge und Not folgten ihm, und was er vom Wahren und vom Schönen und vom Guten erzählte, das war für die meisten wie Perlen für die Säue! – am Ende war er ganz krank.

»Sie sehen ja aus wie ein Schatten!« sagten die Leute zu ihm, und es schauderte den gelehrten Mann, denn er dachte sich sein Teil dabei.

»Sie sollten einen Badeort aufsuchen!« sagte der Schatten, der ihn besuchen kam, »da hilft nichts! ich will Sie mitnehmen, um unserer alten Bekanntschaft willen; ich bezahle die Reise, und Sie machen die Reisebeschreibung und sind so ein bißchen unterhaltsam, wenn wir unterwegs sind; ich will in ein Bad, mein Bart wächst nicht so, wie er sollte, das ist auch eine Krankheit, und einen Bart muß man haben! Seien Sie nun vernünftig und nehmen Sie das Angebot an, wir reisen doch als Kameraden!«

Und so reisten sie; der Schatten war nun Herr, und der Herr war Schatten; sie fuhren miteinander, sie ritten und gingen zusammen, Seite an Seite, voreinander und hintereinander, je nachdem wie die Sonne stand; der Schatten wußte sich immer auf dem Herrenplatz zu halten; und darauf verwendete der Gelehrte nun keinen besonderen Gedanken; er hatte so ein gutes Herz und war so ausgesprochen sanft und freundlich, und da sagte er eines Tages zum Schatten: »Da wir nun also Reisekameraden geworden sind, wie wir es eben sind, und da wir außerdem seit Kindesbeinen zusammen aufgewachsen sind, sollten wir da nicht Brüderschaft trinken, das Du ist doch vertraulicher!«

»Da sagen Sie etwas!« sagte der Schatten, der ja nun der eigentliche Herr war. »Das ist sehr geradeheraus und gutgemeint gesagt, ich will genauso wohlmeinend und geradeheraus sein. Sie als gelehrter Mann wissen zweifellos, wie wunderlich die Natur ist. Manche Menschen können es nicht ertragen, graues Papier anzufassen, dann wird ihnen übel; anderen geht es durch Mark und Bein, wenn man mit einem Nagel über eine Glasscheibe kratzt; und genau so ein Gefühl habe ich, wenn ich höre, wie Sie du zu mir sagen, ich fühle mich gewissermaßen zu Boden gedrückt, in meine frühere Stellung bei Ihnen. Wie Sie sehen, ist das einfach ein Gefühl, kein Hochmut; ich kann Sie nicht du zu mir sagen lassen, aber ich kann gerne du zu Ihnen sagen, dann ist wenigstens die Hälfte erfüllt.«

Und so sagte der Schatten du zu seinem früheren Herrn.

»Das ist doch wohl unerhört!« dachte er, »daß ich Sie sagen muß, und er sagt du!« aber nun mußte er durchhalten.

So kamen sie zu einem Bad, wo viele Fremde waren und unter ihnen eine wunderschöne Königstochter, die an der

Krankheit litt, daß sie allzu scharf sehen konnte, und das war wirklich beängstigend.

Augenblicklich erkannte sie, daß der Neuankömmling eine ganz andere Person war als all die anderen. »Er ist hier, um seinen Bart zum Wachsen zu bringen, heißt es, aber ich sehe den wahren Grund, er kann keinen Schatten werfen.«

Neugierig war sie geworden; und so begann sie gleich beim Spaziergang ein Gespräch mit dem fremden Herrn. Als Königstochter brauchte sie nicht viele Umstände zu machen, und so sagte sie: »Ihre Krankheit besteht darin, daß Sie keinen Schatten werfen können.«

»Ihre Königliche Hoheit müssen sich entschieden auf dem Wege der Besserung befinden!« sagte der Schatten, »ich weiß, daß Sie von dem Übel geplagt werden, allzu gut sehen zu können, aber das hat sich gegeben, Sie sind geheilt, ich habe nämlich just einen ganz besonderen Schatten; sehen Sie nicht die Person, die mich immer begleitet? Andere Menschen haben einen gewöhnlichen Schatten, aber ich schätze das Gewöhnliche nicht besonders. Man gibt seinem Diener besseres Tuch zur Livree, als man selbst trägt, und deshalb habe ich meinen Schatten zum Menschen aufputzen lassen; ja Sie sehen, daß ich ihm sogar einen Schatten gegeben habe. Das ist alles sehr kostspielig, aber ich schätze es, etwas für mich allein zu haben!« –

»Was!« dachte die Prinzessin, »sollte ich mich wirklich erholt haben? Dies ist doch der erste Badeort von allen! Das Wasser hat in unserer Zeit ganz erstaunliche Kräfte. Aber ich werde nicht abreisen, denn jetzt wird es hier amüsant; der Fremde gefällt mir ausnehmend gut. Wenn nur sein Bart nicht wächst, denn sonst reist er ab!«

Abends im großen Ballsaal tanzten die Königstochter und der Schatten zusammen. Sie war leicht, aber er war noch leichter, so einen Tänzer hatte sie noch nie gehabt. Sie sagte ihm, aus welchem Land sie war, und er kannte das Land, er war dagewesen, aber da war sie nicht zu Hause gewesen; er hatte durch die oberen und durch die unteren Fenster geschaut, er hatte dies und das gesehen, und so konnte er der Königstochter antworten und gewisse Andeutungen machen, so daß sie ganz verwundert war; er mußte der weiseste Mann auf der ganzen Erde sein; sie bekam solchen Respekt vor seinem Wissen, und als sie dann wieder zusammen tanzten, da verliebte sie sich, und das merkte der Schatten genau, denn sie war soweit, daß sie fast durch ihn hindurchsah.

Da tanzten sie noch einmal zusammen, und da war sie nahe daran, es ihm zu sagen, aber sie besann sich, sie dachte an ihr Land und Reich und an die vielen Menschen, über die sie regieren sollte. »Ein weiser Mann ist er«, sagte sie zu sich selbst, »das ist gut; und er tanzt wunderbar, das ist auch gut; aber ob er wohl eine gründliche Bildung besitzt, das ist genauso wichtig! er muß examiniert werden.« Und so begann sie nach und nach, ihn nach etwas vom Allerschwierigsten zu fragen, sie hätte selber keine Antwort darauf geben können; und der Schatten machte ein ganz wunderliches Gesicht.

»Das können Sie nicht beantworten!« sagte die Königstochter.

»Das hab ich schon als Kind gewußt«, sagte der Schatten, »ich glaube, sogar mein Schatten da drüben an der Tür kann das beantworten.«

»Ihr Schatten!« sagte die Königstochter, »das wäre höchst merkwürdig!«

»Ja, ich sage ja nicht mit Bestimmtheit, daß er es kann«, sagte der Schatten, »aber ich möchte es doch annehmen, er hat mich nun so viele Jahre begleitet und aufgepaßt, – ich möchte es doch annehmen! aber Ihre Königliche Hoheit gestatten mir, Sie darauf aufmerksam zu machen, daß er so stolz darauf ist, für einen Menschen gehalten zu werden, daß man ihn, wenn er in der richtigen Stimmung sein soll – und das muß er, um gut zu antworten –, durchaus wie einen Menschen behandeln muß.«

»Das gefällt mir!« sagte die Königstochter.

Und dann ging sie hinüber zu dem gelehrten Mann an der Tür, und sie redete mit ihm über Sonne und Mond und über die Menschen im Äußeren wie im Inneren, und er antwortete so klug und gut.

»Was das nur für ein Mann sein muß, der einen so weisen Schatten hat!« dachte sie, »es wäre ja ein reiner Segen für mein Volk und Reich, wenn ich ihn zum Gemahl nähme; – ich tu's!«

Und sie waren bald einig, die Königstochter und der Schatten, aber niemand sollte davon erfahren, ehe sie in ihr eigenes Reich zurückkam.

»Niemand, nicht einmal mein Schatten!« sagte der Schatten, und dabei hatte er nun so seine eigenen Gedanken. –

Dann waren sie in dem Land, wo die Königstochter regierte, wenn sie zu Hause war.

»Hör einmal, mein guter Freund!« sagte der Schatten zum gelehrten Mann, »jetzt bin ich so glücklich und mächtig geworden, wie man es überhaupt werden kann, jetzt will ich auch etwas Besonderes für dich tun! Du sollst immer bei mir auf dem Schloß wohnen, mit mir in meinem königlichen Wagen fahren und hunderttausend Reichstaler im Jahr verdienen; aber dafür mußt du dich von allen und jedem Schatten nennen lassen; du darfst nicht sagen, daß du jemals ein Mensch gewesen bist, und einmal im Jahr, wenn ich auf dem Balkon in der Sonne sitze und mich sehen lasse, mußt du zu meinen Füßen liegen, wie es sich für einen Schatten gehört; ich kann dir verraten, ich heirate die Königstochter; heut abend soll die Hochzeit sein.«

»Nein, nun wird es mir doch zu bunt!« sagte der gelehrte Mann, »das will ich nicht, das tu ich nicht! das hieße das ganze Land betrügen und die Königstochter obendrein! Ich sage alles! daß ich der Mensch bin, und daß du der Schatten bist, du bist ja bloß verkleidet!«

»Das wird dir keiner glauben!« sagte der Schatten, »nimm jetzt Vernunft an, sonst rufe ich nach der Wache!« –

»Ich gehe geradewegs zur Königstochter!« sagte der gelehrte Mann. »Aber ich gehe zuerst!« sagte der Schatten, »und du gehst in Arrest!« – und das mußte er, denn die Schildwachen waren dem Schatten so gehorsam, weil sie wußten, daß es die Königstochter so haben wollte.

»Du zitterst ja!« sagte die Königstochter, als der Schatten zu ihr hereinkam, »ist etwas passiert? Du darfst heute abend nicht krank werden, jetzt wo wir Hochzeit feiern wollen!«

»Ich habe das Grauenvollste erlebt, was man erleben kann!« sagte der Schatten, »denk dir – ja, so ein armes Schattenhirn kann nicht viel vertragen; – denk dir, mein Schatten ist verrückt geworden, er glaubt, er wäre der Mensch und ich – denk nur, – ich wäre sein Schatten!«

»Das ist ja furchtbar!« sagte die Prinzessin, »er ist doch hinter Schloß und Riegel?«

»Das ist er! Ich fürchte, er wird sich nie mehr erholen.«

»Armer Schatten!« sagte die Prinzessin, »er ist sehr unglücklich; es ist eine wahre Wohltat, ihn von dem bißchen Leben zu erlösen, das er noch hat, und wenn ich recht darüber nachdenke, scheint mir, es wird notwendig sein, daß die Sache in aller Stille erledigt wird!«

»Das ist wirklich hart!« sagte der Schatten, »immerhin war das doch ein treuer Diener!« und dann war es, als ob er seufzte.

»Sie sind ein edler Charakter!« sagte die Königstochter.

Am Abend war die ganze Stadt illuminiert, und die Kanonen gingen los: bum! und die Soldaten präsentierten das Gewehr. Das war eine Hochzeit! Die Königstochter und der Schatten traten auf den Balkon hinaus, um sich sehen zu lassen und noch einmal ein Hurra zu bekommen.

Der gelehrte Mann hörte nichts von alldem, denn ihm hatten sie das Leben genommen. –

Goethes »Faust«, zweiter Teil

Die folgende Erzählung vom Schönen, Wahren und Guten findet sich in Andersens philosophischem Roman »At være eller ikke være« (Sein oder Nichtsein), gewiß nicht seinem gelungensten Werk, als ein selbständiger Text unter dieser Überschrift. Ratlos hat der Romanheld Niels Bryde (Vorbild für Jacobsens späteren »Niels Lyhne«) versucht, den zweiten Teil von Goethes »Faust« zu verstehen, ist aber über bloß »blätterndes Lesen« erklärtermaßen nicht hinausgekommen und findet das Werk »mißglückt«. Da er trotzdem neugierig bleibt, muß die stille und kluge Esther ihn belehren. Sie, die vorbildlich aufgeklärt-fromme Jüdin, will ihm das scheinbar verworrene Drama als eine zusammenhängende Geschichte nacherzählen. »Es sind nicht ihre Worte, was wir hören, sondern nur deren Klang, wie er ihn vernahm«, versichert der Erzähler vorweg, und so beginnen »hier ein paar Blätter«, die Goethes Geschichte von Faust und seinem Schatten auf Andersensch erzählen:

Der erste Akt zeigt uns »Faust am Hofe des Kaisers«; der Narr dort ist verschwunden, aber Mephistopheles nimmt seinen Platz ein und flüstert dem Weisen Mann des Hofes, dem Astrologen, Worte der Schläue ein; Faust verschafft der leeren Staatskasse Geld, verschafft dem Hof Carnevals-Leben und Belustigung, worin der Kaiser als der große Pan auftritt und Faust als der Gott des Reichtums, der sein Gold austeilt, aber das ist eine böse Saat, in der liegt kein Segen. Der Kaiser verlangt nach neuer und anderer Unterhaltung, will, daß Faust durch seine Kunst das Schönheits-Paar der Antike heraufrufen soll, Helene und

Paris. Faust trifft hier auf den Widerstand von Mephistopheles, der doch schließlich nachgibt und ihm den Schlüssel zum Reiche des Todes übergibt, wo im Leeren, Grenzenlosen, Verschwundenen »die Mütter« wohnen. Ein Hof-Schauspiel soll das werden; hohe, vornehme Gäste werden in des Kaisers Schloß geladen, wo ein Theater errichtet, das Publikum versammelt ist; Mephistopheles nimmt den Platz des Souffleurs ein. Eine arrangierte Vorstellung ist alles, was man erwartet, und es ist etwas viel Größeres. Faust holt die antike Schönheit herauf in die romantische Zeit, verliebt sich aber in Helene, bei seiner Umarmung explodiert alles, bewußtlos wird er zur Erde geworfen, wo ihn in Tumult und Dunkelheit Mephistopheles packt.

»Da habt ihr's nun! Mit Narren sich beladen,
Das kommt zuletzt dem Teufel selbst zu Schaden.«

Der zweite Akt gibt uns Fausts Traum-Zustand, in den wir durch die umgebende Wirklichkeit hindurch eingeführt werden; wir sind wieder mit Mephistopheles in der Studierkammer, die unverändert so dasteht, wie wir sie im ersten Teil der Dichtung sahen, nur daß alles von Staub bedeckt ist; die Feder, mit der sich Faust verschrieb, liegt zu Boden geschleudert, ein getrockneter Blutstropfen sitzt darin. Mephistopheles wirft sich Fausts alten Pelz um, die Insekten darin springen umher und stimmen einen lustigen Chor an. »Der Schüler«, den wir aus dem ersten Teil kennen, demütig, bescheiden, dem großen Meister lauschend, der ihn belehrte und ihm ins Stammbuch schrieb, kommt nun als Baccalaureus, viel weiter fortgeschritten, als Mephistopheles dachte. Er hat sich vorgesetzt: zu werden wie Gott; er ist in seinem Wissen so weit gekommen, daß ohne seinen Willen der Teufel sich nicht zu existieren traut. Im Laboratorium arbeitet Wagner, und durch Verbindung der Stoffe schafft oder kristallisiert er einen Menschen: Homunculus, in den gerade eben Leben kommt, als der Teufel eintritt. – Wie ist der Kleine klug, spaßig, gebildet, und doch noch bloß ein halber Mensch; es fehlt etwas, darum muß er in seinem Glas bleiben, nur da findet er sein Gleichgewicht; er ist nicht mal ganz Körper, und das will er sein; er denkt an sich selbst und an Faust, der im Traum-Zustand verharrt, gebietet Mephistopheles, den Schlafenden auf seinen Mantel zu nehmen; Homunculus fliegt leuchtend voran und führt sie in die antike Welt, das Heimatland von Fausts Schönheits-Sinn: hinein in die klassische Walpurgisnacht. Hier wird Faust belebt und hingerissen von Begeisterung; denn hier ist Griechenland, diese Luft hat Helene geatmet; die Sphinx erinnert an Oedip, die Sirenen an Ulysses; er fragt nach Helene, und Chiron nimmt ihn auf seinen Rücken, der einmal Helenes Sitz war, und trägt ihn zu Aesculaps Tochter, die ihn ins Reich der Toten führt. Die Erde bebt, Seismos steht auf und hebt die tiefsten Gründe empor, Gold und Schätze rollen heraus, es braust und rieselt, Pygmäen, Daktylen, Ibykus' Kraniche durcheinander; die Lamien des Grabes wirbeln im Tanz um Mephistopheles, den Teufel des Mittelalters, der sich nicht sofort auf klassischem Boden heimisch fühlen kann, aber bald kommt er dahinter, daß sich im Schönheits-Land die gesamte Fledermaus-Vampirschaft findet, die sich bei seinen Lebzeiten rührt, und daraufhin macht er den ekelhaften Lamien und den häßlichen Töchtern des Chaos den Hof. Homunculus eilt hier seinem Ziel entgegen: leibhaftig zu werden. Beim Fest des Meeres, in der ägäischen Meerbucht, sagt ihm Proteus, daß er erst halb zur Welt gekommen ist, er muß heraus aus dem umschließenden Glas, sich in das unendliche Meer stürzen und da sich durch tausend Formen vorwärtsbewegen, bis er ein ganzer Mensch wird; er befolgt diesen Rat und zerbricht an der Muschelschale des Throns im Jubel des Meeres und der anderen Elemente beim Fest Galathees und der Nereiden.

Der dritte Akt ist in Sparta; wir sind dort in Menelaos' Schloß, wo just Helene mit einer Schar gefangener Trojanerinnen zu den Reichtümern zurückgekehrt ist, die sie verlassen mußte und die ihr Gemahl vermehrt hat; er hat sie hierhergeführt, aber auf dem ganzen langen Weg hat er kein Wort zu ihr gesprochen, er zeigt sich auch nicht, sie kennt nur sein Gebot, daß alles hier bereit sein soll zu einem Opfer. Phorkyas, die alte, graue Schloßverwalterin, tritt so heftig gegen ihre Herrin auf, daß der Zorn des Chors dadurch geweckt wird. Phorkyas verkündet Menelaos' Willen: das Opfer ist Helene selbst; die erschrickt, fragt nach Rat und Ausweg, die Alte weiß nur einen. Jenseits des Flusses Eurotas hat ein mächtiger Fremder, das ist Faust, eine Burg errichtet, zu ihm soll Helene ihre Zuflucht nehmen; dahin, auf Nebelwolken, wird sie mit ihrem Gefolge getragen und wie eine Herrscherin empfangen. Menelaos mit seinen Kriegerscharen stürmt hervor, wird aber durch Zaubermacht vertrieben. Jetzt schwärmen, lieben und atmen glücklich miteinander die zwei, Helene und Faust, die antike Schönheit und die mittelalterliche Romantik. In ihrer Umarmung jubelt und singt das herrlichste Kind, Euphorion: er ist ihr Glück, ihre Freude und Angst; denn er steigt auf wie Ikarus, und bald sinkt sein irdischer Teil ins Grab, von wo aus er der Mutter zuruft, ihm zu folgen; sie gehorcht, aber das Gewand ihrer Schönheit bleibt zurück, und aufgelöst in Wolken, trägt Faust es davon, während der Chor zu Natur-Tönen und -Bildern übergeht. Da erhebt sich riesenhaft Phorkyas, das ist Mephistopheles, seine Gaukelmacht hat das Ganze entrollt.

Der vierte Akt stellt uns wieder in die Wirklichkeit, jenseits von Fausts Traum; die Wolken bringen ihn zurück zu den Bergen der Heimat, in das Land des Kaisers; er erwacht, kräftig und stark, fühlt den Drang zu handeln, etwas Tüchtiges auszurichten, die zerstörerischen Wogen des Meeres zu hemmen, die starke Macht der Geister wirken zu lassen; aber das ganze Reich des Kaisers ist in Anarchie verfallen, ein neuer Regent gewählt. Faust tut sich mit Wahrheit und Recht zusammen, und auf sein Geheiß müssen, durch Mephistopheles, die Naturkräfte, als dienstbare Geister, im Dienste des Guten und Wahren wirken. Der Kaiser gewinnt sein Reich zurück; verteilt nun Macht und Würde an die Auserwählten, zuletzt kommt die Geistlichkeit; der Erzbischof erklärt, daß böse Mächte den Sieg bewirkt haben, das muß gesühnt, hier auf der Stelle eine Kirche gebaut werden; Tal, Wiese und Felder werden den Dienern der Kirche geschenkt; mehr und immer mehr verlangen diese, und zuletzt schluckt die Geistlichkeit so gut wie das ganze Reich.

Fünfter Akt. Nach langer Lebensfahrt kommt ein Wanderer nach Hause, wo in ihrer Hütte zwei Alte in Glück und Zufriedenheit wohnen; sie würden ihren Platz nicht gegen das prächtigste Gut eintauschen, wie es der mächtige Faust ihnen angeboten hat, weil nämlich ihre Hütte ihm die Aussicht aus seinem reichen Schloß versperrt. Durch seine Schläue und Macht ist das Meer hier eingedeicht worden, sind Wiesen und Wälder gewonnen, Städte haben sich erhoben, vieles ist ausgerichtet; aber in dieser Zeit ist Faust ein alter Mann geworden, mächtig in Glück und Reichtum, und doch nicht mächtig genug, die Hütte da unten wegzuschaffen. Mephistopheles verspricht ihm, daß das geschehen soll, und daß die Alten schon gegen einen besseren Platz tauschen werden. Die Morgenbrise fächelt einen verbrannten Geruch herüber, die Hütte ist abgefakkelt, die Alten sind verbrannt; Faust ist entsetzt, denn so hat er's nicht gewollt. »Das geht auf dein Kerbholz!« sagt der Böse zu ihm. In der Nacht kommen nun vier altersgraue Frauen zu seinem Schloß herbei: Mangel, Schuld,

Sorge und Not. Da ist für sie kein Platz; aber die Sorge schlüpft mit ihnen durchs Schlüsselloch und setzt sich zu Faust ins reiche Haus; er fühlt Schmerz und Sehnsucht, sie haucht auf seine Augen und er wird blind; aber drinnen in ihm klart es auf, und er ruft seine Leute zu Arbeit und Tätigkeit; die giftschwangeren Sümpfe läßt er entwässern und austrocknen, das Land, das durch die Eindeichung dem Meer abgewonnen wurde, wird urbar gemacht zu fruchtbaren Feldern. Auf freiem Grund mit freiem Volk zu stehen ist sein Lebenswunsch geworden, und in dessen Erfüllung ist es mit seinem Irdischen vorbei. Mephistopheles mit seinem Teufelsheer will die davonfliegende Seele ergreifen, aber im Nu schweben himmlische Heerscharen herab; bei diesem Anblick überkommt Mephistopheles das ganze Gelüst der Katze nach den Vögeln; die Engel sind ihm so »appetitlich«, er will sie packen, und in diesem Trieb vergißt er einen Augenblick seine Seelenbeute; duftende Blüten regnen rings um ihn hernieder, die böse Macht vermag diese himmlischen Rosen nicht fortzublasen, sie brennen sich in Mephistopheles fest; aber ganz und gar teuflisch ist seine Natur, die läßt sich nicht ausbrennen, nicht läutern; er schleudert es von sich wie einen Hiobs-Leib; während er so stößt und krampft, haben die Engel Fausts unsterbliches Teil mit sich fortgeführt, und der Höllengeist muß in ohnmächtigem Hohn in die Tiefe sinken. Die Gesänge der Anachoreten werden hörbar, die bei der Geburt gestorbenen Kinder schweben durch die Erdengefilde, die Welt-Natur wird ihnen gezeigt und erklärt; aber sie sehnen sich nach noch größerer Schönheit und schweben höher hinauf, ihr entgegen. Die Geister bußfertiger Frauen erheben sich, und unter diesen ist »Gretchen«, sie bittet, zu ihrem Kind zu kommen und es über diese Welt zu belehren, noch ist es geblendet wie vom neuen Tag; und zu ihr, der Liebe, wird Faust hinaufgetragen in die Gnade. Faust hat, als Mensch, in seinem Erdenleben gefehlt, gesündigt, aber hin durch das Schöne, Wahre und Gute hat sich im Willen die Seele zu größerer Klarheit erhoben, darum kann und muß sie aufsteigen zur Gnade, getragen von der Liebe.

So sammelte sich bei Esthers Erzählung für Niels Bryde die Dichtung *Faust* in einem Bild; sie hatte ihm den roten Faden gegeben, die Verbindung, hatte, weit über ihr Alter hinaus, das Ganze verstanden.

Quak

Alle Vögel des Waldes saßen in den Bäumen auf den Zweigen, wo es Blätter genug gab, und doch waren sie sich einig, daß ein neues gutes Blatt zu wünschen wäre, ein Blatt, nach dem sie alle verlangten, ein kritisches Blatt, von denen die Menschen so viele haben, daß die Hälfte genug wäre.

Die Singvögel wünschten sich eine musikalische Kritik, jeweils zu ihrem eigenen Lob, und zum Tadel für das, was an den andern zu tadeln war. Aber sie konnten sich nicht darauf einigen, unter den Vögeln selbst unparteiische Kritiker zu finden, »aber ein Vogel muß es doch sein«, sagte die Eule, die zur Präsidentin der Versammlung gewählt war und der Vogel der Weisheit ist, »es sollte wohl kaum jemand aus einem anderen Tierreich als höchstens noch dem des Meeres gewählt werden, da fliegt der Fisch wie ein Vogel in der Luft, doch das ist auch die einzige Verwandtschaft. Aber es gibt ja Tiere genug zwischen Fisch und Vogel.«

Dann ergriff der Storch das Wort, es ratterte ihm förmlich aus dem Schnabel. »Es gibt Wesen zwischen Fisch und Vogel: die Moorwasserkinder, die Frösche, für die stimme ich. Die sind überaus musikalisch, singen im Chor wie Kirchenglocken in Waldeinsamkeit. Ich kriege Fernweh!« sagte der Storch, »es kribbelt mir unter den Flügeln, wenn sie zu singen anfangen.«

»Ich stimme auch für die Frösche«, sagte der Reiher, »die sind weder Vogel noch Fisch, wohnen bei den Fischen und singen wie die Vögel.«

»Soviel zum Musikalischen«, sagte die Eule, »aber das Blatt muß alles besprechen, was es im Wald an Schönem gibt, wir brauchen Mitarbeiter. Laßt uns überlegen, jeder in seiner Familie.«

Da sang die kleine Lerche so keck und schön: »Der Frosch soll nicht der Herr im Blatt sein, nein, nein, die Nachtigall.«

»Halt den Schnabel!« sagte die Eule, »ich buhe dich hiermit zur Ordnung. Ich kenne die Nachtigall, wir sind ja beide Nachtvögel; jeder Vogel singt, wie ihm der Schnabel gewachsen ist, weder sie noch ich sollten gewählt werden. Sonst würde das Blatt ein aristokratisches oder philosophisches Blatt, ein Bravourarien-Blatt, wo die Höhergestellten zu bestimmen haben, es soll doch auch ein Organ für den gemeinen Mann sein. –

*

Man war uneins, ob es *Morgenquak* heißen sollte oder *Abendqua*k oder einfach *Quak*. Man stimmte für das letztere.

Nun galt es tüchtige oder für tüchtig angesehene Mitarbeiter zu finden.

Die Biene, die Ameise und der Maulwurf versprachen über die Industrie zu schreiben, und über Ingenieursarbeiten, davon verstanden sie eine Menge.

Der Kuckuck war Naturlyriker, nicht mehr zu den Singvögeln gerechnet, und doch von größter Bedeutung für den gemeinen Mann. »Er stellt sich immer selber heraus, er ist der eitelste Vogel von allen, und dabei sieht er nach gar nichts aus« – sagte der Pfau.

Dann kamen die Schmeißfliegen zum Redakteur in den Wald. »Wir bieten unsere Dienste an. Wir kennen Menschen-Redakteure, Menschen-Kritik, man setzt sich auf das frische Fleisch, schmeißt und spuckt ein bißchen, und dann ist das Ganze in einem Tag verrottet, wir können, wenn nötig, ein ganzes Talent zerstören, im Dienst der Redaktion. Man kann ein als Partei so hochgestelltes Blatt sein, daß man ruhig roh sein darf, und verliert man einen Subskribenten, kriegt man zehn neue. Sei grob, gib Spitznamen, prangere an, pfeif auf den Fingern wie der *Bund der Jugend,* dann bist du eine Macht im Staate.«

»So ein Luftikus!« sagte der Frosch über den Storch, »ich habe wirklich zu ihm aufgeschaut, als ich klein war, und gezittert vor Ehrfurcht; und wenn er durchs Moor ging und von Ägypten erzählte, dann erweiterte sich mein Gesichtskreis in fremde Länder voller Wunder, aber nun erhebt er mich nicht mehr, nur ein Echo davon klingt noch nach, ich bin klüger geworden, denkender, bedeutender, ich liefere kritische Artikel im *Quak*. Ich bin das, was man in Rechtschreibung und Tonfall der Bildungssprache einen ›Quäkling‹ nennt! In der Menschenwelt gibt es die Sorte auch. Ich habe darüber ein Stück in unserem Blatt geschrieben, unterm Strich.«

Sündflut No. 2

Ein Mythos

Das erste von Andersens Reisebüchern erzählt von einer »Fußwanderung von Holmens Kanal bis zur Südspitze von Amager in den Jahren 1828 und 1829«. Zwar liegen Ausgangspunkt und Reiseziel nur wenige Kilometer auseinander; dafür bezeichnet die Reisezeit auch nur die Silvesternacht. An den Anfang dieser wildesten Literatursatire seiner Karriere setzte HCA den folgenden Schöpfungsmythos.

– Und Gott der Herr sprach zu Noah und seinem Geschlecht: »Ich richte meinen Bund mit euch auf, daß hiernach nicht mehr alles Fleisch vernichtet werden soll von den Wassern der Flut; und es soll keine Flut mehr kommen nach dieser, die Erde zu verderben!« Da wölbte sich der Regenbogen wie ein Zeichen des Bundes, und Noah vertraute Jehova. Aber in der Tiefe hörte Satan des Wort des Herrn und fletschte die Zähne in seiner Wut; denn auch Gott der Herr hat seine Feinde, und der größte heißt: Satan. Gern wollte er kämpfen gegen die Gnade des Herrn, aber es war ihm hart, wider den Stachel zu löcken; Meere und Seen, Flüsse und Bäche hatten das Wort des Herrn Jehova gehört und waren, wie die Wolken, seinem Willen untertan. Da grübelte Satan drei Jahrtausende lang, und im vierten sprang er auf und schrie: »Heureka! ich hab's! – Von den Menschen selbst soll das Böse ausgehen; eine neue Wassersflut soll die Welt überspülen, obwohl Er gesagt hat: es soll keine Flut mehr kommen nach dieser, die Erde zu verderben.« Und Satan rief alle seine Vasallen herbei und sprach: »Messieurs! zieht hinaus in die ganze Welt, und verführt Adams Söhne, daß sie schlechte Skribenten werden; von ihnen selbst soll die Wassersflut ausgehen, die die Erde verdirbt. Ich will mein Teil tun, tut ihr nun eures.« Und sie taten, wie er sagte, und alsbald floß das Wasser in Ost und in West, in Süd und Nord; und es strömt noch immer und wird die Erde verderben.

Der Gärtner und die Herrschaft

Eine Meile vor der Hauptstadt stand ein altes Herrenhaus mit dicken Mauern, Türmen und Treppengiebeln.

Hier wohnte, allerdings nur in der Sommerzeit, eine reiche, hochadlige Herrschaft; dieser Hof war der beste und schönste von allen Höfen, die sie besaß; da stand er, von außen wie neu gegossen, und gemütlich und bequem von innen. Das Wappen des Geschlechts war über dem Portal in Stein gehauen, herrliche Rosen schlangen sich um Wappen und Erker, ein ganzer Rasenteppich breitete sich aus vor dem Hof; da gab es Rotdorn und Weißdorn, da gab es seltene Blumen, sogar außerhalb des Gewächshauses.

Die Herrschaft hatte auch einen tüchtigen Gärtner; es war ein Vergnügen, den Blumengarten anzusehen, den Obst- und den Küchengarten. Daran grenzte noch ein Rest des ursprünglichen alten Hofgartens: ein paar Buchsbaumhecken, so beschnitten, daß sie Kronen und Pyramiden bildeten. Dahinter standen zwei mächtige alte Bäume; die waren immer fast blattlos, und man konnte leicht auf den Gedanken verfallen, ein Sturmwind oder eine Windhose hätte sie mit großen Mistklumpen beworfen, aber jeder Klumpen war ein Vogelnest.

Hier wohnte seit unvordenklichen Zeiten ein Gewimmel von schreienden Raben und Krähen: eine ganze Vogelstadt war das, und die Vögel waren die Herrschaft, die Besitzer des Anwesens, das älteste Geschlecht des Herrensitzes, die eigentliche Herrschaft auf dem Hof. Keiner der Menschen da unten scherte sie im geringsten, aber sie duldeten diese niedriggehenden Geschöpfe, auch wenn die gelegentlich einmal mit dem Gewehr knallten, daß es die Vögel im Rückgrat kribbelte, so daß jeder Vogel dabei aufflog vor Schreck und schrie: »Rack! Pack!«

Der Gärtner sprach zu seiner Herrschaft oft davon, die alten Bäume fällen zu lassen, die sahen nicht gut aus, und kämen sie fort, wäre man vermutlich befreit von den schreienden Vögeln, sie würden anderswo hinziehen. Aber die Herrschaft wollte weder die Bäume loswerden noch das Vogelgewimmel, das war etwas, was der Hof nicht aufgeben konnte, es war etwas aus der alten Zeit, und die sollte man nicht gänzlich ausradieren.

»Die Bäume sind nun mal das Erbe der Vögel, lassen Sie es ihnen doch, mein lieber Larsen!«

Der Gärtner hieß Larsen, aber das hat hier nun weiter nichts zu bedeuten.

»Haben Sie, kleiner Larsen, nicht Platz genug zum Arbeiten? den ganzen Blumengarten, die Gewächshäuser, den Obst- und den Küchengarten?«

Doch, die hatte er alle, die pflegte, versorgte und züchtete er eifrig und tüchtig, und das wurde von der Herrschaft anerkannt, aber sie wollten ihm nicht vorenthalten, daß sie bei Fremden oft Obst aßen und Blumen sahen, die alles übertrafen, was sie im eigenen Garten hatten, und das betrübte den Gärtner, denn er wollte das Beste und gab sein Bestes. Er war gut im Herzen und gut im Amt.

Eines Tages ließ die Herrschaft ihn rufen und sagte in aller Milde und Herrschaftlichkeit, am Vortag hätten sie bei vornehmen Freunden eine Art Äpfel und Birnen bekommen, so saftig, so wohlschmeckend, daß sie und alle Gäste sich bewundernd geäußert hätten. Die Früchte kamen sicher nicht aus dem Inland, aber sie sollten eingeführt werden, hier heimisch werden, wenn unser Klima es zuließ. Man wußte, daß sie in der Stadt gekauft worden waren, beim ersten Obsthändler am Orte, der Gärtner sollte hinreiten und in Erfahrung bringen, woher diese

Äpfel und Birnen gekommen waren, und dann Pfropfreiser bestellen.

Der Gärtner kannte den Obsthändler gut, es war nämlich ausgerechnet der, an den er im Namen der Herrschaft den Überschuß der Früchte verkaufte, die im Herrenhausgarten wuchsen.

Und der Gärtner begab sich in die Stadt und fragte den Obsthändler, woher er diese vielgepriesenen Äpfel und Birnen hätte.

»Die sind aus Ihrem eigenen Garten!« sagte der Obsthändler und zeigte ihm Äpfel und Birnen, und er erkannte sie wieder.

Na, wie er sich freute, der Gärtner; er eilte zur Herrschaft zurück und erzählte, daß die Äpfel und die Birnen aus ihrem eigenen Garten waren.

Das konnte die Herrschaft gar nicht glauben. »Das ist nicht möglich, Larsen! können Sie eine schriftliche Bestätigung des Obsthändlers beschaffen?«

Und das konnte er, ein schriftliches Attest brachte er.

»Das ist doch wirklich merkwürdig!« sagte die Herrschaft.

Nun kamen jeden Tag große Schalen mit diesen prachtvollen Äpfeln und Birnen aus ihrem eigenen Garten auf die Herrschaftstafel; scheffel- und tonnenweise wurden diese Früchte an Freunde in der Stadt und außerhalb der Stadt verschickt, ja sogar ins Ausland. Es war ein richtiges Vergnügen! freilich mußten sie hinzufügen, daß es ja auch zwei bemerkenswert gute Sommer für Baumobst gewesen waren, das war im ganzen Lande gut geraten.

Einige Zeit verging; die Herrschaft war zu einem Diner bei Hofe eingeladen. Tags darauf wurde der Gärtner zu seiner Herrschaft gerufen. Sie hätten bei der Tafel Melonen bekommen, so saftig, so wohlschmeckend, aus dem Gewächshaus Seiner Majestät.

»Sie müssen zum Hofgärtner gehen, lieber Larsen, und

uns ein paar von den Kernen dieser köstlichen Melonen beschaffen!«

»Aber der Hofgärtner hat die Kerne von uns!« sagte der Gärtner ganz vergnügt.

»Dann hat der Mann gewußt, wie man die Frucht höher entwickelt!« antwortete die Herrschaft. »jede Melone war vorzüglich!«

»Da kann ich ja stolz sein!« sagte der Gärtner. »Ich muß der gnädigen Herrschaft sagen, der Schloßgärtner hat dieses Jahr kein Glück gehabt mit seinen Melonen, und als er sah, wie prachtvoll unsere standen, und sie probierte, da bestellte er drei davon aufs Schloß hinauf!«

»Larsen! bilde Er sich nur nicht ein, daß das die Melonen aus unserem Garten waren!«

»Das glaube ich aber!« sagte der Gärtner, ging zum Schloßgärtner und bekam von ihm eine schriftliche Bescheinigung darüber, daß die Melonen auf der königlichen Tafel vom Herrenhaus gekommen waren.

Das war wirklich eine Überraschung für die Herrschaft, und sie verschwieg die Geschichte keineswegs, sondern zeigte das Attest herum, ja weithin wurden Melonenkerne verschickt, so wie früher die Pfropfreiser.

Von diesen war zu hören, daß sie anschlugen, Frucht ansetzten, ganz vorzüglich, und sie wurde benannt nach dem Herrensitz der Herrschaft, so daß nun dieser Name auf englisch, deutsch und französisch daneben zu lesen war.

Das hätte man nie und nimmer erwartet.

»Wenn bloß der Gärtner nicht zu große Ideen von sich selbst bekommt!« sagte die Herrschaft.

Er ging auf eine andere Weise damit um: er wollte gerade jetzt danach streben, seinen Ruf als einer der besten Gärtner des Landes zu behaupten, wollte versuchen, jedes Jahr etwas Vorzügliches von allen Obst- und Gemüsesorten zu bringen, und das tat er; aber oft bekam er doch zu hören, daß die allerersten Früchte, die er gebracht hatte, die Äpfel und die

Birnen, eigentlich doch die besten gewesen wären, alle späteren Sorten stünden weit darunter. Die Melonen, na schön, die waren sehr gut gewesen, aber das war ja auch etwas ganz anderes; die Erdbeeren konnte man vortrefflich nennen, aber doch nicht besser als die, die andere Herrschaften hatten, und als in einem Jahr die Rettiche nicht gerieten, da wurde nur von den mißratenen Rettichen geredet und nicht davon, was sonst Gutes geliefert worden war.

Es war beinahe, als fühlte sich die Herrschaft erleichtert, als sie sagte: »Dieses Jahr ist es nichts geworden, kleiner Larsen!« Sie waren richtig froh, daß sie sagen konnten: »dieses Jahr ist es nichts geworden!«

Ein paarmal jede Woche brachte der Gärtner frische Blumen in die Stube hinauf, immer so geschmackvoll angeordnet; die Farben kamen durch die Zusammenstellung gleichsam in ein kräftigeres Licht.

»Sie haben Geschmack, Larsen!« sagte die Herrschaft, »das ist ein Geschenk, das Ihnen von unserem Herrn gegeben ist, nicht von Ihnen selbst!«

Eines Tages brachte der Gärtner eine große Kristallschale, darin lag ein Seerosenblatt; oben darauf hatte er, mit dem langen, dicken Stengel im Wasser, eine leuchtende, blaue Blüte gelegt, so groß wie eine Sonnenblume.

»Hindustans Lotos!« rief die Herrschaft aus.

Eine solche Blüte hatten sie nie gesehen; und sie wurde tagsüber in den Sonnenschein hinausgestellt und abends unter Reflexlicht. Jeder, der sie sah, fand sie merkwürdig schön und selten, ja das sagte selbst die vornehmste von allen jungen Damen des Landes, und die war eine Prinzessin; klug und herzensgut war sie.

Die Herrschaft setzte besondere Ehre darein, ihr die Blüte zu überreichen, und so kam sie mit der Prinzessin hinauf aufs Schloß.

Nun ging die Herrschaft in den Garten hinunter, um selbst eine Blume von derselben Art zu pflücken, wenn sich noch so eine finden ließe, aber die war nicht zu finden. Da riefen sie nach dem Gärtner und fragten, woher er den blauen Lotos hätte:

»Wir haben vergebens gesucht!« sagten sie. »Wir sind in den Gewächshäusern gewesen und im gesamten Blumengarten!«

»Nein, da ist sie freilich nicht!« sagte der Gärtner. »Das ist bloß eine geringe Blume aus dem Küchengarten! aber, nicht wahr, wie ist sie schön! die sieht aus, als wäre sie ein blauer Kaktus, und es ist doch bloß die Blüte auf der Artischocke!«

»Das hätten Sie uns gleich sagen sollen!« sagte die Herrschaft. »Wir mußten ja glauben, daß das eine fremde, seltene Blume wäre. Sie haben uns vor der jungen Prinzessin blamiert! sie hat die Blüte bei uns gesehen, fand sie so schön, kannte sie nicht, und in der Botanik kennt sie sich bestens aus, aber diese Wissenschaft hat es nicht mit Küchenkräutern zu tun. Wie konnte es Ihnen nur einfallen, lieber Larsen, eine solche Blüte in die Stube hinaufzutragen. Das heißt uns lächerlich machen!«

Und die schöne blaue Prachtblüte, die aus dem Küchengarten kam, wurde aus der Herrschaftsstube hinausgesetzt, wo sie nicht hingehörte, ja die Herrschaft entschuldigte sich förmlich bei der Prinzessin und erzählte, daß die Blume bloß ein Küchenkraut sei, das hinzustellen dem Gärtner eingefallen wäre, aber daß er dafür auch eine ernste Rüge bekommen hätte.

»Das war eine Sünde und Schande!« sagte die Prinzessin. »Er hat uns ja die Augen geöffnet für eine Prachtblüte, die wir überhaupt nicht beachtet hatten, er hat uns die Schönheit da gezeigt, wo wir gar nicht darauf gekommen sind, sie zu suchen! Der Schloßgärtner soll mir jeden Tag, solange die Artischocken Blüten tragen, eine in meine Stube heraufbringen!«

Und so geschah es.

Die Herrschaft ließ dem Gärtner sagen, daß er ihnen eine frische Artischockenblüte bringen könne.

»Im Grunde ist sie ja schön!« sagten sie, »höchst bemerkenswert!« und sie lobten den Gärtner.

»So gefällt es unserem Larsen!« sagte die Herrschaft. »Er ist ein verwöhntes Kind.«

Im Herbst zog ein fürchterlicher Sturm auf; der nahm in der Nacht so gewaltig zu, daß viele große Bäume am Waldrand mit der Wurzel ausgerissen wurden, und zum Kummer der Herrschaft, Kummer, wie sie das nannten, aber zur Freude des Gärtners, blies er die beiden großen Bäume um, mitsamt allen Vogelnestern. Man hörte im Sturm die Schreie der Raben und Krähen, die schlügen mit den Flügeln gegen die Scheiben, sagten die Leute auf dem Hof.

»Nun sind Sie wohl froh, Larsen!« sagte die Herrschaft; »der Sturm hat die Bäume gefällt, und die Vögel sind in den Wald gezogen. Hier gibt es nichts mehr von der alten Zeit zu sehen; jedes Zeichen und jeder Hinweis sind fort! uns hat es traurig gemacht!«

Der Gärtner sagte nichts, aber er dachte, was er seit langem gedacht hatte, wie er den prächtigen Sonnenplatz richtig nutzen wollte, über den er vorher nicht verfügt hatte, der sollte zum Schmuckstück des Gartens werden und zur Freude der Herrschaft.

Die großen umgewehten Bäume hatten die uralten Buchsbaumhecken zerquetscht und zermalmt, mitsamt ihren schön geschnittenen Mustern. Hier zog er ein Dickicht aus Gewächsen heran, heimische Pflanzen aus Feld und Wald.

Was keinem Gärtner eingefallen wäre, in so reicher Fülle in einen Herrschaftsgarten zu pflanzen, Baum und Strauch: das setzte er hier in die Erde, die jedes brauchte, und in den Schatten und in den Sonnenschein, je nach dem Bedürfnis der Art. Gepflegt mit Liebe und frohem Mut, wurde es groß und gut.

Der Wacholderstrauch von der jütländischen Heide erhob sich, in Form und Farbe wie Italiens Zypresse, der glänzende stachlige Christdorn, immer grün, in Winterkälte und Sommersonne, stand da, herrlich anzusehen. Davor wuchsen die Farne, viele verschiedene Arten, manche sahen aus, als wären sie Kinder des Palmbaums, und andere, als wären sie Eltern des feinen, herrlichen Gewächses, das wir Venushaar nennen. Hier stand die geringgeachtete Klette, die in ihrer Frische so hübsch ist, daß sie sich gut im Bukett macht. Die Klette stand auf dem Trockenen, aber tiefer, im feuchteren Grund, wuchs der Ampfer, auch er eine geringgeachtete Pflanze und doch dank seiner Größe und seiner mächtigen Blätter so malerisch schön. Klafterhoch, mit Blüte an Blüte, wie ein mächtiger, vielarmiger Kandelaber, erhob sich die Königskerze, vom Felde hier eingepflanzt. Hier standen Waldmeister, Schlüsselblumen und Waldmaiglöckchen, der wilde Schlangenwurz, Drachenwurz und der dreiblättrige, feine Sauerklee. Es war ein herrlicher Anblick.

Ganz vorn, gestützt auf Stahldrähte, wuchsen in Reihen ganz kleine Birnbäume aus französischer Erde; die bekamen Sonne und gute Pflege und trugen bald große, saftige Früchte, wie in dem Land, aus dem sie kamen.

An die Stelle der beiden alten, blattlosen Bäume wurde eine hohe Fahnenstange gesetzt, wo die dänische Flagge wehte, und dicht daneben noch eine Stange, um die sich im Sommer und zur Herbstzeit Hopfenranken mit ihren duftenden Blütenkugeln schlängelten, wo aber im Winter, nach altem Brauch, ein Haferbündel aufgehängt wurde, damit die Vögel des Himmels Mahlzeit halten konnten in der fröhlichen Weihnachtszeit.

»Der gute Larsen ist auf seine alten Tage sentimental geworden!« sagte die Herrschaft. »Aber er ist uns treu und ergeben.«

Um Neujahr erschien, in einem der illustrierten Blätter

in der Hauptstadt, ein Bild von dem alten Hof; man sah die Fahnenstange und die Hafergarbe für die Vögel des Himmels in der fröhlichen Weihnachtszeit, und es wurde als ein schöner Gedanke erwähnt und hervorgehoben, daß ein alter Brauch hier wieder in sein Recht und zu Ehren gebracht war, so bezeichnend gerade für den alten Hof.

»Für alles, was dieser Larsen tut«, sagte die Herrschaft, »wird gleich ein Trommelwirbel geschlagen. Das ist ein glücklicher Mann! wir müssen ja fast stolz sein, daß wir ihn haben!«

Aber die waren kein bißchen stolz darauf! die hatten das Gefühl, daß sie die Herrschaft waren, die konnten Larsen entlassen, aber das taten sie nicht, das waren gute Menschen, und von deren Schlag gibt es eine Menge guter Menschen, und das ist eine große Freude für jeden Larsen.

Ja, das ist die Geschichte vom Gärtner und der Herrschaft.

Jetzt kannst du dir Gedanken darüber machen!

Schlammtöchter

Die Geschichte des alten Steuermanns

HCAs erste Meerfrau erscheint in einer Ballade, die im »Zwischenspiel« seines frühen Schauspiels »Agnete und der Meermann« ein alter Steuermann den staunenden Matrosen vorträgt. Indirekt bezogen ist die Geschichte des Zwitterwesens schon hier auf Liebessehnsucht und Unglück eines Dramenhelden, der so amphibisch zwischen den Geschlechterrollen schwankt, wie der Dramendichter es hier (nach eigenem Bekunden gegenüber dem Freund Edvard Collin) von sich selbst begreiflich machen wollte.

»Ich weiß noch, nur zu deutlich, Weihnacht war's,
Das liegt schon lang zurück; ich war noch jung
Und fuhr zur See; vor Norwegen geschah es,
Wir aßen eben unsre Weihnachts-Grütze,
Da wuchs der Sturm und trieb uns an die Küste;
Und Mann und Maus ertranken, bis auf mich.
Das Wetter wurde ruhig, mondenklar,
Triefnaß saß ich inmitten flacher Schären;
Da hob ein Fels sich lotrecht aus dem Wasser,
Der glich dem Oberkörper eines Mannes,
Und war doch nichts als Stein, wie ich wohl sah!
Inzwischen fing es ringsum an zu plätschern,
Ich glaubte, jemand rudere ein Boot,
Und sah auf einmal, weiß wie frischen Schaum,
So viele Frauen, nackt, und schön geschaffen,
Jedoch ein Fischschwanz war der unt're Teil;
Die schwammen ruhig um die großen Steine
Und sangen lieblich, spielten mit dem Wasser;
Nur eine unter ihnen, ach! die Schönste

War bleich und fahl und sah ganz traurig, aus;
Sie klammerte sich an den Stein, und küßt' ihn,
Und weint', und küßt' ihn wieder; sieh, da war's,
Als rührte sich der Stein! Er tat es wirklich!
Ich sah, wie sich sein Haar im Winde wellte,
Denn groß und rund stand über uns der Mond.
Das Wesen fordert' nun die Frau zum Tanz auf
Und schwang sie lustig, daß das Wasser wogte.
Da rief ich unwillkürlich: ›O Herr Jesus!‹
Und augenblicklich war das Bild verschwunden.
Der Fels stand steinern, unbewegt, wie vorher,
Das Mondlicht fiel auf glattes, stilles Wasser;
Doch war es mir, als hörte ich ein Weinen;
Ja, tief im Wasser klang es voller Wehmut:
›Nun hast du ihn getötet, mich vernichtet,
Doch räche ich mich nicht! Du bist unschuldig.
Ein Christen-Herr, vor vielen hundert Jahren,
Band durch sein mächt'ges Wort den Bräutigam,
Verwandelt' ihn in Fels; und mir blieb nur,
In jeder Weihnachtsnacht, durch Kuß und Liebe
Um Mitternacht zum Leben ihn zu wecken.
Nun hat dein Wort ihn wieder festgebunden
Für hundert Jahre. Jede Weihnacht, ach,
Wenn alles Tote neu zum Leben aufwacht,
Wird kalt er stehn für Küsse und Umarmung!‹
So sang sie, und dann war es wieder still.
Denn nicht allein wir Menschen kennen Liebe,
Sie lebt auch in der dunklen Meerestiefe.«

Die kleine Meerfrau

Dieses Märchen, sein berühmtestes und weltliterarisch von Oscar Wilde bis zu Thomas Manns »Faustus«-Roman am häufigsten fortgedichtetes, hat HCA rückblickend »die einzige von meinen Arbeiten« genannt, »die mich selbst rührte, während ich sie schrieb«. Die ersten Züge des Märchens finden sich in Andersens Briefen und Notizen über seine unglückliche Liebe zu dem Kopenhagener Patriziersohn Edvard Collin. Die Geschichte des Mischwesens zwischen den Elementen, das für die Verwandlung in eine landläufige Menschengestalt mit der Zunge bezahlt, fortan bei jedem Schritt den Phantomschmerz des amputierten Unterleibs spürt und die unmögliche Liebe nur noch im Medium der Kunst artikulieren kann – diese Geschichte ist auch Andersens eigene (und das Wahrzeichen der dänischen Hauptstadt vielleicht ihr porträtgenauestes Andersen-Denkmal).

Weit draußen im Meer ist das Wasser so blau wie die Blätter der herrlichsten Kornblume, und so klar wie das reinste Glas, aber es ist sehr tief, tiefer als irgendein Ankertau reicht, viele Kirchtürme müßte man aufeinanderstellen, um vom Grund bis über das Wasser hinauszukommen. Dort unten wohnen die Meerleute.

Nun darf man nur ja nicht glauben, daß da bloß der nackte, weiße Sandboden ist; nein, es wachsen dort die seltsamsten Bäume und Pflanzen, so geschmeidig in Stiel und Blättern, daß sie sich bei der leisesten Bewegung des Wassers rühren, als wären sie lebendig. Alle Fische, kleine und große, schlüpfen durch die Zweige wie hier oben die Vögel in der Luft. An der allertiefsten Stelle liegt das Schloß des Meerkönigs, die Mauern sind aus Korallen und die langen, spitzen Fenster aus dem allerklarsten Bernstein, aber das Dach sind lauter Muschelschalen, die sich öffnen und schließen, je nachdem wie das Wasser geht; das sieht wundervoll aus; denn in jeder liegen leuchtende Perlen, eine einzige schon würde in der Krone einer Königin großen Staat machen.

Der Meerkönig dort unten war viele Jahre lang Witwer gewesen, aber seine alte Mutter führte ihm den Haushalt; sie war eine kluge Frau, doch stolz auf ihren Adel, darum ging sie stets mit zwölf Austern im Schwanz, die anderen Vornehmen durften nur sechs tragen. – Im übrigen war sie sehr zu loben, besonders weil sie die kleinen Meerprinzessinnen so liebhatte, ihre Sohnestöchter. Das waren sechs reizende Kinder, aber die jüngste war die schönste von allen, ihre Haut war so klar und rein wie ein Rosenblatt, ihre Augen so blau wie der tiefste See, aber wie alle übrigen hatte sie keine Füße, der Körper endete in einem Fischschwanz.

Den ganzen langen Tag konnten sie unten im Schloß spielen, in den großen Sälen, wo lebendige Blumen aus den Wänden wuchsen. Die großen Bernsteinfenster wurden geöffnet, und dann schwammen die Fische zu ihnen herein, wie bei uns die Schwalben hereinfliegen, wenn wir die Fenster öffnen, aber die Fische schwammen geradewegs zu den kleinen Prinzessinnen, aßen ihnen aus der Hand und ließen sich streicheln.

Draußen vor dem Schloß war ein großer Garten mit feuerroten und dunkelblauen Bäumen, die Früchte leuchteten wie Gold und die Blumen wie loderndes Feuer, wie sie immerzu Stengel und Blätter bewegten. Die Erde selbst war der feinste Sand, aber blau wie Schwefellohe. Über allem dort unten lag ein seltsamer blauer Schimmer; man hätte eher glauben mögen, daß man hoch oben in der Luft stand und über und unter sich nur Himmel sah, als daß man auf dem Meeresgrund war. Bei Windstille konnte man die Sonne erblicken, sie schien wie eine Purpurblume, aus deren Kelch alles Licht ausströmt.

Jede der kleinen Prinzessinnen hatte ihren kleinen Fleck im Garten, wo sie graben und pflanzen konnte, wie sie selbst es wollte; eine gab ihrem Blumenbeet die Gestalt eines Walfisches, eine andere mochte es lieber, daß ihres aussah wie eine kleine Meerfrau, aber die jüngste machte ihres so rund wie die Sonne und hatte nur Blumen, die genauso rot leuchteten. Sie war ein wunderliches Kind, still und nachdenklich, und als die anderen Schwestern ihre Beete mit den absonderlichsten Dingen ausstaffierten, die sie aus gestrandeten Schiffen geholt hatten, da wollte sie außer den rosenroten Blumen, die der Sonne hoch dort oben glichen, nur eine schöne Marmorstatue haben, ein wunderschöner Junge war das, aus dem weißen, klaren Stein gehauen und bei einem Schiffbruch herabgekommen auf den Grund des Meeres. Sie pflanzte bei der Statue eine leuchtendrote Trauerweide, die wuchs prächtig und hing mit ihren frischen Zweigen darüber hin, bis auf den blauen Sandboden hinab, wo sich violett der Schatten malte und in Bewegung war wie die Zweige; es sah aus, als spielten Wipfel und Wurzeln, daß sie einander küßten.

Nichts machte ihr mehr Freude, als von der Menschenwelt dort über ihnen zu hören, die alte Großmutter mußte alles erzählen, was sie von Schiffen und Städten wußte, von Menschen und Tieren, und es kam ihr vor allem seltsam schön vor, daß oben auf der Erde die Blumen dufteten, das taten die auf dem Meeresgrund nicht, und daß die Wälder grün waren und die Fische, die man zwischen den Zweigen sah, laut und schön singen konnten, daß es eine Lust war; das waren die kleinen Vögel, die die Großmutter Fische nannte, denn sonst konnten die Kleinen die Geschichte nicht verstehen, weil sie niemals einen Vogel gesehen hatten.

»Wenn ihr fünfzehn Jahre alt werdet«, sagte die Großmutter, »dann sollt ihr die Erlaubnis bekommen, aus dem Meer emporzutauchen, im Mondlicht auf den Felsen zu sitzen und die großen Schiffe vorbeisegeln zu sehen, Wälder und Städte sollt ihr sehen!«

Im folgenden Jahr wurde eine der Schwestern fünfzehn, aber die anderen – ja, die eine war ein Jahr jünger als die andere, die jüngste hatte also noch ganze fünf Jahre, bis sie vom Meeresgrund heraufkommen und sehen durfte, wie es bei uns aussieht. Aber die eine versprach der anderen zu erzählen, was sie am ersten Tag gesehen und am schönsten gefunden hatte; denn ihre Großmutter erzählte ihnen nicht genug, da war so vieles, was sie wissen wollten.

Keine war so voller Sehnsucht wie die Jüngste, ausgerechnet sie, die am längsten zu warten hatte und so still und gedankenvoll war. Manche Nacht stand sie am offenen Fenster und sah hinauf durch das dunkelblaue Wasser, wo die Fische mit ihren Flossen und Schwänzen schlugen. Mond und Sterne konnte sie sehen, zwar schimmerten sie sehr bleich, aber durch das Wasser sahen sie viel größer aus als für unsere Augen; glitt dann etwas wie eine schwarze Wolke darunter hin, dann wußte sie, daß das entweder ein Walfisch war, der über ihr schwamm, oder aber ein Schiff mit vielen Menschen; die dachten gewiß nicht daran, daß eine liebliche kleine Meerfrau unter ihnen stand und ihre weißen Hände nach dem Kiel hinaufreckte.

Nun war also die älteste Prinzessin fünfzehn und durfte hinaufsteigen über die Meeresoberfläche.

Als sie zurückkam, hatte sie hunderterlei zu erzählen, aber am schönsten, sagte sie, war es, im Mondschein auf einer Sandbank in der ruhigen See zu liegen und nahe der Küste die große Stadt zu sehen, wo die Lichter funkelten wie hundert Sterne, die Musik und das Tosen und Lärmen der Wagen und Menschen zu hören, die vielen Kirchen und Turmspitzen zu sehen, und zu hören, wie die Glocken läuteten; gerade weil sie nicht dort hinaufkommen konnte, sehnte sie sich am allermeisten nach all dem.

Oh, wie lauschte da die jüngste Schwester, und wenn sie dann später am Abend am offenen Fenster stand und durch das dunkelblaue Wasser hinaufsah, dann dachte sie an die große Stadt mit all ihrem Lärmen und Tosen, und da war es ihr, als könnte sie die Kirchenglocken bis zu sich herab läuten hören.

Im Jahr darauf erhielt die zweite Schwester die Erlaubnis, durch das Wasser emporzusteigen und zu schwimmen, wohin sie wollte. Sie tauchte auf, als die Sonne gerade unterging, und dieser Anblick, fand sie, war das Schönste. Der ganze Himmel hatte ausgesehen wie Gold, sagte sie, und die Wolken, ja, deren Herrlichkeit konnte sie nicht genug beschreiben! rot und violett waren sie über ihr dahingesegelt; aber viel schneller, wie ein langer, weißer Schleier, flog ein Schwarm wilder Schwäne über das Wasser dahin, dort wo die Sonne stand; sie schwamm ihr entgegen, doch die Sonne versank, und der Rosenschimmer auf dem Meer und den Wolken erlosch.

Im Jahr darauf kam die dritte Schwester nach oben, sie war die keckeste von allen, darum schwamm sie den breiten Fluß hinauf, der ins Meer floß. Herrliche grüne Hügel mit Weinranken sah sie, Schlösser und Höfe blickten zwischen prächtigen Wäldern hervor; sie hörte alle Vögel singen, und die Sonne schien so warm, daß sie oft unter Wasser tauchen mußte, um ihr brennendes Gesicht zu kühlen. In einer kleinen Bucht traf sie eine ganze Horde kleiner Menschenkinder; ganz nackt liefen sie herum und planschten im Wasser; sie wollte mit ihnen spielen, aber die Kinder liefen erschrocken davon, und dann kam ein kleines schwarzes Tier, das war ein Hund, aber sie hatte nie zuvor einen Hund gesehen; der bellte sie so schrecklich an, daß sie Angst bekam und in die offene See floh, doch niemals konnte sie die prächtigen Wälder vergessen, die grünen

Höhen und die niedlichen Kinder, die im Wasser schwimmen konnten, obwohl sie keinen Fischschwanz hatten.

Die vierte Schwester war nicht so keck, sie blieb draußen, mitten auf dem wilden Meer, und erzählte, daß das gerade das Schönste war; man konnte so viele Meilen weit ringsum sehen, und der Himmel stand darüber wie eine große Glasglocke. Schiffe hatte sie gesehen, aber weit in der Ferne, die sahen aus wie große Strandmöwen, die lustigen Delphine hatten Purzelbäume geschlagen, und die großen Walfische hatten Wasser aus den Nasenlöchern gespritzt, daß es ringsum ausgesehen hatte wie hundert Springbrunnen.

Nun kam die Reihe an die fünfte Schwester; ihr Geburtstag war mitten im Winter, und darum sah sie, was die anderen beim ersten Mal nicht gesehen hatten. Die See sah ganz grün aus, und ringsherum schwammen große Eisberge, jeder sah aus wie eine Perle, sagte sie; und war doch viel größer als die Kirchtürme, die die Menschen bauten. In den sonderbarsten Gestalten zeigten sie sich und glitzerten wie Diamanten. Sie hatte sich auf einen der größten gesetzt, und alle Segler kreuzten erschrocken um den Platz herum, wo sie saß und den Wind mit ihrem langen Haar spielen ließ; aber später am Abend bezog sich der Himmel mit Wolken, es blitzte und donnerte, während die schwarze See die großen Eisblöcke hoch emporhob und in den gewaltigen Blitzen aufleuchten ließ. Auf allen Schiffen strich man die Segel, es war eine Angst und ein Grauen, sie aber saß ruhig auf ihrem schwimmenden Eisberg und sah die blauen Blitzstrahlen im Zickzack in die schimmernde See einschlagen.

Beim ersten Mal, wenn eine der Schwestern über das Wasser kam, war jede sofort hingerissen von dem Neuen und Schönen, das sie sah, aber da sie nun, als erwachsene Mädchen, nach oben durften, wann sie wollten, da wurde es ihnen gleichgültig, sie sehnten sich wieder nach ihrem

Zuhause, und als ein Monat vorbei war, da sagten sie, unten bei ihnen wäre es doch am allerschönsten, und daheim wäre es doch so heimelig.

Manche Abendstunde faßten die fünf Schwestern einander bei den Händen und stiegen in einer Reihe auf das Wasser hinauf; herrliche Stimmen hatten sie, schöner als irgendein Mensch, und wenn dann ein Sturm heraufzog, so daß sie glauben konnten, die Schiffe müßten kentern, schwammen sie vor den Schiffen her und sangen so herrlich von der Schönheit des Meeresgrundes und beschworen die Seeleute, daß sie keine Angst haben sollten, dort hinunterzukommen; die aber verstanden die Worte nicht, sie glaubten, es wäre der Sturm, und die Herrlichkeit da unten bekamen sie auch nicht zu sehen, denn wenn das Schiff versank, ertranken die Menschen und kamen nur als Tote zum Schloß des Meerkönigs.

Wenn so die Schwestern am Abend, Arm in Arm, durch das Meer hoch hinaufstiegen, dann blieb die kleine Schwester ganz allein zurück und stand da und sah ihnen nach, und es war, als müßte sie weinen, aber eine Meerfrau hat keine Tränen, und darum leidet sie viel mehr.

»Ach, wäre ich doch fünfzehn Jahre alt!« sagte sie, »ich weiß, ich werde diese Welt da oben und die Menschen, die da leben, von Herzen gern haben!«

Endlich war sie dann doch fünfzehn Jahre alt geworden.

»Sieh mal an, jetzt bist du uns entwachsen«, sagte ihre Großmutter, die alte Königswitwe. »Komm her, laß dich schmücken, wie ich es mit deinen Schwestern getan habe!« und sie setzte ihr einen Kranz aus weißen Lilien aufs Haar, aber jedes Blütenblatt war die Hälfte einer Perle; und die Alte ließ acht große Austern sich im Schwanz der Prinzessin festklammern, um ihren hohen Stand zu zeigen.

»Das tut so weh!« sagte die kleine Meerfrau.

»Ja, man muß einiges erleiden können, wenn man Staat machen will!« sagte die Alte.

Oh! sie hätte so gern die ganze Pracht abgeschüttelt und den schweren Kranz weggeworfen, ihre roten Blumen im Garten kleideten sie viel besser, aber daran wagte sie nun nichts mehr zu ändern. »Adieu« sagte sie und stieg so leicht und klar wie eine Luftblase durch das Wasser hinauf.

Die Sonne war gerade versunken, als sie ihren Kopf aus dem Wasser streckte, aber alle Wolken schimmerten noch wie Rosen und Gold, und inmitten der blaßroten Luft leuchtete der Abendstern so klar und schön, die Luft war mild und frisch und das Meer vollkommen windstill. Da lag ein großes Schiff mit drei Masten, ein einziges Segel nur war gesetzt, denn kein Wind rührte sich, und rings im Tauwerk und auf den Stangen saßen Matrosen. Da war Musik und Gesang, und wie der Abend dunkler wurde, wurden nach und nach hundert bunte Lichter angezündet; die sahen aus, als wehten die Fahnen aller Nationen in der Luft. Die kleine Meerfrau schwamm geradewegs zum Kajütenfenster, und jedesmal wenn das Wasser sie emporhob, konnte sie zu den spiegelklaren Scheiben hineinsehen, wo so viele aufgeputzte Menschen standen, aber der Schönste war doch der junge Prinz mit den großen schwarzen Augen, er war wohl nicht viel älter als sechzehn Jahre, es war sein Geburtstag, und darum wurde all dieser Staat gemacht. Die Matrosen tanzten auf Deck, und als der junge Prinz hinaustrat, stiegen über hundert Raketen in die Luft, die leuchteten wie der helle Tag, so daß die kleine Meerfrau ganz erschrocken ins Wasser hinabtauchte, aber sie steckte sogleich wieder den Kopf hervor, und da war es gerade so, als fielen alle Sterne des Himmels auf sie nieder. Nie hatte sie solche Feuerkünste gesehen. Große Sonnen wirbelten herum, prächtige Feuerfische schwangen sich in der blauen Luft, und alles spiegelte sich in der klaren, ruhigen See. Auf dem Schiff war es so licht, daß man jedes kleine Tau sehen konnte, und die Menschen erst recht. O wie schön der junge Prinz doch war, und er drückte den Leuten die

Hände, lachte und lächelte, während die Musik in die herrliche Nacht hinausklang.

Es wurde spät, aber die kleine Meerfrau konnte den Blick nicht vom Schiff abwenden und von dem herrlichen Prinzen. Die bunten Lichter wurden gelöscht, keine Raketen stiegen mehr in die Höhe, es donnerten keine Kanonenschläge mehr, aber tief unten im Meer summte und brummte es; sie saß währenddessen auf dem Wasser und schaukelte auf und nieder, so daß sie in die Kajüte hineinsehen konnte; aber das Schiff nahm stärkere Fahrt auf, ein Segel nach dem anderen blähte sich im Wind, jetzt gingen die Wellen höher, große Wolken zogen auf, es blitzte in weiter Ferne. Oh, das würde ein schreckliches Unwetter geben! darum holten die Matrosen die Segel ein. Das große Schiff schaukelte in fliegender Fahrt auf der wilden See, das Wasser erhob sich wie große schwarze Berge, die über den Mast hereinstürzen wollten, aber das Schiff tauchte wie ein Schwan zwischen den hohen Wogen hinab und ließ sich wieder emportragen auf die turmhohen Wasser. Das war doch eine lustige Fahrt, fand die kleine Meerfrau, aber das fanden die Seeleute nicht, das Schiff knackte und krachte, die dicken Planken bogen sich unter den starken Stößen, die das Meer gegen das Schiff führte, der Mast brach mitten entzwei, als wäre er ein Schilfrohr, und das Schiff schlingerte auf die Seite, während das Wasser in den Innenraum drängte. Jetzt erkannte die kleine Meerfrau, daß sie in Gefahr waren, sie mußte sich selbst vor Balken und Trümmern des Schiffes in acht nehmen, die auf dem Wasser trieben. Für einen Augenblick war es so stockfinster, daß sie nicht das geringste erkennen konnte, aber wenn es dann blitzte, wurde es wieder so klar, daß sie alle auf dem Schiff erkannte; jeder tummelte sich so gut er konnte; nach dem jungen Prinzen hielt sie vor allem Ausschau, und als das Schiff auseinanderbrach, sah sie ihn hinabsinken in die tiefe See.

Augenblicklich wurde sie ganz vergnügt, denn nun kam er herunter zu ihr, aber dann fiel ihr wieder ein, daß die Menschen im Wasser nicht leben konnten, und daß er niemals, außer als Toter, herabkommen konnte in ihres Vaters Schloß. Nein, sterben, das durfte er nicht; darum schwamm sie hin zwischen Balken und Planken, die auf der See trieben, vergaß reinweg, daß die sie zerschmettern könnten, sie tauchte tief unter das Wasser und stieg wieder hoch empor zwischen den Wogen und gelangte so zuletzt zu dem jungen Prinzen, der in der stürmischen See fast nicht mehr schwimmen konnte, seine Arme und Beine begannen zu ermatten, die schönen Augen schlossen sich, er hätte sterben müssen, wäre nicht die kleine Meerfrau dazugekommen. Sie hielt seinen Kopf übers Wasser und ließ sich so mit ihm zusammen von den Wogen treiben, wohin sie wollten.

Im Morgendämmern war das böse Wetter vorüber; vom Schiff war nicht ein Span zu sehen, die Sonne stieg so rot und strahlend aus dem Wasser auf, es war gerade, als käme dabei neues Leben in die Wangen des Prinzen, aber seine Augen blieben geschlossen; die Meerfrau küßte seine hohe, schöne Stirn und strich sein nasses Haar zurück; sie fand, daß er der Marmorstatue unten in ihrem kleinen Garten glich, sie küßte ihn wieder und wünschte, daß er doch leben möchte.

Nun sah sie vor sich das feste Land, hohe, blaue Berge, auf deren Gipfeln der weiße Schnee glänzte, als lägen dort Schwäne; unten an der Küste waren herrliche grüne Wälder, und davor lag eine Kirche oder ein Kloster, das wußte sie nicht recht, aber ein Bauwerk war es. Zitronen- und Apfelsinenbäume wuchsen in seinem Garten, und vor dem Tor standen hohe Palmen. Die See bildete hier eine kleine Bucht, die war vollkommen still, aber sehr tief, bis heran an den Felsen, wo der weiße, feine Sand aufgespült war; dahin schwamm sie mit dem schönen Prinzen, legte ihn in den

Sand und sorgte vor allem dafür, daß der Kopf erhöht lag im warmen Sonnenschein.

Jetzt läuteten die Glocken in dem großen, weißen Gebäude, und es kamen viele junge Mädchen durch den Garten. Da schwamm die kleine Meerfrau weiter hinaus hinter ein paar hohe Steine, die aus dem Wasser ragten, sie legte sich Meerschaum auf ihr Haar und ihre Brust, daß niemand ihr kleines Gesicht sehen konnte, und da gab sie acht, wer wohl herankam zu dem armen Prinzen.

Es dauerte nicht lange, bis ein junges Mädchen kam, sie schien heftig zu erschrecken, aber nur für einen Augenblick, dann holte sie andere Menschen, und die Meerfrau sah, daß Leben in den Prinzen kam, und daß er sie alle ringsum anlächelte, aber hinaus zu ihr lächelte er nicht, er wußte ja auch nicht, daß sie ihn gerettet hatte; ihr war so trübe zumute, daß sie, als er nun in das große Gebäude geführt wurde, voll Kummer ins Wasser hinabtauchte und nach Hause eilte in ihres Vaters Schloß.

Immer war sie still und gedankenvoll gewesen, aber nun wurde sie es noch viel mehr. Die Schwestern fragten sie, was sie gesehen hätte beim ersten Mal da oben, doch sie erzählte nichts.

Manchen Abend und Morgen stieg sie hinauf, dorthin, wo sie den Prinzen verlassen hatte. Sie sah, wie die Früchte des Gartens reiften und abgepflückt wurden, sie sah, wie auf den hohen Bergen der Schnee schmolz, aber den Prinzen sah sie nicht, und darum kehrte sie immer noch betrübter heim. Da war es ihr einziger Trost, in dem kleinen Garten zu sitzen und ihre Arme um die schöne Marmorstatue zu schlingen, die dem Prinzen glich, aber um ihre Blumen kümmerte sie sich nicht, und sie wuchsen wie in einer Wildnis hinaus über die Wege und flochten ihre langen Stiele und Blätter in die Zweige des Baums, daß es ganz dunkel war.

Zuletzt konnte sie es nicht länger ertragen und sagte es

einer ihrer Schwestern, und so erfuhren es sogleich auch alle anderen, aber sonst niemand, außer ihnen und noch ein paar anderen Meerfrauen, die es aber niemandem weitersagten, abgesehen von ihren engsten Freundinnen. Eine von diesen nun wußte, wer der Prinz war, sie hatte auch den Staat gesehen, der auf dem Schiff veranstaltet wurde, wußte, woher er kam, und wo sein Königreich lag.

»Komm, kleine Schwester!« sagten die anderen Prinzessinnen, und die Arme einander um die Schultern gelegt, stiegen sie in einer langen Reihe aus dem Meer herauf – dort wo, wie sie wußten, das Schloß des Prinzen lag.

Es war aus hellgelb leuchtendem Stein gebaut, mit großen Marmortreppen, eine führte gerade ins Meer hinab. Prächtige vergoldete Kuppeln erhoben sich über das Dach, und zwischen den Säulen, die rings um das ganze Gebäude gingen, standen Marmorbilder, die aussahen, als wären sie lebendig. Durch das klare Glas in den hohen Fenstern sah man hinein in die prächtigsten Säle, wo kostbare Seidengardinen und Teppiche hingen und alle Wände mit großen Malereien geschmückt waren, daß es eine Lust war, sie anzusehen. Mitten im größten Saal sprudelte ein großer Springbrunnen, die Strahlen standen hoch hinauf gegen die Glaskuppel in der Decke, durch die das Sonnenlicht auf das Wasser und auf die herrlichen Pflanzen herabfiel, die in dem großen Bassin wuchsen.

Nun wußte sie, wo er wohnte, und manchen Abend und manche Nacht kam sie auf dem Wasser hierher; sie schwamm viel näher ans Land, als jede von den anderen es gewagt hatte, ja sie ging ganz hinauf in den schmalen Kanal bis unter den prächtigen Marmorbalkon, der einen langen Schatten auf das Wasser warf. Hier saß sie und sah auf den jungen Prinzen, der glaubte, er wäre ganz allein im klaren Mondschein.

Sie sah ihn manchen Abend mit Musik in seinem prächtigen Boot ausfahren, auf dem die Fahnen wehten; sie lugte zwischen dem grünen Schilfrohr hervor, und griff der Wind in ihren langen, silberweißen Schleier und jemand sah es, dann dachte er, es wäre ein Schwan, der die Flügel ausbreitete.

Sie hörte manche Nacht, wenn die Fischer mit ihren Feuern auf der See lagen, wie sie so viel Gutes von dem jungen Prinzen erzählten, und es freute sie, daß sie ihm das Leben gerettet hatte, als er halbtot auf den Wogen dahintrieb, und sie dachte daran, wie fest sein Kopf an ihrer Brust geruht hatte, und wie innig sie ihn da küßte; er wußte gar nichts davon, konnte nicht einmal von ihr träumen.

Immer lieber wurden ihr mit der Zeit die Menschen, immer mehr wünschte sie sich, in ihre Mitte aufsteigen zu können; deren Welt, so schien ihr, war viel größer als ihre eigene; sie konnten ja auf Schiffen über das Meer dahinfliegen, auf die hohen Berge hoch über den Wolken steigen, und die Länder, die sie besaßen, erstreckten sich mit Wald und Feld weiter, als sie sehen konnte. Da war so vieles, was sie wissen wollte, aber die Schwestern wußten nicht auf alles eine Antwort zu geben, darum fragte sie die alte Großmutter, und die verstand sich gut auf die höhere Welt, wie sie die Länder über dem Meer sehr richtig nannte.

»Wenn die Menschen nicht ertrinken«, fragte die kleine Meerfrau, »können sie dann immer leben, sterben sie nicht, wie wir hier unten im Meer?«

»O doch!« sagte die Alte, »auch sie müssen sterben, und ihre Lebenszeit ist sogar kürzer als unsere. Wir können dreihundert Jahre alt werden, aber wenn wir dann aufhören hierzusein, dann werden wir nur Schaum auf dem Wasser, dann haben wir nicht einmal ein Grab hier unten unter unseren Lieben. Wir haben keine unsterbliche Seele, uns erwartet nie mehr ein Leben, wir sind wie das grüne Schilf, ist es einmal abgeschnitten, kann es nicht wieder grünen! Die Menschen dagegen haben eine Seele, die immer lebt, auch dann, wenn der Leib zu Erde geworden ist; sie steigt auf, hin durch die klare Luft, hinauf zu all den funkelnden Sternen! so wie wir auftauchen aus dem Meer und die Länder der Menschen sehen, so tauchen sie empor zu unbekannten herrlichen Orten, die wir niemals zu sehen bekommen.«

»Warum haben wir keine unsterbliche Seele bekommen?« sagte die kleine Meerfrau betrübt, »ich würde alle meine hundert Jahre, die ich zu leben habe, dahingeben, um für bloß einen Tag Mensch zu sein und schließlich teilzuhaben an der himmlischen Welt!«

»Daran darfst du nicht einmal denken!« sagte die Alte, »wir haben es viel glücklicher und besser als die Menschen dort oben!«

»Ich soll also sterben und dahintreiben wie Schaum auf der See, nicht die Musik der Wellen hören, die herrlichen Blumen und die rote Sonne sehen! Kann ich denn gar nichts tun, um eine ewige Seele zu erlangen?« – –

»Nein!« sagte die Alte, »nur wenn ein Mensch dich so lieb gewänne, daß du ihm mehr wärest als Vater und Mutter, wenn er mit all seinen Gedanken und seiner Liebe an dir hinge, und ließe den Priester seine rechte Hand in deine legen mit dem Versprechen, dir treu zu sein hier und in alle Ewigkeit, dann würde seine Seele hinüberfließen in deinen Leib, und auch du hättest teil am menschlichen Glück. Er hätte dir eine Seele gegeben und doch seine eigene behalten. Aber das kann niemals geschehen! Was nämlich hier im Meer gerade schön ist, dein Fischschwanz, das finden sie da oben auf der Erde häßlich, sie wissen es nun einmal nicht besser, man muß dort zwei klobige Stümpfe haben, die sie Beine nennen, um schön zu sein!«

Da seufzte die kleine Meerfrau und sah betrübt auf ihren Fischschwanz.

»Laß uns vergnügt sein«, sagte die Alte, »hüpfen und springen wollen wir die dreihundert Jahre lang die wir zu leben haben, das ist doch eine ganz ansehnliche Zeit, da kann man sich dann um so vergnüglicher ausruhen, wenn man im Grab liegt. Heute abend soll bei uns Hofball sein!«

Das war auch eine Pracht, wie man sie niemals auf der Erde sieht. Wände und Decke im großen Tanzsaal waren aus dickem, doch klarem Glas. Einige hundert kolossale Muschelschalen, rosenrot und grasgrün, waren an jeder Seite aufgereiht, darin brannte ein blaues Feuer, das den ganzen Saal erleuchtete und durch die Wände nach draußen schien, so daß die See ringsum leuchtete; man konnte all die zahllosen Fische sehen, große und kleine, die an die Glasmauer heranschwammen, bei manchen schimmerten die Schuppen purpurrot, bei anderen schienen sie aus Silber und Gold zu sein. – Mitten durch den Saal floß ein breiter, rinnender Strom, und darauf tanzten Meermänner und Meerfrauen zu ihrem eigenen herrlichen Gesang. So schöne Stimmen haben die Menschen auf der Erde nicht. Die kleine Meerfrau sang am schönsten von allen, und sie klatschten ihr Beifall, und für einen Augenblick fühlte sie eine Freude in ihrem Herzen; denn sie wußte, sie hatte die schönste Stimme von allen auf Erden und im Meer. Aber bald versank sie doch wieder in Gedanken an die Welt dort oben über ihr; sie konnte den schönen Prinzen nicht vergessen und ihre Trauer, daß sie nicht, wie er, eine unsterbliche Seele besaß. Darum schlich sie sich aus dem Schloß ihres Vaters, und während drinnen alles Gesang und Ausgelassenheit war, saß sie betrübt in ihrem kleinen Garten.

Da hörte sie von fern Waldhörner durch das Wasser klingen, und sie dachte: »Jetzt segelt er wohl da oben, er, den ich lieber habe als Vater und Mutter, er, an dem all mein Denken hängt und in dessen Hand ich mein Lebensglück legen würde. Alles will ich wagen, um ihn zu gewinnen und eine unsterbliche Seele! Während meine Schwestern drinnen im Schloß meines Vaters tanzen, will ich zur Meerhexe gehen, zu ihr, vor der ich immer solche Angst gehabt habe, aber sie weiß vielleicht Rat und Hilfe!«

Nun ging die kleine Meerfrau aus ihrem Garten hinaus und fort zu den brausenden Mahlströmen, hinter denen die Hexe wohnte. Diesen Weg war sie nie zuvor gegangen, hier wuchsen keine Blumen, kein Seegras, nur der nackte, graue Sandboden dehnte sich bis zu den Strudeln, die wie brausende Mühlräder herumwirbelten und alles, was sie zu fassen bekamen, mit sich in die Tiefe rissen; mitten durch diese malmenden Wirbel mußte sie gehen, um in den Bezirk der Meerhexe zu gelangen, und hier war über eine lange Strecke kein anderer Weg als über warmen blubbernden Schlamm, den nannte die Hexe ihr Torfmoor. Dahinter lag ihr Haus inmitten eines seltsamen Waldes. Alle Bäume und Büsche waren Polypen, halb Tier und halb Pflanze, sie sahen aus wie hundertköpfige Schlangen, die aus der Erde wuchsen; alle Zweige waren lange, schleimige Arme, mit Fingern wie biegsame Würmer, und Glied für Glied bewegten sie sich von der Wurzel bis in die äußerste Spitze. Um alles, was sie im Wasser greifen konnten, schlangen sie sich herum und ließen es nie mehr loskommen. Die kleine Meerfrau erschrak sehr, als sie vor ihnen stand; ihr Herz schlug vor Angst, beinahe wäre sie umgekehrt, aber dann dachte sie an den Prinzen und an die Seele des Menschen, und da faßte sie Mut. Ihr langes, flatterndes Haar band sie fest um den Kopf, damit die Polypen sie nicht dabei ergreifen sollten, die beiden Hände legte sie über ihrer Brust zusammen und flog so davon, wie ein Fisch durchs Wasser fliegen kann, mitten zwischen die häßlichen Polypen, die ihre biegsamen Arme und Finger nach ihr ausstreckten. Sie sah, wie jeder von ihnen etwas hielt, das er gepackt hatte, hundert kleine Arme umschlossen es wie starke Eisenbänder. Menschen, die auf See umgekommen und in die Tiefe gesunken waren, lugten als weiße Gerippe aus den Armen der Polypen hervor. Schiffsruder und Kisten hielten sie fest, Skelette von Landtieren und eine kleine Meerfrau, die sie gefangen und erwürgt hatten, das war für sie beinahe das Schrecklichste.

Nun gelangte sie zu einem großen, schleimigen Platz im Wald, wo sich große, fette Wasserschlangen wälzten und ihre ekelhaften weißgelben Wänste zeigten. Mitten auf dem Platz war ein Haus aus den Knochen gestrandeter Menschen errichtet; da saß die Meerhexe und ließ aus ihrem Mund eine Kröte essen, so wie die Menschen einen kleinen Kanarienvogel Zucker essen lassen. Die häßlichen, fetten Wasserschlangen nannte sie ihre kleinen Küken und ließ sie sich auf ihrer großen, schwammigen Brust wälzen.

»Ich weiß schon, was du willst!« sagte die Meerhexe, »das ist schön dumm von dir! trotzdem sollst du deinen Willen haben, denn er wird dich ins Unglück stürzen, mein reizendes Prinzeßchen. Du willst gern deinen Fischschwanz loswerden und statt dessen zwei Stümpfe haben, auf denen du gehen kannst wie die Menschen, damit der junge Prinz sich in dich verlieben kann und du ihn kriegst und eine unsterbliche Seele dazu!« Dabei lachte die Hexe auf einmal so laut und gräßlich, daß die Kröte und die Schlangen auf die Erde fielen und sich dort wälzten. »Du kommst gerade zur rechten Zeit«, sagte die Hexe, »morgen, wenn die Sonne aufgeht, könnte ich dir nicht mehr helfen, ehe wieder ein Jahr vergangen ist. Ich werde dir einen Trank brauen, mit dem sollst du, bevor die Sonne aufgeht, an Land schwimmen, dich dort auf den Strand setzen und ihn trinken, da teilt sich dein Schwanz und schrumpft zu dem ein, was die Menschen hübsche Beine nennen, aber das schmerzt, das wird sein, als ginge ein scharfes Schwert durch dich hindurch! Alle, die dich sehen, werden sagen, du seiest das herrlichste Menschenkind, das sie je gesehen haben! Du behältst deinen schwebenden Gang, keine Tänzerin kann schweben wie du, aber jeder Schritt, den du tust, wird sein, als trätest du auf ein scharfes Messer, daß dein Blut fließen muß. Willst du all das erleiden, und soll ich dir also helfen?«

»Ja!« sagte die kleine Meerfrau mit zitternder Stimme

und dachte an den Prinzen und an die unsterbliche Seele, die sie erlangen wollte.

»Aber denk daran«, sagte die Hexe, »hast du erst menschliche Gestalt angenommen, dann kannst du nie wieder eine Meerfrau werden! Du kannst nie durch das Wasser hinabsteigen zu deinen Schwestern und dem Schloß deines Vaters, und gewinnst du nicht die Liebe des Prinzen, so daß er für dich Vater und Mutter vergißt, mit all seinem Denken an dir hängt und den Priester eure Hände aneinanderlegen läßt, daß ihr Mann und Frau werdet, dann bekommst du keine unsterbliche Seele! am ersten Morgen, nachdem er eine andere geheiratet hat, da muß dein Herz brechen, und du wirst zu Schaum auf dem Wasser.«

»Ich will es!« sagte die kleine Meerfrau und war so bleich wie der Tod.

»Aber mich mußt du auch bezahlen!« sagte die Hexe, »und es ist nicht wenig, was ich verlange. Du hast die herrlichste Stimme von allen hier unten auf dem Meeresgrund, damit, glaubst du wohl, wirst du ihn verzaubern, aber diese Stimme sollst du mir geben. Das Beste, was du besitzt, will ich haben für meinen kostbaren Trank! mein eigenes Blut muß ich dir ja da hineingeben, damit der Trank scharf wird wie ein zweischneidiges Schwert!«

»Aber wenn du mir meine Stimme nimmst«, sagte die kleine Meerfrau, »was bleibt mir da!«

»Deine herrliche Gestalt«, sagte die Hexe, »dein schwebender Gang und deine sprechenden Augen, damit kannst du immer noch ein Menschenherz betören. Nanu, hast du den Mut verloren! streck deine kleine Zunge heraus, so schneide ich sie ab, als Bezahlung, und du sollst den kräftigen Trank bekommen!«

»Es geschehe!« sagte die kleine Meerfrau, und die Hexe setzte ihren Kessel auf, um den Zaubertrank zu kochen. »Reinlichkeit ist eine gute Sache!« sagte sie und scheuerte den Kessel mit den Schlangen aus, die sie zu einem Knäuel zusammenband, nun ritzte sie sich selbst die Brust und ließ ihr schwarzes Blut herabtropfen, der Dampf bildete die seltsamsten Gestalten, daß einem angst und bange werden mußte. Jeden Augenblick schüttete die Hexe neue Dinge in den Kessel, und als es richtig kochte, da war es, wie wenn Krokodile weinen. Schließlich war der Trank fertig, er sah aus wie das klarste Wasser!

»Da hast du ihn!« sagte die Hexe und schnitt der kleinen Meerfrau die Zunge ab, so daß sie nun stumm war, weder singen noch sprechen konnte.

»Falls die Polypen dich packen sollten, wenn du durch meinen Wald zurückgehst«, sagte die Hexe, »dann spritz nur einen einzigen Tropfen von diesem Trank auf sie, dann zerspringen ihre Arme und Finger in tausend Stücke!« aber das brauchte die kleine Meerfrau gar nicht, die Polypen zogen sich erschrocken vor ihr zurück, als sie den schimmernden Trank sahen, der in ihrer Hand leuchtete, als wären es funkelnde Sterne. So gelangte sie rasch durch den Wald, über das Moor und die brausenden Mahlströme.

Sie konnte das Schloß ihres Vaters sehen; die Feuer im großen Tanzsaal waren erloschen; jetzt schliefen wohl alle da drinnen, aber sie wagte doch nicht, nach ihnen zu sehen, jetzt da sie stumm war und für immer von ihnen fortgehen wollte. Es war, als sollte ihr kleines Herz entzweigehen vor Trauer. Sie schlich sich in den Garten, pflückte je eine Blume aus den Blumenbeeten ihrer Schwestern, warf mit der Hand tausend Küsse nach dem Schloß und stieg hinauf durch die dunkelblaue See.

Die Sonne war noch nicht hervorgekommen, als sie das Schloß des Prinzen erblickte und die prächtige Marmortreppe erstieg. Der Mond schien herrlich klar. Die kleine Meerfrau trank den brennend scharfen Trank, und es war, als ginge ein zweischneidiges Schwert durch ihren feinen Leib, sie wurde ohnmächtig davon und lag da wie tot. Als die Sonne auf das Meer schien, erwachte sie, und sie fühlte einen brennenden Schmerz, aber gerade vor ihr stand der herrliche junge Prinz, er heftete seine kohlschwarzen Augen auf sie, daß sie die ihren niederschlug und sah, daß ihr Fischschwanz verschwunden war und daß sie die hübschesten kleinen, weißen Beine hatte, die ein Mädchen nur haben konnte, aber sie war ganz nackt, darum hüllte sie sich in ihr dichtes, langes Haar. Der Prinz fragte, wer sie sei und wie sie hierhergekommen wäre, und sie sah ihn so sanft und doch so betrübt an mit ihren dunkelblauen Augen, sprechen konnte sie ja nicht. Da nahm er sie bei der Hand und führte sie in sein Schloß. Bei jedem Schritt, den sie tat, war es, wie die Hexe es ihr vorhergesagt hatte, als träte sie auf spitze Nadeln und scharfe Messer, aber das ertrug sie gern; an der Hand des Prinzen stieg sie leicht wie eine Luftblase hinauf, und er und alle wunderten sich über ihren anmutig schwebenden Gang.

Sie wurde in kostbare Kleider aus Seide und Musselin gekleidet, im Schloß war sie die Schönste von allen, aber sie war stumm, konnte weder singen noch sprechen. Prächtige Sklavinnen, gekleidet in Seide und Gold, traten vor und sangen für den Prinzen und seine königlichen Eltern; eine sang schöner als alle anderen und der Prinz klatschte in die Hände und lächelte ihr zu, da wurde die kleine Meerfrau betrübt, sie wußte, daß sie selbst viel schöner gesungen hätte; sie dachte: »O wenn er doch nur wüßte, daß ich, um bei ihm zu sein, meine Stimme dahingegeben habe für alle Ewigkeit!«

Nun tanzten die Sklavinnen in anmutigen, schwebenden Tänzen zu der herrlichsten Musik, da reckte die kleine Meerfrau ihre schönen weißen Arme, erhob sich auf die Zehenspitzen und schwebte über den Boden hin, tanzte, wie noch niemand getanzt hatte; mit jeder Bewegung wurde ihre Schönheit noch deutlicher sichtbar, und ihre Augen sprachen tiefer zum Herzen als der Gesang der Sklavinnen.

Alle waren hingerissen, vor allem der Prinz, der sie sein

kleines Findelkind nannte, und sie tanzte weiter und weiter, obwohl es doch jedesmal, wenn ihr Fuß die Erde berührte, war, als träte sie auf scharfe Messer. Der Prinz sagte, sie solle immer bei ihm sein, und sie bekam die Erlaubnis, draußen vor seiner Tür auf einem Samtkissen zu schlafen.

Er ließ ihr Männerkleidung schneidern, damit sie ihn zu Pferde begleiten konnte. Sie ritten durch die duftenden Wälder, wo die grünen Zweige ihr auf die Schultern klopften und die kleinen Vögel hinter den frischen Blättern sangen. Sie kletterte mit dem Prinzen die hohen Berge hinauf, und obwohl ihre zarten Füße bluteten, daß die anderen es sehen konnten, lachte sie doch darüber und folgte ihm, bis sie die Wolken unter sich segeln sahen, als wäre es ein Vogelschwarm, der in fremde Länder zog.

Zu Hause im Schloß des Prinzen, nachts, wenn die andern schliefen, ging sie die breite Marmortreppe hinab und kühlte ihre brennenden Füße im kalten Meerwasser, und dann dachte sie an die dort unten in der Tiefe.

Eines Nachts kamen ihre Schwestern Arm in Arm, sie sangen so traurig, als sie durchs Wasser schwammen, und die kleine Meerfrau winkte ihnen zu, und sie erkannten die Schwester und erzählten, wieviel Kummer sie ihnen allen machte. Von nun an kamen sie jede Nacht zu Besuch, und einmal sah sie, weit draußen, die alte Großmutter, die seit vielen Jahren nicht mehr auf dem Meer gewesen war, und den Meerkönig mit seiner Krone auf dem Kopf; sie streckten ihr die Hände entgegen, wagten sich aber nicht so nah ans Land wie die Schwestern.

Tag für Tag wuchs sie dem Prinzen mehr ans Herz, er hatte sie so lieb, wie man ein gutes, liebes Kind liebhat, aber sie zu seiner Königin zu machen, das fiel ihm gar nicht ein, und seine Frau mußte sie werden, denn sonst bekam sie keine unsterbliche Seele, sondern würde an seinem Hochzeitsmorgen zu Schaum auf der See.

»Hast du mich nicht am liebsten von ihnen allen?« schienen die Augen der kleinen Meerfrau zu sagen, wenn er sie in seine Arme nahm und ihre hübsche Stirn küßte.

»Doch, du bist mir am liebsten«, sagte der Prinz, »denn du hast das beste Herz von ihnen allen, keine ist mir so hingegeben, und du ähnelst einem jungen Mädchen, das ich einmal sah, aber gewiß nie mehr finden werde. Ich war auf einem Schiff, das strandete, die Wellen trieben mich bei einem heiligen Tempel an Land, wo einige junge Mädchen Dienst taten, die jüngste fand mich am Strand und rettete mir das Leben, ich sah sie nur zweimal; sie wäre die einzige, die ich in dieser Welt lieben könnte, aber du siehst ihr ähnlich, du verdrängst beinahe ihr Bild in meiner Seele; sie gehört dem heiligen Tempel an, und darum hat mein gütiges Glück mir dich gesandt, niemals wollen wir uns trennen!« – »Ach, er weiß nicht, daß ich ihm das Leben gerettet habe!« dachte die kleine Meerfrau, »ich trug ihn über die See bis zum Wald, wo der Tempel steht, ich saß hinter der Gischt und hielt Ausschau, ob nicht Menschen kommen würden. Ich sah das schöne Mädchen, das er lieber hat als mich!« und die Meerfrau seufzte tief, weinen konnte sie nicht. »Das Mädchen gehört dem heiligen Tempel an, hat er gesagt, sie kommt niemals hinaus in die Welt, sie begegnen sich nicht mehr, ich bin bei ihm, sehe ihn jeden Tag, ich will ihn pflegen, ihn lieben, ihm mein Leben opfern!«

Aber nun soll der Prinz heiraten und die wunderschöne Tochter des Nachbarkönigs zur Frau haben, erzählte man, daher kommt es, daß er so ein prächtiges Schiff ausrüstet. Der Prinz reist, um die Länder des Nachbarkönigs zu sehen, heißt es wohl, aber es geschieht, um die Tochter des Nachbarkönigs zu sehen, ein großes Gefolge wird er bei sich haben; doch die kleine Meerfrau schüttelte den Kopf und lachte; sie kannte die Gedanken des Prinzen viel besser als all die anderen. »Ich muß auf Reisen gehen!« hatte er zu ihr gesagt, »ich muß die schöne Prinzessin sehen, meine

Eltern verlangen es so, aber mich zwingen, sie als meine Braut heimzuführen, das wollen sie nicht tun; ich kann sie nicht lieben! sie sieht nicht aus wie das schöne Mädchen im Tempel, dem du ähnelst; sollte ich einmal eine Braut wählen, dann wärst es viel eher du, mein stummes Findelkind mit den sprechenden Augen!« und er küßte ihren roten Mund, spielte mit ihrem langen Haar und legte seinen Kopf an ihr Herz, daß es von Menschenglück träumte und von einer unsterblichen Seele.

»Du bist vor dem Meer doch nicht bange, mein stummes Kind!« sagte er, als sie auf dem prächtigen Schiff standen, das ihn zum Land des Nachbarkönigs führen sollte; und er erzählte ihr von Sturm und Meeresstille, von seltsamen Fischen in der Tiefe und dem, was der Taucher da gesehen hatte, und sie lächelte bei seiner Erzählung, sie wußte ja besser über den Meeresgrund Bescheid als jeder andere.

In der mondklaren Nacht, wenn sie alle schliefen, bis auf den Steuermann, der am Ruder stand, saß sie an der Reling des Schiffes und starrte hinab durch das klare Wasser, und sie glaubte das Schloß ihres Vaters zu sehen; ganz oben darauf stand die alte Großmutter mit der Silberkrone auf dem Kopf und starrte durch die reißenden Ströme zum Kiel des Schiffs hinauf. Da kamen ihre Schwestern an die Wasseroberfläche, starrten sie traurig an und rangen die weißen Hände, sie winkte ihnen zu, lächelte und wollte erzählen, daß es ihr in allem wohl ergehe, aber der Schiffsjunge kam zu ihr herüber, und die Schwestern tauchten weg, so daß er in dem Glauben blieb, das Weiße, das er gesehen hatte, sei Schaum auf der See gewesen.

Am nächsten Morgen segelte das Schiff in den Hafen nahe der prächtigen Stadt des Nachbarkönigs ein. Alle Kirchenglocken läuteten, und von den hohen Türmen wurden Posaunen geblasen, während die Soldaten mit wehenden Fahnen und blitzenden Bajonetten paradierten. Jeden Tag gab es ein Fest. Ball und Gesellschaft folgten aufeinander, aber die Prinzessin war noch nicht da, sie wurde weit entfernt in einem heiligen Tempel erzogen, sagte man, dort lernte sie alle königlichen Tugenden. Endlich traf sie ein.

Die kleine Meerfrau stand da, begierig, ihre Schönheit zu sehen, und sie mußte gestehen, daß sie niemals eine lieblichere Gestalt gesehen hatte. Die Haut war so fein und rein, und unter den langen, dunklen Wimpern lächelte ein Paar blauer, treuer Augen.

»Du bist es!« sagte der Prinz, »du, die mich gerettet hat, als ich wie ein Leichnam an der Küste lag!« und er nahm seine errötende Braut in die Arme. »O ich bin überglücklich!« sagte er zu der kleinen Meerfrau. »Das Beste, das, was ich nie zu hoffen wagte, ist mir in Erfüllung gegangen. Du wirst dich an meinem Glück freuen, denn du hast mich doch am liebsten von ihnen allen!« Und die kleine Meerfrau küßte seine Hand, und es war ihr, als fühlte sie ihr Herz zerbrechen. Sein Hochzeitsmorgen würde ihr ja den Tod bringen und sie in Schaum auf der See verwandeln.

Alle Kirchenglocken läuteten, die Herolde ritten durch die Straßen und verkündeten die Verlobung. Auf allen Altären brannten duftende Öle in kostbaren Silberlampen. Die Priester schwenkten Räuchergefäße, und Braut und Bräutigam reichten einander die Hand und empfingen die Weihe des Bischofs. Die kleine Meerfrau stand in Seide und Gold und hielt der Braut die Schleppe, aber ihre Ohren hörten nicht die festliche Musik, ihre Augen sahen nicht die heilige Zeremonie, sie dachte an ihre Todesnacht, an alles, was sie in dieser Welt verloren hatte.

Noch am selben Abend gingen Braut und Bräutigam an Bord des Schiffes, die Kanonen donnerten, alle Fahnen wehten, und mitten auf dem Schiff war ein königliches Zelt aus Gold und Purpur und mit den herrlichsten Polstern errichtet, da sollte das Brautpaar schlafen in der stillen, kühlen Nacht.

Die Segel schwellten im Wind, und das Schiff glitt leicht und ohne große Bewegung über die klare See dahin.

Als es dunkelte, wurden bunte Lampen angezündet, und die Seeleute tanzten lustige Tänze an Deck. Die kleine Meerfrau mußte daran denken, wie sie zum ersten Mal aus dem Meer emporgetaucht war und dieselbe Pracht und Freude gesehen hatte, und sie wirbelte mit im Tanz, schwebend, wie die Schwalbe schwebt, wenn sie verfolgt wird, und alle jubelten ihr Bewunderung zu, niemals hatte sie so herrlich getanzt; es schnitt wie scharfe Messer in die zarten Füße, aber sie fühlte es nicht; schmerzhafter schnitt es ihr ins Herz. Sie wußte, es war der letzte Abend, an dem sie ihn sah, für den sie ihr Geschlecht und ihr Zuhause verlassen, ihre herrliche Stimme dahingegeben und täglich unendliche Qualen erlitten hatte, ohne daß er etwas davon ahnte. Es war die letzte Nacht, in der sie dieselbe Luft atmete wie er, das tiefe Meer sah und den sternblauen Himmel; eine ewige Nacht ohne Gedanke und Traum erwartete sie, die keine Seele hatte, keine gewinnen konnte. Und alles war Freude und Ausgelassenheit auf dem Schiff bis weit nach Mitternacht, sie lachte und tanzte mit dem Todesgedanken in ihrem Herzen. Der Prinz küßte seine wunderschöne Braut, und sie spielte mit seinem schwarzen Haar, und Arm in Arm legten sie sich auf ihr Lager in dem prächtigen Zelt.

Es wurde still und ruhig auf dem Schiff, nur der Steuermann stand am Ruder, die kleine Meerfrau legte ihre Arme auf die Reling und blickte gen Osten nach der Morgenröte, der erste Sonnenstrahl, wußte sie, würde sie töten. Da sah sie ihre Schwestern aus dem Meer aufsteigen, sie waren bleich wie sie selbst; ihr langes, schönes Haar flatterte nicht mehr im Wind, es war abgeschnitten.

»Wir haben es der Hexe gegeben, damit sie dir Hilfe bringt, daß du diese Nacht nicht sterben mußt! Sie hat uns ein Messer gegeben, hier ist es! siehst du wie scharf? Bevor die Sonne aufgeht, mußt du es dem Prinzen ins Herz stechen, und wenn da sein warmes Blut auf deine Füße spritzt, dann wachsen sie zusammen zu einem Fischschwanz, und du wirst wieder eine Meerfrau, kannst wieder ins Wasser herabsteigen zu uns und deine dreihundert Jahre leben, bevor du toter, salziger Meerschaum wirst. Beeil dich! er oder du, einer von euch muß sterben, bevor die Sonne aufgeht! unsere alte Großmutter trauert so sehr, daß ihr weißes Haar ausgefallen ist, wie unseres unter der Schere der Hexe fiel. Töte den Prinzen und komm zurück! Beeil dich, siehst du den roten Streifen am Himmel? In ein paar Minuten steigt die Sonne empor, und dann mußt du sterben!« und sie stießen einen seltsam tiefen Seufzer aus und sanken in die Flut.

Die kleine Meerfrau schlug den Purpurvorhang vom Zelt zurück, und da sah sie die wunderschöne Braut schlafen, den Kopf an der Brust des Prinzen, und sie neigte sich zu ihm, küßte ihn auf seine schöne Stirn, sah zum Himmel, wo die Morgenröte heller und heller leuchtete, sah auf das scharfe Messer und richtete wieder den Blick auf den Prinzen, der im Traum seine Braut beim Namen nannte, nur sie war in seinen Gedanken, und das Messer zitterte in der Hand der Meerfrau, – aber da warf sie es weit hinaus in die Wellen, die schimmerten rot, da wo es niederfiel, es sah aus, als ob Blutstropfen aus dem Wasser quollen. Ein letztes Mal sah sie den Prinzen mit halb gebrochenem Blick an, stürzte sich vom Schiff hinab ins Meer, und sie fühlte, wie ihr Leib sich in Schaum auflöste.

Nun stieg die Sonne aus dem Meer empor, die Strahlen fielen so mild und warm auf den todeskalten Meerschaum, und die kleine Meerfrau spürte den Tod nicht, sie sah die klare Sonne, und über ihr schwebten hundert durchsichtige, herrliche Geschöpfe; sie konnte durch sie hindurch die weißen Segel des Schiffes und die roten Wolken des Himmels sehen, ihre Stimme war Melodie, aber so geistig, daß kein menschliches Ohr sie hören konnte, ebenso wie kein irdisches Auge sie sehen konnte; ohne Flügel schwebten sie allein durch ihre Leichtigkeit in der Luft. Die kleine Meerfrau sah, daß sie einen Leib wie jene hatte, der hob sich höher und höher aus dem Schaum.

»Zu wem komme ich?« sagte sie, und ihre Stimme klang wie die der anderen Wesen, so geistig, daß keine irdische Musik es wiedergeben kann.

»Zu den Töchtern der Luft!« antworteten die anderen. »Eine Meerfrau hat keine unsterbliche Seele, kann sie niemals bekommen, es sei denn, sie gewinnt die Liebe eines Menschen! von einer fremden Macht hängt ihr ewiges Dasein ab. Die Töchter der Luft haben auch keine ewige Seele, aber sie können sich durch gute Taten selber eine schaffen. Wir fliegen nach den warmen Ländern, wo die warme Pestluft die Menschen tötet; da fächeln wir Kühlung zu. Wir verbreiten den Duft der Blumen in der Luft und schicken Erquickung und Heilung. Wenn wir dreihundert Jahre lang danach gestrebt haben, all das Gute zu tun, das wir vermögen, dann bekommen wir eine unsterbliche Seele und haben teil am ewigen Glück der Menschen. Du arme kleine Meerfrau hast mit deinem ganzen Herzen nach demselben Ziel gestrebt wie wir, du hast gelitten und erduldet, hast dich erhoben ins Reich der Luftgeister, nun kannst du dir selbst durch gute Taten in dreihundert Jahren eine unsterbliche Seele schaffen.«

Und die kleine Meerfrau hob ihre durchsichtigen Arme auf zu Gottes Sonne, und zum ersten Mal spürte sie Tränen. – Auf dem Schiff war wieder Lärm und Leben, sie sah den Prinzen mit seiner schönen Braut nach ihr suchen, wehmütig starrten sie in die aufgewühlte Gischt, als wüßten sie, daß sie sich in die Fluten gestürzt hatte. Unsichtbar küßte sie die Stirn der Braut, lächelte ihn an und stieg mit den anderen Luftkindern hinauf zu der rosenroten Wolke, die in der Luft segelte.

»In dreihundert Jahren schweben wir so hinein in Gottes Reich!«

»Auch früher könnten wir dorthin gelangen!« flüsterte eine. »Unsichtbar schweben wir hinein in die Häuser der Menschen, dahin wo Kinder sind, und für jeden Tag, an dem wir ein Kind finden, das seinen Eltern Freude macht und das ihre Liebe verdient, verkürzt Gott unsere Probezeit. Das Kind merkt es nicht, wenn wir durchs Zimmer fliegen, und wenn wir dann vor Freude lächeln, dann wird ein Jahr von den dreihundert fortgenommen, aber wenn wir ein unartiges oder böses Kind sehen, dann müssen wir Tränen der Trauer weinen, und jede Träne verlängert unsere Probezeit um einen Tag!« –

Ein Märchen

Ein Märchen gibt es, lang schon währt's,
Vom großen Schmerz,
Den sich im Meer die Muscheln selbst erwerben:
Sie müssen an der eignen Perle sterben.

O Liebe, in mein Herz bist du gegeben –
die Perle gilt mein Leben.

Schlammkönigs Tochter

Die Störche erzählen ihren Kleinen so viele Märchen, alle aus Sümpfen und Mooren und Moosen, die sind, im allgemeinen, dem Alter und Auffassungsvermögen angepaßt; die kleinsten Küken sind vergnügt, wenn man sagt »kribbel-krabbel, plurremurre!«, das finden sie köstlich, aber die älteren hätten gern eine tiefere Bedeutung, oder wenigstens etwas mit Familiengeschichten. Von den beiden ältesten und längsten Märchen, die sich bei den Störchen erhalten haben, kennen wir alle das eine, das von Mose, der von seiner Mutter auf den Wassern des Nils ausgesetzt wurde und von der Tochter des Königs gefunden, eine gute Erziehung bekam und ein großer Mann wurde und von dem man seither nicht weiß, wo er begraben liegt. Das ist ganz allgemein bekannt!

Das andere Märchen kennt man noch nicht, vielleicht weil es beinahe inländisch ist. Dieses Märchen ist seit tausend Jahren von Storchenmutter zu Storchenmutter weitergegangen, und jede von ihnen hat es besser und besser erzählt, und wir erzählen es jetzt am allerbesten.

Das erste Storchenpaar, das es weitergab und das sogar da hineinlebte, hatte seinen Sommersitz auf dem Blockhaus eines Wikingers oben am Wildmoor in Vendsyssel; das liegt im Amtsbezirk Hjørring, Richtung Skagen hinauf in Jütland (wenn wir uns einmal sachkundig ausdrücken sollen); das ist noch immer ein ungeheuer großes Moor, man kann darüber in der Amtsbeschreibung nachlesen. Hier ist früher Meeresboden gewesen, steht da, aber der hat sich gehoben; er erstreckt sich meilenweit nach allen Seiten, umgeben von feuchten Wiesen und schwankenden Moorböden, mit Torfmooren, Moltebeeren und armseligen Bäumchen; fast immer schwebt ein Nebel darüber, und vor siebzig Jahren gab es hier noch Wölfe; das darf wohl mit Fug und Recht »Wildmoor« heißen, und man kann sich denken, wie gewaltig, wie erfüllt von Sumpf und See es hier vor tausend Jahren gewesen ist! ja, im einzelnen sah man damals hier, was man immer noch sieht: das Röhricht hatte dieselbe Höhe, dieselbe Art langer Blätter und violettbrauner Federblüten, die es immer noch trägt, die Birke stand da mit weißer Borke und feinen, freihängenden Blättern genauso wie heute noch, und was die Lebenden angeht, die hierherkamen – ja, die Fliege trug ihre Florkleidchen im selben Schnitt wie jetzt, Leib-und-Magen-Couleur des Storchs war Weiß mit Schwarz und roten Strümpfen; dagegen hatten die Menschen zu jener Zeit einen anderen Kleiderschnitt als heutzutage, aber jedem von ihnen, Sklave oder Jäger, wem auch immer, der auf den halbfesten Schlammboden hinaustrat, ging es vor tausend Jahren, wie es noch immer denen geht, die hierherkommen, sie plumpsten hinein und sanken hinab zum Schlammkönig, wie sie den nannten, der da unten in dem großen Moores-Reich regierte. *Moorkönig* wurde er auch genannt, aber wir ziehen es nun vor, *Schlammkönig* zu sagen; und so nannten ihn die Störche auch. Sehr wenig weiß man von seiner Regierung, aber das ist vielleicht auch das beste.

Nahe beim Moor, dicht am Limfjord, lag das Blockhaus des Wikingers mit steingesetztem Keller, Turm und drei Sätzen Stockwerk; ganz oben auf dem Dach hatte der Storch sein Nest gebaut, Storchenmutter saß auf den Eiern und war sich ganz sicher, daß sie wohl geraten würden.

Eines Abends blieb Storchenvater etwas länger aus, und als er heimkam, sah er zerzaust und gehetzt aus.

»Ich habe dir etwas ganz Entsetzliches zu erzählen!« sagte er zu Storchenmutter.

»Laß es lieber!« sagte sie, »denk daran, daß ich auf Eiern sitze, ich könnte Schaden dabei nehmen, und dann schlägt das auf die Eier!«

»Du mußt es erfahren!« sagte er. »*Sie* ist hergekommen, die Tochter unseres Hauswirts in Ägypten! sie hat die Reise hier herauf gewagt! und weg ist sie!«

»Sie, die aus der Familie der Feen ist! erzähl doch! du weißt, ich kann das Warten nicht vertragen, in dieser Zeit, wo ich auf den Eiern sitze!«

»Siehst du, Mutter! sie hat doch an das geglaubt, was ihr der Doktor gesagt hat, so wie du mir's erzählt hast; sie hat daran geglaubt, daß die Moorblume hier oben ihrem kranken Vater helfen könnte, und sie ist im Federgewand losgeflogen, zusammen mit den beiden anderen Federgewand-Prinzessinnen, die jedes Jahr hier nach Norden hinaufmüssen, um sich zu baden und zu verjüngen! sie ist gekommen, und sie ist wieder weg!«

»Du machst es so weitschweifig!« sagte Storchenmutter, »die Eier könnten sich verkühlen. Ich kann es nicht vertragen, wenn ich so gespannt bin!«

»Ich hab aufgepaßt!« sagte Storchenvater, »und heute abend, ich ging durchs Schilf, wo der Schlammboden mich tragen kann, da kamen drei Schwäne geflogen, und es war etwas in ihrer Bahn, das mir sagte: paß auf, das da ist nicht ganz Schwan, das ist bloß Schwanengewand! du hast es im Gefühl, Mutter! genau wie ich, du weißt, was das Richtige ist!«

»Ja gewiß!« sagte sie, »aber erzähl von der Prinzessin! ich bin es leid, von Schwanengewändern zu hören!«

»Hier mitten im Moor, weißt du, da ist so eine Art See«, sagte Storchenvater, »du kannst ein Stück davon sehen, wenn du dich kurz erheben möchtest; da oben, dicht beim Schilf und dem grünen Schlammboden, lag ein großer Erlenstamm, auf den setzten sich die drei Schwäne, schlugen mit den Flügeln und sahen sich um; einer von ihnen warf das Schwanengewand ab; und ich erkannte unsere Hausprinzessin aus Ägypten; da saß sie und hatte keinen anderen Mantel um sich als ihr langes, schwarzes Haar; sie bat die beiden anderen, hörte ich, gut auf das Schwanengewand aufzupassen, solange sie ins Wasser hinabtauchte, um die Blüte zu pflücken, die sie zu sehen glaubte. Die nickten und erhoben sich in die Luft, hoben das lose Federgewand auf; nun sieh mal an, was sie mit dem bloß wollen, dachte ich, und sie fragte sie wohl genau dasselbe, und die Antwort kriegte sie, die kriegte sie gezeigt, die flogen nämlich in die Höhe mit ihrem Federgewand: ›Tauch du nur unter!‹ riefen sie, ›niemals mehr fliegst du im Schwanengewand, niemals mehr siehst du Ägyptenland! sitz du nur im Wildmoor!‹ und dann rissen sie ihr Federgewand in hundert Stücke, daß die Federn weit herumflogen, als wär es ein Schneegestöber! und fort flogen die zwei Drecksprinzessinnen!«

»Das ist ja grauenhaft!« sagte Storchenmutter, »ich halt es nicht aus, das anzuhören! – nun sag schon, was weiter passierte!«

»Die Prinzessin jammerte und weinte! Die Tränen kullerten auf den Erlenstamm, und da rührte der sich, denn es war der Schlammkönig selbst, er, der im Moor wohnt. Ich sah, wie der Stamm sich drehte, und da war es gar kein Stamm mehr, da staken lange, schlammige Zweige empor, wie Arme; da kriegte das arme Kind einen Schrecken und sprang davon, hinauf auf den schaukelnden Schlammboden, aber an dieser Stelle kann er nicht einmal mich tragen, also sie noch weniger, sie sank sofort ein und der Erlenstamm ging mit hinab, er war es, der zog; es kamen große, schwarze Blasen, und dann war keine Spur mehr zu sehen. Jetzt ist sie im Wildmoor begraben, niemals kommt sie mit der Blüte nach Ägyptenland. Du hättest den Anblick nicht ertragen, Mutter!«

»So was solltest du mir in dieser Zeit überhaupt nicht erzählen! das kann auf die Eier schlagen! – Die Prinzessin wird sich schon zu helfen wissen! sie kriegt bestimmt Hilfe! wärst du es gewesen oder ich, einer von uns, dann wär es vorbei gewesen!«

»Ich will doch jeden Tag nachsehen!« sagte Storchenvater, und das tat er.

Nun verging eine lange Zeit.

Da sah er eines Tages, daß tief vom Grunde ein grüner Stengel emporwuchs, und als der den Wasserspiegel erreicht hatte, wuchs ein Blatt hervor, breiter und immer breiter; dicht daneben kam eine Knospe, und als der Storch eines frühen Morgens darüber hinflog, öffnete sich unter den starken Sonnenstrahlen die Blüte, und mitten darin lag ein wunderschönes Kind, ein kleines Mädchen, gerade als ob es aus dem Bad gestiegen wäre; es glich so sehr der Prinzessin aus Ägypten, daß der Storch zuerst glaubte, es wäre wirklich sie, die wieder klein geworden wäre, aber als er sich besann, fand er es wahrscheinlicher, daß es ihres und des Schlammkönigs Kind war; darum lag es auch in der Seerose.

»Aber da kann es doch nicht liegenbleiben«, dachte der Storch, »in meinem Nest sind wir schon zu so vielen! doch da fällt mir etwas ein! Die Wikingerfrau hat keine Kinder, oft hat sie sich ein Kleines gewünscht, ich bringe ja angeblich immer die Kleinen, jetzt will ich doch einmal ernst damit machen! ich fliege zur Wikingerfrau mit dem Kind; das wird eine Freude werden!«

Und der Storch nahm das kleine Mädchen, flog zum Blockhaus, hackte mit dem Schnabel ein Loch ins Schweinsblasen-Fenster, legte das Kind der Wikingerfrau an die Brust, flog dann zu Storchenmutter und erzählte, und die Küken hörten zu: dazu waren sie groß genug.

»Siehst du, die Prinzessin ist nicht tot! sie hat die Kleine heraufgeschickt, und nun ist die auch untergebracht!«

»Das hab ich doch von Anfang an gesagt!« sagte Storchenmutter, »und nun denk auch ein bißchen an deine eigenen! es ist bald Zeit zum Aufbruch; ab und zu passiert es schon, daß es mir unter den Flügeln kribbelt! Der Kukkuck und die Nachtigall sind schon weg, und die Wachteln hör ich davon reden, daß wir bald guten Rückenwind kriegen! unsere Jungen werden das Manöver schon gut bestehen, wie ich sie kenne!«

Na, wie freute sich die Wikingerfrau, als sie am Morgen erwachte und an ihrer Brust das kleine, liebliche Kind fand; sie küßte es und streichelte es, aber es schrie fürchterlich und strampelte mit Armen und Beinen, es schien überhaupt nicht zufrieden; zuletzt weinte es sich in den Schlaf, und wie es so dalag, da war es etwas vom Allerschönsten, was man nur anschauen konnte. Der Wikingerfrau war so froh, so leicht, so wohl zumute, es kam ihr vor, als müßte jetzt gewiß ihr Hausherr mit allen seinen Männern genauso unerwartet eintreffen wie die Kleine, und so hatten sie und ihr ganzes Haus zu tun, daß alles instand gesetzt würde. Die langen, farbigen Wandteppiche, die sie und die Mädchen mit Bildern ihrer Götzen selbst gewebt hatten, Odin, Thor und Freya, wie man sie nannte, wurden aufgehängt, die Sklaven mußten die alten Schilde scheuern, mit denen die Halle geschmückt wurde, Polster wurden auf die Bänke gelegt und trockenes Brennholz auf die Feuerstelle in der Mitte, damit das Feuer gleich angezündet werden konnte. Die Wikingerfrau faßte selbst mit an, so daß sie gegen Abend ziemlich müde war und gut schlief.

Als sie nun gegen Morgen erwachte, erschrak sie bis ins Innerste, denn das kleine Kind war glatt verschwunden; sie sprang auf, entzündete einen Kienspan und blickte um sich, und da lag dort, wo sie ihre Füße im Bett ausstreckte, nicht das kleine Kind, sondern eine große, häßliche Kröte; da ekelte sie sich sehr, nahm eine schwere Stange und wollte den Frosch totschlagen, aber der sah sie mit so wunderlichen, betrübten Augen an, daß sie nicht zuschlagen konnte. Abermals blickte sie um sich, der Frosch gab ein feines, klägliches Quak! von sich, da fuhr sie zusammen und sprang aus dem Bett zur Luke hinüber, die riß sie auf; die Sonne kam in diesem Augenblick hervor, warf ihre Strahlen genau ins Bett auf die große Kröte, und da war es mit einem Mal, als zöge sich der breite Mund des Untiers zusammen und würde klein und rot, die Glieder streckten sich zur niedlichsten Gestalt, es war ihr eigenes kleines, schönes Kind, das da lag, und kein häßlicher Frosch.

»Was das bloß ist!« sagte sie, »ich hab einen bösen Traum geträumt! das ist ja mein eigenes liebliches Elfenkind, das da liegt!« und sie küßte es und drückte es ans Herz, aber es kratzte und biß um sich wie ein wildes Katzenjunges.

Nicht an diesem Tag, auch nicht am nächsten kam der Wikingerherr, obwohl er schon unterwegs war, aber der Wind war widrig; der blies südwärts, für die Störche. Des einen Nutz ist des andern Trutz.

In wenigen Tagen und Nächten wurde es der Wikingerfrau klar, wie es um ihr kleines Kind stand, es war ja ein furchtbarer Zauber, der auf ihm lag. Bei Tage war es schön wie eine Lichtelfe, aber es hatte eine böse, wilde Natur, bei Nacht jedoch war es eine häßliche Kröte, still und jämmerlich, mit kummervollen Augen; hier waren zwei Naturen, die sich abwechselten, außen genauso wie innen; das kam daher, daß das kleine Mädchen, das der Storch gebracht hatte, bei Tage das Äußere seiner richtigen Mutter besaß, aber zugleich das Gemüt ihres Vaters; bei Nacht dagegen zeigte sich die Verwandtschaft mit ihm sichtbar in der Gestalt seines Leibes, dafür leuchteten dann aus ihrem Inneren Herz und Sinn ihrer Mutter. Wer vermochte diese Macht der Hexenkunst zu brechen! Der Wikingerfrau machte es Angst und Kummer; und doch hing ihr Herz an dem armen Geschöpf, von dessen Zustand ihrem Mann zu erzählen sie sich, wie sie glaubte, nicht trauen würde, wenn er nun bald nach Hause käme; denn dann würde er bestimmt, wie es der Brauch war, das arme Kind an der Landstraße aussetzen und es von jedem, der wollte, mitnehmen lassen. Das brachte die treffliche Wikingerfrau nicht übers Herz, er sollte nur am hellichten Tag das Kind zu sehen bekommen.

Eines frühen Morgens rauschten Storchenflügel übers Dach hin; dort hatten sich über Nacht mehr als hundert Storchenpaare ausgeruht nach dem großen Manöver, jetzt flogen sie auf, um nach Süden zu ziehen.

»Alle Mann fertig!« hieß es da, »Frauen und Kinder auch!«

»Mir ist so leicht!« sagten die Storchenjungen, »es kribbelt und krabbelt mir bis in die Beine, als wären sie voll von lebendigen Fröschen! wie ist das herrlich, ins Ausland zu reisen!«

»Haltet euch im Schwarm!« sagten Vater und Mutter, »und laßt das viele Klappern, das schlägt auf die Brust!«

Und los flogen sie.

Zur selben Stunde schallte die Lure über die Heide dahin, der Wikinger war mit allen seinen Männern gelandet; sie kehrten mit reicher Beute von der gallischen Küste heim, wo die Leute, wie im Britenland, in ihrem Schrecken sangen:

»Befreie uns von den wilden Nordmännern!«

Na, wie es da lebendig und lustig wurde in der Wikingerburg am Wildmoor! Das Metfaß kam in die Halle, das Feuer wurde angezündet, und Pferde wurden geschlachtet; jetzt sollte ordentlich gebrutzelt werden. Der Opfergode sprengte das warme Pferdeblut über die Sklaven, zur Weihe; das Feuer knisterte, der Rauch zog unter der Decke hin, der Sud troff vom Gebälk, aber daran war man gewöhnt. Gäste waren geladen, und die bekamen gute Gaben, vergessen waren Ränke und Falschheit; getrunken wurde, und sie schmissen einander die abgenagten Knochen ins Gesicht, das war ein Zeichen guter Laune. Der Skalde – das war eine Art Spielmann, aber auch ein Kriegsmann, der mit ihnen unterwegs gewesen war und wußte, wie das aussah, wovon er sang – gab ein Lied zum besten, in dem sie von all ihren

Kriegstaten und Merkwürdigkeiten hörten; nach jedem Vers kam derselbe Refrain: »Besitz stirbt, Sippen sterben, du selbst stirbst wie sie; doch Nachruhm stirbt nimmermehr!« und dann schlugen sie alle auf die Schilde und hämmerten mit dem Messer oder einem Pferdeknochen auf die Tischplatte, daß man es ordentlich hören konnte.

Die Wikingerfrau saß auf der Querbank im offenen Festsaal, sie trug ein Seidenkleid, Gold-Armringe und große Bernsteinperlen; sie war in ihrer feinsten Garderobe, und der Skalde erwähnte auch sie in seinem Lied, sprach von dem Goldschatz, den sie ihrem reichen Hausherrn dargebracht hatte, und der freute sich sehr an dem schönen Kind, er hatte es nur bei Tage gesehen in all seiner Schönheit; die Wildheit, die in ihm war, gefiel ihm gut; sie könnte eines Tages, sagte er, eine gewaltige Schildjungfrau werden, die ihren Recken schlug! mit keiner Wimper würde sie zucken, wenn ihr eine geübte Hand, spaßeshalber, mit dem scharfen Schwert die Augenbrauen abhiebe.

Das Metfaß wurde geleert, ein neues aufgefahren, ja es wurde reichlich getrunken, das waren Leute, die konnten es vertragen bis obenhin. Damals galt das Sprichwort: »Herden wissen, wann sie heimsollen, aber unkluger Mann weiß nie seines Magens Maß.« Ja, das wußte man schon; aber man weiß das eine und tut ein anderes! man wußte auch, daß der »Liebste lästig wird, wenn er lange sitzt in eines anderen Mannes Haus!« aber man blieb doch hier, Fleisch und Met sind eine gute Sache! so ging es lustig fort; und zur Nacht schliefen die Sklaven in der warmen Asche, tunkten die Finger in den fetten Sud und leckten sie ab. Ja, das waren schöne Zeiten!

Noch einmal im Jahr zog der Wikinger auf Beutezug, obgleich sich die Stürme der Herbstzeit erhoben; er fuhr mit seinen Männern nach Britenlands Küste, das war ja »gleich übers Wasser«, sagte er, und seine Hausfrau blieb zurück mit ihrem kleinen Mädchen, und das stand fest, daß die Pflegemutter die arme Kröte mit den frommen Augen und den tiefen Seufzern fast lieber hatte als die Schönheit, die um sich riß und biß.

Der rauhe, nasse Herbstnebel, »Mundlos«, der die Blätter abfrißt, lag über Wald und Heide, die »Vögel Federlos«, wie sie den Schnee nannten, flogen dicht an dicht, der Winter war unterwegs; die Sperlinge nahmen das Storchennest in Beschlag und räsonierten auf ihre Weise über die abwesende Herrschaft; diese selbst, das Storchenpaar mit all seinen Jungen – ja wo waren die nun?

Die Störche waren nun in Ägyptenland, wo warm die Sonne schien, wie bei uns an einem herrlichen Sommertag, Tamarinden und Akazien blühten ringsum, Mohammeds Mond leuchtete blank von den Tempelkuppeln; auf den schlanken Türmen saß so manches Storchenpaar und ruhte sich aus nach der langen Reise; ganze Schwärme hatten Nest an Nest auf den mächtigen Säulen und eingestürzten Bögen von Tempeln und vergessenen Stätten; die Dattelpalme hob ihr Schirmdach hoch empor, als wollte sie ein Sonnenschirm sein. Die weißgrauen Pyramiden standen wie Schattenrisse in der klaren Luft nach der Wüste zu, wo der Strauß bewies, daß er seine Beine gebrauchen konnte; und der Löwe saß mit großen, klugen Augen da und sah die Marmorsphinx an, die halb begraben im Sand lag. Die Wasser des Nils waren zurückgetreten, das ganze Flußbett wimmelte von Fröschen, und das war nun für die Storchenfamilie der allerherrlichste Anblick in diesem Land. Ihre Jungen glaubten, es wäre eine Augentäuschung, so unvergleichlich fanden sie das Ganze.

»So ist das hier, und so haben wir es immer in unserem warmen Land!« sagte Storchenmutter, und es krabbelte den Kleinen im Bauch.

»Kriegen wir noch mehr zu sehen?« sagten sie, »müssen wir viel, viel weiter ins Land hinein?«

»Da gibt es weiter nichts zu sehen!« sagte Storchenmutter, »an den fruchtbaren Ufern entlang ist bloß wilder Wald, wo die Bäume ineinanderwachsen und von stachligen Schlingpflanzen verfilzt werden; nur der Elefant mit seinen plumpen Beinen kann sich da einen Weg trampeln; die Schlangen sind uns da zu groß und die Molche zu munter. Wollt ihr nach der Wüste hinaus, dann kriegt ihr Sand in die Augen, wenn's gutgeht; wenn es hart kommt, geratet ihr in eine Sandhose; nein, hier ist es am besten! hier gibt's Frösche und Heuschrecken! hier bleib ich, und ihr bleibt auch!«

Und sie blieben; die Alten saßen in ihren Nestern auf dem schlanken Minarett, ruhten sich aus und hatten doch genug damit zu tun, ihre Federn zu glätten und sich mit dem Schnabel über die roten Strümpfe zu streichen; dann reckten sie die Hälse, grüßten gravitätisch und erhoben das Haupt mit der hohen Stirn und dem feinen, glatten Gefieder, und ihre braunen Augen strahlten so klug. Die kleinen Weibchen gingen gravitätisch in dem saftigen Schilf umher, schielten zu den anderen Storchenjungen hinüber, machten Bekanntschaft und schluckten bei jedem dritten Schritt einen Frosch; oder sie schlenkerten beim Gehen mit einer kleinen Schlange, das machte sich gut, glaubten sie, und das schmeckte. Die jungen Männchen suchten Streit, klatschten sich gegenseitig mit den Flügeln, schlugen mit dem Schnabel, ja stachen sich blutig; und dann verlobte sich dieser, und dann jener, junge Männchen und junge Weibchen, das war es ja, wozu sie lebten; und sie bauten ein Nest und gerieten dann wiederum in neue Streitereien, denn in den warmen Ländern sind sie nun einmal alle so hitzig; aber vergnüglich war es doch, und vor allem eine große Freude für die Alten: Den eigenen Kleinen steht alles! jeden Tag war hier Sonnenschein, jeden Tag gab's mehr als genug zu fressen, man hatte an nichts anderes zu denken als an sein Vergnügen. – Aber drinnen im reichen Schloß, bei dem ägyptischen Hauswirt, wie sie ihn nannten, da war das Vergnügen nicht zu Hause.

Der reiche, mächtige Herr lag auf der Ruhebank, steif an allen Gliedmaßen, ausgestreckt wie eine Mumie, mitten im großen Saal mit den bunt bemalten Wänden; es war gerade so, als läge er in einer Tulpe. Verwandte und Diener standen um ihn her, tot war er nicht, leben konnte man das, was er tat, auch nicht recht nennen; die rettende Moorblume, die Sumpfblüte aus den nördlichen Ländern, die gesucht und gepflückt werden sollte von ihr, die ihn am meisten liebte, die würde niemals gebracht werden. Seine junge, herrliche Tochter, die im Schwanengewand über Meer und Land geflogen war, hoch in den Norden hinauf, die sollte niemals wiederkehren; »sie ist tot und fort!« hatten die beiden heimgekehrten Schwanenjungfern gemeldet; sie hatten eine ganze Geschichte darüber zusammengesponnen, die erzählten sie:

»Wir flogen alle drei hoch in der Luft, da sah ein Jäger uns und schoß seinen Pfeil ab; der traf unsere junge Freundin, und indem sie langsam ihr Lebewohl sang, sank sie, wie ein sterbender Schwan, mitten in den Waldsee hinab; dort am Ufer unter einer duftenden Hängebirke haben wir sie begraben! aber Rache haben wir genommen; wir banden Feuer unter den Flügel der Schwalbe, die unterm Reetdach des Jägers nistete, das wurde angezündet, das Haus loderte im Feuer, er verbrannte drinnen, es leuchtete über den See hinaus bis zu der gebeugten Hängebirke, wo sie nun Erde in Erde ist; niemals kommt sie zurück nach Ägyptenland!«

Und dann weinten sie alle beide, und Storchenvater, als er es hörte, klapperte mit dem Schnabel, daß es nachschnarrte:

»Lüge und Fabelei!« sagte er. »Ich hätte Lust, ihnen meinen Säbel geradewegs in die Brust zu jagen!«

»Und ihn dir abzubrechen!« sagte Storchenmutter, »da würdest du aber hübsch aussehen! denk erst mal an dich selbst und dann an deine Familie, alles andere geht uns nichts an!«

»Ich will mich aber doch morgen auf den Rand der offenen Kuppel setzen, wenn alle Gelehrten und Weisen sich versammeln, um über den Kranken zu sprechen; vielleicht kommen die der Wahrheit etwas näher!«

Und die Gelehrten und Weisen kamen zusammen und redeten viel, weit und breit, wovon der Storch nichts hatte – und der Kranke hatte auch nichts davon, oder die Tochter im Wildmoor; aber darum können wir doch trotzdem ein bißchen hinhören, man muß ja so vieles hören.

Aber nun ist es wiederum richtig, auch zu hören und zu wissen, was vorausgegangen war, dann kommen wir besser mit in der Geschichte, mindestens ebensogut wie Storchenvater.

»Liebe gebiert Leben! die höchste Liebe gebiert das höchste Leben! allein durch Liebe ist die Erlösung des Lebens für ihn zu gewinnen!« war gesagt worden, und das war über die Maßen klug und gut gesagt, versicherten die Gelehrten.

»Das ist eine schöne Vorstellung!« sagte Storchenvater sogleich.

»Ich versteh sie nicht richtig!« sagte Storchenmutter, »und das liegt nicht an mir, sondern an der Vorstellung, und das kann nun auf dasselbe hinauslaufen; ich habe an anderes zu denken!«

Und nun hatten die Gelehrten von Liebe zwischen diesem und jenem geredet: daß ein Unterschied war zwischen Liebe, wie Verliebte sie empfanden, und derjenigen zwischen Eltern und Kindern, zwischen Licht und Pflanzen, und wie der Sonnenstrahl den Schlamm küßt und daß dabei ein Keim entsprießt – das war so weitläufig und gelehrt dargelegt, daß es Storchenvater unmöglich wurde zu folgen, geschweige denn es wiederzugeben; er wurde ganz gedankenvoll dabei, schloß die Augen halb und stand auf einem Bein, noch den ganzen folgenden Tag lang; die Gelehrsamkeit war ihm so schwer zu tragen.

Aber das verstand Storchenvater, denn er hatte die kleinen Leute ebenso wie die Allervornehmsten aus tiefstem Herzen reden hören: daß es ein großes Unglück war für viele Tausende und für das ganze Land, daß der Mann krank daniederlag und sich nicht erholen konnte; Freude und Segen wäre es, wenn er seine Gesundheit wiederbekäme. »Aber wo wächst die Gesundheitsblume für ihn?« darauf hatten sie alle eine Antwort gesucht, in gelehrten Abhandlungen, in den funkelnden Sternen, in Wetter und Wind, auf allen Umwegen, die sich nur finden ließen; und zuletzt hatten die Gelehrten und Weisen, wie gesagt, dies herausbekommen: »Liebe gebiert Leben, Leben für den Vater«, und da sagten sie mehr, als sie selber verstanden; sie wiederholten und schrieben schließlich als Rezept aus: *»Liebe gebiert Leben«*, aber wie man dieses Zeug nach Rezept zusammenbrauen sollte, tja, da wußte man nicht weiter. Zuletzt einigten sie sich darauf, daß die Hilfe durch die Prinzessin kommen mußte, sie, die aus ihrer ganzen Seele und mit ihrem ganzen Herzen diesen Vater liebte. Man kam endlich auch darauf, wie sich das anfangen ließe, ja, seitdem waren nun mehr als Jahr und Tag vergangen, da sollte sie sich bei Nacht, wenn die neu entzündete Mondsichel wieder untergegangen war, zur Marmorsphinx an den Rand der Wüste hinausbegeben, den Sand von der Tür im Sockel fortschaffen und dann durch die langen Gänge gehen, die mitten in eine der großen Pyramiden hineinführten, dorthin, wo einer der mächtigen Könige der Vorzeit, umgeben von Pracht und Herrlichkeit, in Mumienhüllen lag; hier sollte sie ihr Haupt zu dem Toten neigen, und da würde ihr offenbart, wo Leben und Erlösung für ihren Vater zu erwerben wären.

All das hatte sie ausgeführt und hatte in Träumen erfahren, daß sie von den tiefen Mooren oben im dänischen Land, die Stelle war ganz genau bezeichnet worden, die Lotosblüte heimbringen mußte, die in der Tiefe des Wassers ihre Brust berührt hatte; da würde er erlöst.

Und deshalb flog sie im Schwanengewand von Ägyptenland hinauf zum Wildmoor. Sieh, das alles wußten Storchenvater und Storchenmutter, und jetzt wissen wir es genauer, als wir es vorher wußten. Wir wissen, daß der Schlammkönig sie herunterzog zu sich, wissen, daß sie für die Daheimgebliebenen tot und fort ist; nur der Weiseste von ihnen allen sagte noch immer, wie Storchenmutter: »sie wird sich schon zu helfen wissen!« und das wollten sie nun also abwarten, denn etwas Besseres wußten sie nicht.

»Ich glaube, ich werde den beiden Drecksprinzessinnen das Schwanengewand mopsen!« sagte Storchenvater, »dann können sie nämlich nicht mehr zum Wildmoor kommen und Unheil anrichten; die Schwanengewänder selbst versteck ich da oben, bis sie gebraucht werden!«

»Wo oben versteckst du sie?« fragte Storchenmutter. »In unserm Nest am Wildmoor!« sagte er. »Ich und unsere jüngsten Jungen könnten beim Hinbringen mithelfen, und wenn sie uns zu beschwerlich werden, dann gibt es ja genügend Stellen am Weg, wo man sie bis zum nächsten Zug verbergen kann. Ein Schwanengewand wäre zwar genug für sie, aber zwei sind besser; es ist doch gut, wenn man genügend Reisezeug dabeihat in einem nördlichen Land!«

»Du wirst keinen Dank dafür ernten!« sagte Storchenmutter, »aber du bist der Herr im Haus! ich hab ja nichts zu sagen, außer zur Brutzeit!«

In der Wikingerburg am Wildmoor, wohin die Störche mit Anbruch des Frühlings flogen, hatte das kleine Mädchen einen Namen bekommen; Helga hatte man sie genannt, aber dieser Name war viel zu weich für ein Gemüt wie das dieser allerschönsten Gestalt hier; Monat für Monat kam es deutlicher zum Vorschein, und mit den Jahren, ja, während die Störche immer dieselbe Reise machten, im Herbst an den Nil, im Frühling zum Wildmoor, wurde das kleine Kind ein großes Mädchen, und ehe man sich's versah, war sie die schönste Jungfrau, in ihrem sechzehnten Jahr; schön von Schale, aber hart und bitter im Kern, wilder als die meisten in dieser harten, finsteren Zeit.

Es war ihr eine Lust, mit ihren weißen Händen das dampfende Blut des geschlachteten Opferpferdes zu verspritzen; sie biß vor Raserei dem schwarzen Hahn, den der Opfergode schlachten sollte, den Hals durch, und zu ihrem Pflegevater sagte sie in vollem Ernst:

»Käme dein Feind und schlänge einen Strick um die Balkenköpfe des Daches, höbe es über deine Kammer empor, während du schliefest – ich würde dich nicht wecken, wenn ich könnte! ich würde es nicht einmal hören, so saust mir noch das Blut im Ohr, auf das du mir vor Jahren einen Schlag versetzt hast, du! Ich vergesse nicht!«

Aber der Wikinger glaubte diesen Worten nicht, er war, genau wie die anderen, berückt von ihrem Reiz; wußte auch gar nichts davon, wie Gemüt und Gestalt bei der kleinen Helga wechselten. Ohne Sattel saß sie, wie festgewachsen am Pferd, das dahinjagte in vollem Lauf, und nie sprang sie ab, wenn es sich mit den anderen bösartigen Pferden biß. In allen ihren Kleidern warf sie sich oft von der Böschung hinunter in die starke Strömung des Fjords und schwamm dem Wikinger entgegen, wenn sein Boot das Land ansteuerte. Aus ihrem herrlichen, langen Haar schnitt sie die längste Locke und flocht daraus eine Sehne für ihren Bogen:

»Allein getan ist fein getan!« sagte sie.

Die Wikingerfrau war wohl, nach Zeit und Gewohnheit, stark in Wille und Sinn, aber verglichen mit der Tochter war sie ein weiches, angsterfülltes Weib; sie wußte ja auch, daß es ein Zauber war, der auf dem furchtbaren Kind lag.

Es war, als ob es Helga, ganz aus bösem Vergnügen, wenn die Mutter auf dem Söller stand oder in den Hof hinaustrat, gar zu oft einfiel, sich aufrecht auf den Brunnenrand zu setzen, mit Armen und Beinen um sich zu schlagen und sich dann hinabfallen zu lassen in das enge, tiefe Loch, wo sie, mit ihrer Froschnatur, tauchte und sich wieder erhob, dann, wie eine Katze, herauf krabbelte, und triefnaß vom Wasser in den Hochsaal kam, so daß die grünen Blätter, die auf dem Boden ausgestreut waren, sich im nassen Strom drehten.

Ein Band aber gab es, das die kleine Helga hielt, das war die Abenddämmerung; dann wurde sie still und wie nachdenklich, ließ sich rufen und leiten; da zog etwas wie ein inneres Empfinden sie zur Mutter, und wenn die Sonne sank und die Verwandlung außen und innen erfolgte, dann saß sie da, still, traurig, eingeschrumpft in Krötengestalt; wohl war der Körper nun weit größer als der jenes Tieres, aber eben darin um so grauenhafter; sie sah aus wie ein erbärmlicher Zwerg mit einem Froschkopf und mit Schwimmhäuten zwischen den Fingern. Es war etwas so Trübsinniges in den Augen, mit denen sie vor sich hin blickte; eine Stimme hatte sie nicht, nur ein hohles Quak! genau wie ein Kind, das im Traum schluchzt; da konnte die Wikingerfrau sie dann auf den Schoß nehmen, sie vergaß die häßliche Gestalt, sah nur in die traurigen Augen und sagte mehr als einmal:

»Fast könnte ich mir wünschen, daß du immer mein stummes Froschkind wärst; du bist schrecklicher anzusehen, wenn sich die Schönheit nach außen kehrt!«

Und sie schrieb Runen gegen Harm und Hexerei, warf sie über die Elende, aber Besserung zeigte sich nicht.

»Man sollte nicht glauben, daß sie so klein gewesen ist, daß sie in einer Seerose gelegen hat!« sagte Storchenvater, »jetzt ist sie ein richtiger Mensch und ganz ihre ägyptische Mutter; die haben wir seither nie wiedergesehen! sie hat sich doch nicht zu helfen gewußt, wie du und der Weiseste glaubten. Ich bin nun jahrein, jahraus kreuz und quer übers Wildmoor geflogen, aber sie gab nie ein Zeichen von sich! Ja, das kann ich dir sagen, in all den Jahren, in denen ich ein paar Tage früher als du hier heraufgekommen bin, um das

Nest etwas herzurichten und das eine oder andere instand zu setzen, bin ich eine ganze Nacht hindurch, als wäre ich eine Eule oder Fledermaus, fortwährend über das offene Wasser geflogen, aber es hat nichts genützt! das haben die beiden Schwanengewänder auch nicht, die ich und die Jungen aus dem Land des Nils hier heraufgeschleppt haben; das war anstrengend genug, drei Reisen brauchten wir dafür. Jetzt haben sie viele Jahre lang auf dem Nestboden gelegen, und wenn hier einmal ein Feuer ausbricht, wenn einmal das Blockhaus abbrennt, dann sind sie einfach weg!«

»Und unser gutes Nest ist weg!« sagte Storchenmutter, »daran denkst du weniger als an dieses Federzeug und deine Moorprinzessin! Von mir aus kannst du zu ihr hinuntersteigen und im Schlamm bleiben! Du bist deinem eigen Fleisch und Blut ein schlechter Vater, das sage ich, seit ich das erste Mal auf Eiern gesessen habe. Wenn bloß wir oder die Jungen keinen Pfeil in den Flügel kriegen von dieser verrückten Wikingergöre! sie weiß ja nicht, was sie tut. Wir haben hier wohl etwas länger Hausrecht als sie, das sollte sie bedenken; wir vergessen niemals unsere Schuldigkeit, wir zahlen jährlich unsere Abgaben: eine Feder, ein Ei und ein Küken, so wie es Gesetz ist. Glaubst du, wenn sie draußen herumläuft, hätte ich noch Lust dazu, hinunterzugehen wie in den alten Tagen und wie ich's auch in Ägypten tue, wo ich fast kameradschaftlich bin mit den Leuten, ohne mich zu vergessen, und in Topf und Kessel gucke? Nein, oben sitz ich und ärgere mich über sie – Rotznase! –, und über dich ärgere ich mich gleich mit! du hättest sie in der Seerose liegenlassen sollen, dann wäre sie weg gewesen!«

»Du bist viel anständiger, als du redest!« sagte Storchenvater – »ich kenne dich besser, als du dich selber kennst!«

Und dann machte er einen Hüpfer und zwei schwere Flügelschläge, streckte die Beine rückwärts aus und flog, segelte davon, ohne die Flügel zu bewegen; er war ein gutes Stück weg, da schlug er kräftig aus, die Sonne schien auf die weißen Federn, Hals und Kopf reckten sich vorwärts! Das war Fahrt und Schwung!

»Er ist doch immer noch der Schönste von allen!« sagte Storchenmutter, »aber das sag ich ihm nicht.«

Zeitig in diesem Herbst kam der Wikinger heim mit Beute und Gefangenen; unter ihnen war ein junger, christlicher Priester, einer der Männer, die die Götzen der nordischen Länder verfolgten. Oft in letzter Zeit war in Halle und Frauenstuben von dem neuen Glauben die Rede gewesen, der sich weit ausbreitete in allen Ländern weiter im Süden, ja durch den heiligen Ansgarius sogar bis hinauf nach Haithabu an der Schlei gekommen war; sogar die kleine Helga hatte vom Glauben an den *Heliand* gehört, der aus Liebe zu den Menschen sich selbst dahingegeben hatte, um sie zu erlösen; das war ihr, wie man so sagt, zum einen Ohr hinein- und zum anderen herausgegangen; für dieses Wort Liebe schien sie nur dann eine Empfindung zu haben, wenn sie sich in der jämmerlichen Froschgestalt in der verschlossenen Kammer zusammenkauerte; aber die Wikingerfrau hatte zugehört und sich wunderlich ergriffen gefühlt von diesen Sagen und Sagas über den Sohn des einzigen wahren Gottes.

Die Männer, heimgekehrt vom Raubzug, hatten von den prächtigen Tempeln aus behauenen kostbaren Steinen erzählt, errichtet für ihn, dessen Botschaft Liebe war; ein paar schwere, goldene Gefäße, kunstvoll geschnitten und ganz aus purem Gold, waren heimgebracht worden, es war an jedem ein eigentümlich würziger Duft; das waren Weihrauchschalen, die die christlichen Priester vor dem Altar schwangen, wo niemals Blut floß, sondern der Wein und das geweihte Brot sich wandelten in *sein* Blut, das dahingegeben war für noch ungeborene Geschlechter.

In den tiefen, steingesetzten Keller war der gefangene, junge Christenpriester hinuntergebracht worden, geschnürt mit Bastband um Füße und Hände; wunderschön war er,

»wie Baldur anzuschauen!« sagte die Wikingerfrau, und seine Not rührte sie, aber die junge Helga verlangte es danach, daß ein Strick durch seine Kniekehlen gezogen und er an die Schwänze der wilden Rinder gebunden werden sollte.

»Dann würde ich die Hunde loslassen; hui! ab geht's über Moore und Sümpfe, zur Heide hinaus! das wäre lustig anzusehen, noch lustiger wär's, wenn man ihm auf der Fahrt folgen könnte!«

Aber diesen Tod sollte er nach dem Willen des Wikingers nicht erleiden, sondern als Verleugner und Verfolger der hohen Götter am folgenden Tag auf dem Blutstein im Hain geopfert werden; es war das erste Mal, daß hier ein Mensch geopfert werden sollte.

Die junge Helga bat darum, daß sie die Götterbilder und das Volk mit seinem Blut besprengen dürfe; sie schliff ihr blankes Messer, und als einer der großen, bissigen Hunde, von denen es auf dem Hof genug gab, ihr über die Füße lief, da stach sie ihm das Messer in die Seite: »Das ist nur zur Probe!« sagte sie, und die Wikingerfrau sah betrübt das wilde, bösartige Mädchen an; und als die Nacht kam und die Schönheitsgestalt der Tochter in Körper und Seele wechselte, sprach sie zu ihr in warmen Worten der Trauer, aus einer betrübten Seele.

Die häßliche Kröte mit dem Trollkörper saß vor ihr und heftete ihre braunen, kummervollen Augen auf sie, hörte zu und schien auch mit Menschengedanken zu verstehen.

»Niemals, nicht einmal gegenüber meinem Gemahl, ist mir über die Lippen gekommen, wie ich doppelt an dir leide!« sagte die Wikingerfrau, »es ist mehr Jammer in meinem Herzen über dich, als ich selber glaubte! groß ist die Liebe einer Mutter! aber niemals ist dir Liebe in deinen Sinn gekommen! Dein Herz ist wie ein kalter Schlammklumpen! woher bist du mir nur ins Haus gekommen!«

Da zitterte die jammervolle Gestalt wunderlich, es war, als ob diese Worte ein unsichtbares Band zwischen Leib und Seele berührt hätten, große Tränen traten ihr in die Augen.

»Deine harte Zeit wird eines Tages kommen!« sagte die Wikingerfrau, »grausig wird sie werden, auch für mich! – besser wärest du doch als Kind an der Landstraße ausgesetzt worden, und die Kälte der Nacht hätte dich in den Tod gewiegt!« Und die Wikingerfrau weinte salzige Tränen und ging zornig und betrübt fort, hinter den losen Fellvorhang, der über dem Balken hing und die Stube teilte.

Allein saß in der Ecke die zusammengeschrumpfte Kröte; da war es ganz still, aber nach einer kurzen Zeitspanne war, drinnen in ihr, ein halbersticktes Seufzen zu hören; das war, als ob, unter Schmerzen, ein Leben geboren würde in einem Winkel des Herzens. Sie tat einen Schritt nach vorn, horchte, ging wieder einen Schritt und umfaßte nun mit den unbeholfenen Händen sachte die schwere Stange, die vor die Tür geschoben war; sachte bekam sie sie zur Seite, sachte zog sie das Holzstück heraus, das über der Klinke steckte; sie faßte die brennende Lampe, die vorn in der Kammer stand; es war, als gäbe ihr ein starker Wille Kräfte; sie zog den Eisenriegel aus der versperrten Falltür, schlich sich hinab zu dem Gefangenen; er schlief; sie rührte ihn an mit ihrer kalten, klammen Hand; und als er erwachte und die häßliche Gestalt sah, schauderte er, wie vor einer bösen Erscheinung. Sie zog ihr Messer, durchschnitt seine Fesseln und winkte ihm, ihr zu folgen.

Er sagte heilige Namen, machte das Kreuzzeichen, und als die Gestalt noch immer unverändert dastand, sprach er die Worte der Bibel:

»Selig ist, wer verständig handelt an dem Geringen; der Herr wird ihn retten am bösen Tage! – Wer bist du? Woher dieses Äußere eines Tieres und doch voller Werke der Barmherzigkeit?«

Die Krötengestalt winkte und führte ihn hinter bergende Vorhänge, einen einsamen Gang entlang, zum Stall hinaus, zeigte auf ein Pferd, er schwang sich darauf, aber auch sie setzte sich hin, ganz nach vorn, und hielt sich fest an der Mähne des Tieres. Der Gefangene verstand sie, und in raschem Trab ritten sie einen Weg, den er niemals gefunden hätte, hinaus auf die offene Heide.

Er vergaß ihre häßliche Gestalt; die Gnade und Barmherzigkeit des Herrn, das fühlte er, wirkten durch das Ungetüm; fromme Gebete sprach er, und heilige Lieder stimmte er an; da zitterte sie, war es die Macht des Gebets oder die des Gesangs, die hier wirkte; oder war es der Kälteschauer vor dem Morgen, der bald kommen würde? was war es wohl, das sie empfand? Sie richtete sich hoch auf, wollte das Pferd anhalten und abspringen; aber der Christenpriester hielt sie fest mit aller Kraft, sang laut einen Psalm, als vermöchte der den Zauber zu brechen, der sie in der häßlichen Krötengestalt festhielt; und das Pferd jagte wilder vorwärts, der Himmel wurde rot, der erste Sonnenstrahl drang durch das Gewölk, und unter der klaren Flut von Licht geschah die Verwandlung, sie war wieder die junge Schönheit mit dem dämonischen, bösen Sinn; er hielt die schönste junge Frau in seinen Armen und entsetzte sich darüber, sprang vom Pferd ab, hielt es an, denn er glaubte einem neuen zerstörerischen Zauber zu begegnen; aber die junge Helga war im selben Sprung auch auf der Erde, das kurze Kinderkleidchen reichte ihr nur bis zu den Knien; das scharfe Messer riß sie aus ihrem Gürtel und stürzte auf den Überraschten los.

»Wart nur, bis ich dich kriege!« rief sie, »wart nur, bis ich dich kriege, und das Messer soll in dich fahren! Du bist ja bleich wie Heu! Sklave! bartloser!«

Sie drang auf ihn ein; sie rangen in einem schweren Kampf, aber es war, als gäbe eine unsichtbare Macht dem Christenmann Stärke; er hielt sie fest, und der alte Eichenbaum kam zu Hilfe, indem er gleichsam mit seinen halb aus der Erde gelösten Wurzeln ihre Füße band, die darunter geglitten waren. Nahebei sprudelte ein Born, er besprengte sie mit dem frischen Quell über Brust und Gesicht, gebot dem unreinen Geist auszufahren und machte nach christlichem Brauch über ihr das Zeichen des Kreuzes; aber das Wasser der Taufe hat dort keine Kraft, wo nicht der Quell des Glaubens auch aus dem Innern strömt.

Und doch war er auch hierin der Starke; ja mehr als Mannesstärke gegen die streitbare böse Kraft lag in seinem Werk, das verzauberte sie gleichsam, sie ließ die Arme sinken, sah mit verwunderten Blicken und erbleichenden Wangen auf diesen Mann, der ein mächtiger Zauberer zu sein schien, stark in Hexenkunst und heimlichem Wissen; das waren dunkle Runen, die er las, Geheimbuchstaben, die er in die Luft schrieb! Weder vor der blinkenden Streitaxt oder dem scharfen Messer, wenn er sie gegen ihr Gesicht geschwungen hätte, würde sie auch nur blinzeln, aber sie tat es, als er das Zeichen des Kreuzes schrieb auf ihre Stirne und Brust; und saß nun wie ein zahmer Vogel, der Kopf neigte sich auf die Brust.

Da sprach er sanft zu ihr von dem Werk der Liebe, das sie in dieser Nacht an ihm getan hatte, als sie im furchtbaren Froschgewand gekommen war, seine Bande gelöst und ihn hinausgeführt hatte zu Licht und Leben; sie war auch gebunden, gebunden mit stärkeren Banden als er, sagte er; aber auch sie sollte, und durch ihn, ins Licht und zum Leben gelangen. Nach Haithabu, zum heiligen Ansgarius, wollte er sie bringen; dort, in der christlichen Stadt, würde der Zauber sich lösen; aber auch wenn sie gutwillig war – vorn auf dem Pferd wollte er sie nicht führen.

»Hinten auf dem Pferd sollst du sitzen, nicht vor mir! Die Schönheit deines Zaubers hat eine Macht, die kommt vom Bösen, ich fürchte sie – und doch ist der Sieg mir gewiß in Christo!«

Er beugte seine Knie, betete so fromm und innig! es war, als würde die stumme Waldesnatur dabei zu einer heiligen

Kirche geweiht; die Vögel begannen zu singen, als gehörten sie mit zu der neuen Gemeinde, die wilde Minze duftete, als wollte sie Ambra und Weihrauch ersetzen; laut verkündigte er das Wort der Schrift:

»Das Licht aus der Höhe hat uns besucht, um zu leuchten denen, die sitzen im Dunkel und im Schatten des Todes, zu richten unsere Füße auf den Weg des Friedens! –«

Und er sprach von der Sehnsucht der Allnatur, und während er sprach, stand das Pferd, das sie in wildem Lauf getragen hatte, still und schüttelte die großen Brombeerranken, so daß die reifen, saftigen Beeren in die Hand der kleinen Helga fielen und sich selber zur Erquickung anboten.

Sie ließ sich geduldig hochheben auf den Rücken des Pferdes, saß da wie eine Schlafwandelnde, die wacht und doch nicht wandelt. Der Christenmann band zwei Zweige mit einem Bastband zusammen, so daß sie ein Kreuz bildeten, das hielt er hoch in der Hand, und so ritten sie durch den Wald; es wurde dichter, der Weg tiefer, manchmal war da gar kein Weg. Der Schlehdorn stand wie ein Schlagbaum, man mußte um ihn herumreiten; die Quelle wurde nicht zum rieselnden Bach, sondern zum stehenden Sumpf, man mußte um ihn herumreiten. Es lagen Stärkung und Erquickung in der frischen Waldluft; es lag eine nicht geringere Kraft in den Worten der Sanftmut, sie erklangen in Glaube und Christen-Liebe, in dem innigen Drang, die Bezauberte hinauszuführen ins Licht und zum Leben.

Der Tropfen, sagt man ja, höhlt den harten Stein, die Wogen des Meeres runden mit der Zeit die abgebrochenen kantigen Felsbrocken; der Tau der Gnade, der gekommen war über die kleine Helga, höhlte das Harte, rundete das Scharfe; wohl war das nicht zu spüren, sie wußte es selber nicht; was weiß der Keim in der Erde, unter der erquikkenden Nässe und dem warmen Sonnenstrahl, daß er in sich Wachstum birgt und Blüte.

Wie das Singen der Mutter für das Kind unmerklich im

Sinn haften bleibt und es die einzelnen Wörter nachlallt, ohne sie zu verstehen, und wie die Wörter sich aber doch allmählich im Denken ansammeln und mit der Zeit klarer werden, so wirkte auch hier das Wort, das zu erschaffen vermag.

Sie ritten zum Wald hinaus, hin über die Heide, abermals durch weglose Wälder, da trafen sie gegen Abend auf Räuber.

»Wo hast du das schöne Püppchen gestohlen!« riefen sie, hielten das Pferd an, rissen die Reiter herunter, denn sie waren viele. Der Priester hatte keine andere Wehr als das Messer, das er der kleinen Helga genommen hatte, damit stieß er um sich, einer der Räuber schwang seine Axt, aber der junge Christenmann machte einen glücklichen Sprung zur Seite, sonst wäre er getroffen worden; nun fuhr die Schneide der Axt tief in den Hals des Pferdes, daß das Blut herausströmte und das Tier zur Erde stürzte; da schrak die kleine Helga auf, wie erweckt aus ihrer langen, tiefen Gedankenruhe, und warf sich über das keuchende Tier; der christliche Priester stellte sich vor sie als Wehr und Waffen, aber einer der Räuber schwang seinen schweren Eisenhammer gegen seine Stirn, daß sie zerbarst und Blut und Gehirn ringsumher spritzten; tot fiel er zur Erde.

Die Räuber packten die kleine Helga bei ihrem weißen Arm, da ging, eben in diesem Moment, die Sonne unter, der letzte Sonnenstrahl erlosch, und sie wurde verwandelt in eine häßliche Kröte; das weißlichgrüne Maul ging über das halbe Gesicht, die Arme wurden dünn und schleimig, eine breite Hand mit Schwimmhäuten breitete ihre Fächerform aus; – da ließen die Räuber entsetzt von ihr ab; sie stand als das häßliche Untier mitten unter ihnen, und wie es die Natur der Frösche ist, hüpfte sie empor, höher als sie selbst war, und verschwand im Dickicht; da merkten die Räuber, daß es Lokis böse List war, oder heimliche Hexenkunst, und entsetzt eilten sie davon.

Der Vollmond stand schon am Himmel, bald spendete er Glanz und Licht, und hervor aus dem Unterholz kroch, im jämmerlichen Froschgewand, die kleine Helga; sie stand still an dem Leichnam des Christenpriesters und an seinem erschlagenen Pferd, sie sah sie an mit Augen, die zu weinen schienen; der Froschkopf gab ein Quak! von sich, wie wenn ein Kind in Tränen ausbricht. Sie warf sich bald über den einen, bald über den andern, schöpfte Wasser mit der Hand, die durch die Schwimmhäute größer und hohler war, und goß es über sie. Tot waren sie, tot würden sie bleiben! sie begriff es wohl. Bald konnten die wilden Tiere kommen und ihre Körper fressen; nein, das durfte nicht geschehen! deshalb grub sie in der Erde, so tief sie es vermochte; ein Grab wollte sie öffnen für die beiden, aber sie hatte, um damit zu graben, bloß einen harten Zweig vom Baum und ihre beiden Hände, aber an denen spannte zwischen den Fingern die Schwimmhaut, die riß ein, Blut floß. Sie begriff, daß die Arbeit ihr nicht gelingen würde; da nahm sie Wasser, wusch das Gesicht des Toten, bedeckte es mit frischen, grünen Blättern, trug große Zweige her und legte sie über ihn, schüttelte Laub dazwischen, holte dann die schwersten Steine, die sie zu tragen vermochte, legte sie über die toten Glieder und stopfte die Öffnungen mit Moos zu; da glaubte sie, der Grabhügel sei stark und geschützt, aber über dieser schweren Arbeit war die Nacht hingegangen, die Sonne brach hervor – und die kleine Helga stand da in all ihrer Schönheit, mit blutenden Händen und zum ersten Mal mit Tränen auf den errötenden, jungfräulichen Wangen.

Da war es in der Verwandlung, als kämpften zwei Naturen in ihr; sie zitterte, sah um sich, als erwachte sie aus einem beängstigenden Traum, stürzte dann zu der schlanken Buche, hielt sich an ihr fest, um doch eine Stütze zu haben, und gleich, in einem Nu, kletterte sie, wie eine Katze, hinauf in den Wipfel des Baumes und klammerte sich fest; sie saß da wie ein verängstigtes Eichhörnchen, saß da den ganzen langen Tag in der tiefen Waldeinsamkeit, wo alles still ist und tot, so sagt man ja! – tot, ja da flog ein Schmetterlingspaar umeinander, in Spiel oder Streit; da waren nahebei ein paar Ameisenhaufen, jeder mit Hunderten von geschäftigen Geschöpfchen, die hin und her wimmelten; in der Luft tanzten unzählige Mücken, Schwarm an Schwarm; Scharen von surrenden Fliegen jagten vorbei, kleine Marienkäfer, Libellen und andere geflügelte Tierchen; der Regenwurm kroch hervor aus dem nassen Boden, die Maulwürfe gruben ihn auf, – im übrigen war es still, tot ringsherum, tot, wie man so sagt und es versteht. Niemand beachtete die kleine Helga außer den Eichelhähern, die schreiend um den Baumwipfel flogen, in dem sie saß; die hüpften die Zweige entlang auf sie zu aus lauter frecher Neugier; ein Blinzeln in ihrem Auge jagte sie wieder fort, – aber die wurden nicht schlauer aus ihr, und sie aus sich selber auch nicht.

Als der Abend nahte und die Sonne zu sinken begann, rief die Verwandlung sie zu neuer Bewegung; sie ließ sich den Baum hinabgleiten, und indem der letzte Sonnenstrahl erlosch, stand sie da in der zusammengeschrumpften Froschgestalt, mit den zerrissenen Schwimmhäutchen an den Händen, aber die Augen leuchteten nun in einem Schönheitsglanz, den sie vorher, in der Gestalt der Lieblichkeit, kaum gehabt hatten; es waren die sanftesten frommen Mädchenaugen, die aus der Froschlarve hervorstrahlten, sie bezeugten den tiefen Sinn, das menschliche Herz; und die Schönheitsaugen brachen in Tränen aus, weinten die schweren Erleichterungstränen des Herzens.

Da lag noch neben dem aufgeschütteten Grab das Kreuz aus Zweigen, die mit Bastband zusammengebunden waren, die letzte Arbeit von ihm, der nun tot und begraben war; die kleine Helga nahm es auf, der Gedanke kam ihr von selbst; sie pflanzte es zwischen die Steine über ihm und dem getöteten Pferd; in der Wehmut der Erinnerung brachen die Tränen hervor, und in dieser Herzensstimmung ritzte sie dasselbe Zeichen in die Erde ein, rund um das Grab, das faßte das Grab so schmückend ein – und indem sie mit beiden Händen das Zeichen des Kreuzes ritzte, fielen die Schwimmhäute wie ein zerrissener Handschuh ab; und als sie sich im Quellwasser wusch und staunend auf ihre feinen, weißen Hände sah, machte sie abermals das Kreuzzeichen in der Luft, zwischen sich und dem Toten, da bebten ihre Lippen, da rührte sich ihre Zunge, und der Name, den sie beim Ritt durch den Wald am häufigsten hatte singen und sagen hören, wurde laut aus ihrem Mund, sie sagte ihn: »Jesus Christ!«

Da fiel das Krötengewand ab, sie war die junge Schönheit; – doch ihr Kopf neigte sich müde, die Glieder verlangten nach Ruhe, – sie schlief.

Aber der Schlaf war nur kurz; um Mitternacht wurde sie geweckt; vor ihr stand das tote Pferd, so strahlend, voller Leben, es leuchtete aus den Augen und aus dem verwundeten Hals; dicht neben ihm zeigte sich der getötete Christenpriester; »schöner als Baldur!« hätte die Wikingerfrau gesagt, und doch kam er wie in Feuerlohe.

Es war ein Ernst in seinen großen, sanften Augen, ein Urteil der Gerechtigkeit, ein so durchdringender Blick, daß er der Geprüften gleichsam in die Winkel des Herzens leuchtete. Die kleine Helga erzitterte darunter, und ihr Gedächtnis wurde erweckt mit einer Kraft wie am Tag des Gerichts. Alles was ihr je an Gutem gewährt, jedes liebevolle Wort das zu ihr gesagt worden war, wurde gleichsam zum Leben erweckt; sie verstand, daß es die Liebe war, die sie aufrecht gehalten hatte hier in den Tagen der Prüfung, in denen die Kinder von Seele und Schlamm gären und streben; sie erkannte, daß sie nur den Antrieben der Stimmungen gefolgt war und selbst nichts für sich getan hatte; alles war ihr gegeben, alles war gleichsam gelenkt worden;

sie beugte sich gering, demütig, schamvoll vor dem, der jede Falte des Herzens lesen können mußte; und in diesem Augenblick empfand sie, als wäre es ein Lichtblitz aus den Flammen der Läuterung, die Lohe des Heiligen Geistes.

»Du, Tochter des Schlamms!« sagte der christliche Priester: »Von Schlamm, von Erde bist du gekommen, – aus Erde sollst du wiederauferstehen! Der Sonnenstrahl in dir geht, des Körpers bewußt, zu seinem Ursprung zurück; der Strahl nicht vom Sonnen-Körper, sondern der Strahl von Gott! Keine Seele soll verlorengehen; aber lang ist das Zeitliche, das ist die Flucht des Lebens in das Ewige. – Ich komme aus dem Land der Toten; auch du sollst einmal durch die tiefen Täler reisen hinein in das leuchtende Bergland, wo Gnade und Vollendung wohnen. Ich führe dich nicht nach Haithabu zur Christen-Taufe; erst mußt du den Wasserschild zersprengen über dem tiefen Moorgrund, die lebende Wurzel heraufziehen für dein Leben und deine Wiege, deine Werke tun, ehe die Weihe kommen darf.«

Und er hob sie hinauf auf das Pferd, reichte ihr eine goldene Weihrauchschale, wie die, die sie früher in der Wikingerburg gesehen hatte, es kam ein Duft so süß und stark heraus. Die offene Wunde auf der Stirn des Getöteten leuchtete wie ein strahlendes Diadem; das Kreuz nahm er vom Grabe auf, hob es hoch empor, und nun fuhren sie davon durch die Luft, hin über den sausenden Wald, hin über Hügel, wo die Recken in der Erde begraben waren, sitzend auf ihren erschlagenen Rossen; und die mächtigen Gestalten erhoben sich, ritten heraus und hielten oben auf den Hügeln an; im Mondschein strahlte um ihre Stirnen der breite Goldreif mit dem Goldknoten, der Mantel flatterte im Wind. Der Lindwurm, der über seinen Schätzen brütete, hob den Kopf und sah ihnen nach. Das Zwergenvolk lugte aus Hügeln und Furchen hervor; sie drängten sich mit roten, blauen und grünen Lichtern, ein Gewimmel, anzuschauen wie die Funken in der Asche von verbranntem Papier.

Hin über Wald und Heide, Flüsse und Sümpfe flogen sie, hinauf zum Wildmoor; darüber hin schwebten sie in weiten Kreisen. Der Christenpriester hob das Kreuz hoch empor, es schimmerte wie Gold, und aus seinem Mund klang der Meßgesang; die kleine Helga sang ihn mit, wie das Kind beim Gesang seiner Mutter mitsingt; sie schwang die Weihrauchschale, da kam ein Altarduft, so stark, so wunderwirkend, daß Schilf und Röhricht des Moors erblühten; alle Keime drangen hervor aus dem tiefen Grund, alles, was Leben hatte, erhob sich, es breitete sich ein Flor von Seerosen aus, als wäre es ein gewirkter Blumenteppich, und darauf lag eine schlafende Frau, jung und wunderschön, die kleine Helga glaubte sich selber zu sehen, ihr Spiegelbild im stillen Wasser; das war ihre Mutter, die sie sah, die Frau des Schlammkönigs, die Prinzessin von den Wassern des Nils.

Der tote Christenpriester gebot, die Schlafende auf das Pferd zu heben, aber das sank unter der Bürde, als wäre sein Leib nur ein Leichentuch, das im Winde weht; doch das Kreuzeszeichen machte das Luftphantom stark, und alle drei ritten sie hinüber zum festen Grund.

Da krähte der Hahn in der Burg des Wikingers, und die Erscheinungen lösten sich auf in Nebel, der im Wind zerfloß, aber einander gegenüber standen Mutter und Tochter.

»Bin ich es selbst, was ich seh im tiefen Wasser!« sagte die Mutter.

»Bin ich es selbst, was ich seh im blanken Schild!« rief die Tochter aus, und sie kamen einander näher, Brust an Brust, Arm in Arm, am stärksten schlug das Herz der Mutter, und das verstand sie.

»Mein Kind! meine Herzblüte! mein Lotos aus den tiefen Wassern!«

Und sie umschlang ihr Kind und weinte; die Tränen waren eine neue Lebens-, Liebestaufe für die kleine Helga.

»Im Schwanengewand kam ich hierher und warf es ab!« sagte die Mutter, »ich sank hinab durch das schaukelnde

Moor, tief hinab in den Schlamm, der sich wie eine Mauer um mich schloß; doch bald empfand ich ein frischeres Strömen; eine Kraft zog mich tiefer und immer noch tiefer, ich fühlte den Druck des Schlafs auf meinen Augenlidern, ich schlief ein, ich träumte – ich meinte, ich läge wieder in Ägyptens Pyramide, doch vor mir stand noch der schaukelnde Erlenstamm, der mich auf der Fläche des Moores erschreckt hatte, ich betrachtete die Risse in der Borke, und sie leuchteten farbig auf und wurden Hieroglyphen; es war die Hülle der Mumie, worauf ich blickte; sie zerbarst, und daraus hervor trat der tausendjährige Herrscher, die Mumiengestalt, schwarz wie Pech, schwarzglänzend wie die Waldschnecke oder der fette, schwarze Schlamm; Schlammkönig oder Mumie der Pyramide, ich wußte es nicht. Er schlang seine Arme um mich, und es war, als müßte ich sterben. Leben fühlte ich erst wieder, als es warm wurde auf meiner Brust und als da ein kleiner Vogel mit den Flügeln schlug und zwitscherte und sang. Er flog von meiner Brust auf gegen die dunkle, schwere Luft, doch ein langes, grünes Band band ihn noch an mich; ich hörte und verstand seine Sehnsuchtstöne: Freiheit! Sonnenlicht! zum Vater! – da dachte ich wieder an meinen Vater zu Hause im sonnenbeschienenen Land, an mein Leben, an meine Liebe! und ich löste das Band, ließ es fortflattern – nach Hause zum Vater. Seit jener Stunde hab ich nicht geträumt, ich schlief einen Schlaf, ganz gewiß so schwer und lang, bis in dieser Stunde Töne und Duft mich frei erhoben und heilten!«

Das grüne Band zwischen dem Herzen der Mutter und dem Flügel des Vogels – wo flatterte es jetzt, wo lag es hingeworfen? nur der Storch hatte es gesehen; das Band war der grüne Stiel, die Schleife die schimmernde Blüte, Wiege für das Kind, das nun gewachsen war in Schönheit und wieder am Herzen der Mutter ausruhte.

Und während sie dastanden, Arm in Arm, flog Storchenvater in Kreisen um sie herum, nahm dann Fahrt auf zu seinem Nest, holte die dort jahrelang verborgenen Federgewänder, warf jeder eins zu, und es schloß sich um sie, und sie erhoben sich von der Erde als zwei weiße Schwäne.

»Nun laßt uns reden!« sagte Storchenvater, »nun verstehen wir gegenseitig unsere Sprachen, wenn auch der Schnabel dem einen Vogel anders gewachsen ist als dem andern! das trifft sich so gut wie nur irgendwas, daß ihr diese Nacht kommt, morgen wären wir weg gewesen, unsere Mama, ich und die Jungen! wir fliegen südwärts! ja, seht mich ruhig an! ich bin ja ein alter Freund aus dem Nil-Land, und das ist unsere Mama auch, sie hat's mehr im Herzen als im Schnabel. Sie hat immer daran geglaubt, daß die Prinzessin sich schon zu helfen wissen würde; ich und die Jungen haben das Schwanengewand hier heraufgeschleppt –! na, was bin ich froh! und was für ein Glück, daß ich noch hier bin; wenn der Morgen graut, ziehen wir ab! große Storchengesellschaft! Wir fliegen voran, fliegt einfach hinterher, dann könnt ihr den Weg gar nicht verfehlen; ich und die Jungen werden auch ein bißchen ein Auge darauf haben!«

»Und die Lotosblüte, die ich mitbringen sollte!« sagte die ägyptische Prinzessin, »die fliegt im Schwanengewand an meiner Seite! meine Herzblüte hab ich dabei, so hat es sich gelöst. Nach Hause, nach Hause!«

Aber Helga sagte, sie könne das dänische Land nicht verlassen, ehe sie noch einmal ihre Pflegemutter gesehen hätte, die liebevolle Wikingerfrau. In Helgas Gedanken lebte jede schöne Erinnerung, jedes liebe Wort noch einmal auf, jede Träne, die die Pflegemutter geweint hatte; und beinahe war es in diesem Augenblick, als liebte sie diese Mutter am meisten.

»Ja, wir müssen zum Wikingerhof!« sagte Storchenvater, »da warten ja Mutter und die Jungen! was werden die die Augen verdrehen und herumklappern! ja, Mutter sagt nun nicht besonders viel! kurz und vernünftig ist sie, und sie meint's nur um so besser! ich will gleich mal losrattern, damit sie hören, daß wir kommen!«

Und dann ratterte Storchenvater mit dem Schnabel, und er und die Schwäne flogen zur Wikingerburg.

Drinnen lagen alle noch in tiefem Schlaf; erst spät in der Nacht war die Wikingerfrau zur Ruhe gekommen; sie lag und ängstigte sich wegen der kleinen Helga, die nun schon ganze drei Tage mit dem Christenpriester verschwunden war; sie mußte ihm fortgeholfen haben, es war ihr Pferd, das im Stall fehlte; welche Macht hatte das nur alles bewirkt? Die Wikingerfrau dachte an die Wunderwerke, die, wie man hörte, durch den Heliand geschahen und durch die, die an ihn glaubten und ihm nachfolgten. Die wechselnden Gedanken gewannen Gestalt im Leben des Traums, es kam ihr vor, als wäre sie noch wach, grübelnd auf ihrem Bett, und draußen brütete das Dunkel. Der Sturm kam, sie hörte das Rollen des Meeres in West und Ost, von der Nordsee und von den Wassern des Kattegat; die ungeheure Schlange, die in der Meerestiefe die Erde umspannte, schüttelte sich in krampfhaften Zuckungen; es ging auf die Nacht der Götter zu, Ragnarök, wie das Heidenvolk die jüngste Stunde nannte, in der alles vergehen sollte, selbst die erhabenen Götter. Das Gjallarhorn ertönte, und über den Regenbogen hinweg ritten die Götter, in Stahl gewandet, um den letzten Kampf zu kämpfen; ihnen voran flogen die geflügelten Schildjungfrauen, und die Reihe schloß mit den Gestalten der toten Recken; alle Luft leuchtete um sie mit dem Gleißen des Nordlichts, aber das Dunkel war siegreich. Es war eine schreckliche Stunde.

Und dicht neben der geängstigten Wikingerfrau saß am Boden die kleine Helga in der häßlichen Froschgestalt; auch sie zitterte heftig und preßte sich an die Pflegemutter, die sie auf ihren Schoß zog und in Liebe festhielt, wie häßlich auch das Krötengewand schien. Die Luft hallte wider von Schwert- und Keulenschlägen, von sausenden

Pfeilen, als wär es ein stürmischer Hagelschauer, der über sie hinwegging. Die Stunde war gekommen, da Erde und Himmel bersten würden, die Sterne herabfallen, alles zugrunde gehen in Surturs Feuer; aber eine neue Erde und ein neuer Himmel, wußte sie, würden kommen, das Getreide würde wogen, wo das Meer jetzt rollte über den goldenen Sandgrund hin, der unnennbare Gott regieren, und auf zu ihm stieg Baldur, der sanfte, liebevolle, befreit aus dem Reich der Toten – *er* kam – die Wikingerfrau sah ihn, sie erkannte sein Antlitz, – es war der gefangene, christliche Priester. »Heliand!« rief sie laut, und im Namen aller Namen drückte sie einen Kuß auf die Stirn ihres häßlichen Froschkindes; da fiel das Krötengewand ab, und die kleine Helga stand da in all ihrer Schönheit, sanft wie niemals zuvor und mit strahlenden Augen; sie küßte die Hände der Pflegemutter, segnete sie für all die Fürsorge und Liebe, die sie ihr in den Tagen der Drangsal und der Prüfung vergönnt hatte; dankte ihr für die Gedanken, die sie in ihr niedergelegt und erweckt hatte, dankte ihr für die Nennung des Namens, den sie wiederholte: Heliand! und die kleine Helga erhob sich als ein mächtiger Schwan, die Flügel breitete sie so weit aus, mit einem Sausen wie wenn die Scharen der Zugvögel fortfliegen.

Die Wikingerfrau erwachte davon, und draußen ertönte noch derselbe starke Flügelschlag, es war die Zeit, wußte sie, da die Störche fortzogen; die waren es, was sie hörte; noch einmal wollte sie sie vor ihrer Abreise sehen und ihnen Lebewohl! sagen. Sie stand auf, ging hinaus auf den Söller, und da sah sie auf dem Dachfirst des Nebenhauses Storch an Storch, und über den Hof, hin über die großen Bäume, flogen Scharen in großen Schwüngen, aber geradeaus vor ihr, auf dem Brunnenrand, wo die kleine Helga so oft gesessen und sie mit ihrer Wildheit erschreckt hatte, saßen jetzt zwei Schwäne und blickten sie mit klugen

Augen an; und sie dachte an ihren Traum, der sie noch vollkommen erfüllte, ganz und gar wie eine Wirklichkeit; sie dachte an die kleine Helga in Schwanengestalt, sie dachte an den Christenpriester, und es war ihr auf einmal wunderlich froh ums Herz.

Die Schwäne schlugen mit den Flügeln, neigten ihre Hälse, als wollten auch sie ihren Gruß aussprechen; und die Wikingerfrau breitete ihre Arme nach ihnen aus, als ob sie's verstünde, lächelte unter Tränen und mancherlei Gedanken.

Da erhoben sich mit Flügellärm und Klappern alle Störche zur Reise nach Süden.

»Wir warten nicht auf die Schwäne!« sagte Storchenmutter, »wenn die mitwollen, müssen sie kommen! wir können nicht hierbleiben, bis die Brachvögel abreisen! Es hat doch was Schönes, so in der Familie zu verreisen, nicht wie die Buchfinken und Streithähne, wo die Männchen für sich fliegen und die Weibchen für sich, und das, ehrlich gesagt, gehört sich nicht! und was ist das für ein Flügelschlagen, das die Schwäne da veranstalten?«

»Jeder fliegt, wie es ihm paßt!« sagte Storchenvater, »die Schwäne fangen es schräg an, die Kraniche im Dreieck und die Brachvögel in Schlangenlinien!«

»Erwähne bitte keine Schlange, wenn wir hier oben fliegen!« sagte Storchenmutter, »das bringt die Jungen bloß auf Gelüste, die nicht befriedigt werden können!«

»Sind das da unten die hohen Berge, von denen ich gehört habe?« fragte Helga im Schwanengewand.

»Das sind Gewitterwolken, die unter uns treiben!« sagte die Mutter.

»Was sind das für weiße Wolken, die sich so hoch erheben?« fragte Helga.

»Das sind die ewig verschneiten Berge, was du da siehst!« sagte die Mutter, und sie flogen über die Alpen, hinab, wo das Mittelmeer blaute.

»Afrikas Land! Ägyptens Strand!« jubelte in Schwanengestalt die Tochter des Nils, als sie eben hoch aus der Luft, wie einen weißgelben, wellenförmigen Streifen, ihre Heimat erblickte.

Auch die Vögel sahen sie und beschleunigten ihren Flug.

»Ich rieche Nilschlamm und nasse Frösche!« sagte Storchenmutter, »das prickelt in mir! – Ja, jetzt sollt ihr was zu schmecken kriegen, und ihr sollt Marabus sehen und Ibisse und Kraniche! die gehören alle zur Familie, aber sie sind nicht annähernd so hübsch wie wir; die stellen sich vornehm an, besonders der Ibis; er ist halt von den Ägyptern verwöhnt worden, die machen ihn zur Mumie, stopfen ihn voll mit Gewürzkräutern. Ich will lieber mit lebendigen Fröschen gestopft werden, das wollt ihr doch auch, und das sollt ihr auch! Besser was Anständiges ins Kröpfchen, solange man lebt, als großen Staat machen, wenn man tot ist! das ist meine Meinung, und die stimmt immer!«

»Jetzt sind die Störche gekommen!« sagte man im reichen Haus am Ufer des Nils, wo in der offenen Halle, auf weichen Polstern, bedeckt mit Leopardenfell, der königliche Herr ausgestreckt lag, nicht lebendig, auch nicht tot, voller Hoffnung auf die Lotosblüte aus dem tiefen Moor im Norden. Verwandte und Dienstboten umstanden ihn.

Und herein in die Halle flogen zwei prächtige weiße Schwäne, die waren mit den Störchen gekommen; sie warfen das blendende Federgewand ab, und da standen zwei wunderschöne Frauen, einander so gleich wie zwei Tautropfen; sie neigten sich über den bleichen, hinwelkenden alten Mann; sie warfen ihr langes Haar zurück, und indem die kleine Helga sich über ihren Großvater beugte, röteten sich seine Wangen, seine Augen bekamen Glanz, es kam Leben in die erstarrten Glieder. Der Alte richtete sich auf, gesund und verjüngt; Tochter und Tochterstochter hielten ihn in ihren Armen wie zum Morgengruß in lauter Freude nach einem langen, schweren Traum.

Und es herrschte Freude überall und im Storchennest auch, aber dort doch am meisten wegen des guten Futters, der wimmelnd vielen Frösche; und während die Gelehrten in aller Eile die Geschichte von den beiden Prinzessinnen und von der Gesundheits-Blüte in groben Zügen aufzeichneten, die ein so großes und segensreiches Ereignis für Haus und Land war, erzählten die Storcheneltern sie auf ihre Weise und für ihre Familie, aber erst als alle satt waren, die hatten ja sonst anderes zu tun, als Geschichten anzuhören.

»Jetzt wird aber was aus dir!« flüsterte Storchenmutter, »das ist auch nur recht so.«

»Oh, was soll schon aus mir werden!« sagte Storchenvater, »und was hab ich getan? Gar nichts!«

»Du hast mehr getan als alle anderen! ohne dich und die Jungen hätten die zwei Prinzessinnen nie Ägypten wiedergesehen und den Alten wieder gesundgekriegt. Du wirst was! Du kriegst bestimmt den Doktorgrad, und unsere Jungen werden später damit geboren, und ihre Jungen dann wieder, und immer weiter! Du siehst auch schon richtig aus wie ein ägyptischer Doktor – in meinen Augen!«

Die Gelehrten und Weisen entwickelten, wie sie das nannten, den Grundgedanken, der durch das ganze Geschehen ging: »Liebe gebiert Leben!«; den erklärten sie auf verschiedene Weise: »der warme Sonnenstrahl war Ägyptens Prinzessin, sie stieg hinab zum Schlammkönig, und aus ihrer Begegnung entsprang die Blüte –«

»Ich kann die Worte nicht mehr so richtig wiederholen!« sagte Storchenvater, der vom Dach aus zugehört hatte und im Nest davon erzählen sollte. »Das war so verwickelt, was die gesagt haben; die waren so klug, daß sie gleich befördert wurden und Geschenke kriegten, sogar der Leibkoch kriegte einen großen Orden umgehängt, der war vermutlich für die Suppe!«

»Und was hast du gekriegt?« fragte Storchenmutter. »die sollen nur nicht den Wichtigsten vergessen, und der bist du! die Gelehrten haben das Ganze nur verschieden beklappert! aber du kommst schon noch an die Reihe!«

In später Nacht, als das reiche glückliche Haus in friedlichem Schlummer lag, gab es ein Wesen, das noch wachlag, und das war nicht Storchenvater, obwohl er auf einem Bein im Nest stand und Schildwache schlief, nein, die kleine Helga lag wach, lehnte sich hinaus über den Balkon und schaute in die klare Luft mit den großen, leuchtenden Sternen, größer und reiner im Glanz, als sie sie im Norden gesehen hatte, und doch dieselben. Sie dachte an die Wikingerfrau am Wildmoor, an die milden Augen der Pflegemutter, an die Tränen, die sie über das arme Froschkind geweint hatte, das nun in Glanz und Sternenpracht an den Wassern des Nils stand in herrlicher Frühlingsluft. Sie dachte an die Liebe in der Brust der heidnischen Frau, die Liebe, die sie einem jammervollen Geschöpf erwiesen hatte, das im Menschen-Gewand ein böses Tier war und im Gewand des Tieres widerwärtig anzusehen und anzufassen. Sie blickte auf zu den leuchtenden Sternen und erinnerte sich des Glanzes von der Stirn des Toten, als sie dahinflogen über Wald und Moor; es klangen Töne in ihrer Erinnerung, Worte, die sie hatte sagen hören, als sie davonritten und sie dasaß als die Verzauberte, Worte vom großen Ursprung der Liebe, der höchsten Liebe, die alle Geschlechter umfaßte.

Ja, was war nicht alles gegeben, gewonnen, erreicht worden! Die Gedanken der kleinen Helga umfaßten, bei Nacht, bei Tag, die ganze Summe ihres Glücks, und sie stand vor diesem Anblick wie das Kind, das sich eilig vom Geber dem Gegebenen zuwendet, all den herrlichen Gaben; sie ging gleichsam auf in der steigenden Glückseligkeit, die kommen konnte, kommen würde; sie war ja durch Wunderwerke getragen worden zu immerfort höherer Freude, immerfort höherem Glück, und darin verlor sie sich eines Tages, so ganz und gar, daß sie nicht mehr an den Geber dachte. Das war die Keckheit jugendlichen Mutes, der seinen raschen Wurf macht! ihre Augen leuchteten dabei, aber plötzlich wurde sie herausgerissen von einem heftigen Lärmen im Hof unter ihr. Da sah sie zwei mächtige Strauße eilig umherlaufen in engen Kreisen; nie zuvor hatte sie dieses Tier gesehen, einen so großen Vogel, so plump und schwer; die Flügel sahen aus, als wären sie gestutzt, der Vogel selbst, als hätte man ihm ein Leid getan, und sie fragte, was mit ihm geschehen sei; und zum ersten Mal hörte sie die Sage, die die Ägypter vom Strauß erzählen.

Herrlich war sein Geschlecht einst gewesen, seine Flügel groß und stark; da sagten eines Abends die mächtigen Vögel des Waldes zu ihm: »Bruder! sollen wir morgen, wenn Gott will, zum Fluß fliegen und trinken?« Und der Strauß antwortete: »ich will es!« Als es tagte, flogen sie davon, erst hoch hinauf in die Sonne, Gottes Auge, immer höher und höher, der Strauß weit vor allen anderen; der flog in Stolz zum Licht; der vertraute auf seine Kraft und nicht auf den Geber; der sagte nicht: »wenn Gott will!« da zog der Engel der Strafe den Schleier fort von der Flammenstrahlenden, und in einem Nu verbrannten die Flügel des Vogels, der sank, elend, zur Erde. Er und sein Geschlecht vermögen sich nie mehr zu erheben; sie fliehen in Schrecken, stürmen im Kreise im engen Raum; eine Mahnung für uns Menschen, in all unserem Denken, bei jedem unserer Werke zu sagen: »wenn Gott will!«

Und Helga neigte gedankenvoll den Kopf, sah auf den jagenden Strauß, sah seine Angst, sah seine törichte Freude beim Anblick seines eigenen Schattens auf der sonnenbeschienenen Wand. Und in Sinn und Denken schlug der Ernst seine tiefe Wurzel. Ein Leben so reich, vorwärts im Glück, war ihr gegeben, gewonnen – was würde geschehen, was würde noch kommen –? Das Beste: »wenn Gott will!«

Im zeitigen Frühjahr, als die Störche wieder nordwärts zogen, nahm die kleine Helga ihr Goldarmband, ritzte ihren Namen hinein, winkte Storchenvater zu, legte ihm den Goldreif um den Hals und bat ihn, den zur Wikingerfrau zu bringen, die daraus erkennen würde, daß die Pflegetochter lebte, glücklich war und an sie dachte.

»Das ist schwer zu tragen!« dachte der Storch, als er ihn um den Hals bekam, »aber Gold und Ehre soll man nicht auf die Straße werfen! der Storch bringt Glück, werden sie da oben zugeben!«

»Du legst Gold, und ich leg Eier!« sagte Storchenmutter, »aber du legst bloß einmal, ich tu's alle Jahre! aber Anerkennung kriegt keiner von uns! das kränkt denn doch!«

»Man selber weiß es aber, Mutter!« sagte Storchenvater.

»Das kannst du dir aber nicht umhängen!« sagte Storchenmutter, »das gibt weder Fahrtwind noch Futter!«

Und dann flogen sie.

Die kleine Nachtigall, die im Tamarindenbusch sang, wollte auch bald nordwärts ziehen; da oben am Wildmoor hatte die kleine Helga sie gehört; eine Nachricht wollte sie ihr mitgeben, die Sprache der Vögel konnte sie, seit sie im Schwanengewand geflogen war, sie hatte seither oft mit Storch und Schwalbe geredet, die Nachtigall würde sie verstehen; und die bat sie, zum Buchenwald auf der jütischen Halbinsel zu fliegen, wo das Grab errichtet war aus Stein und Zweigen; die bat sie, alle Vögelchen zu bitten, daß sie das Grab beschützen und ein Lied singen sollten und abermals ein Lied.

Und die Nachtigall flog – und die Zeit flog dahin!

Der Adler stand auf der Pyramide und sah im Herbst einen stattlichen Zug von reich beladenen Kamelen, von kostbar gekleideten, bewaffneten Männern auf schnaubenden arabischen Hengsten, schimmernd weiß wie Silber, und mit roten, bebenden Nüstern, die Mähne hing lang und dicht bis zu den feinen Beinen herab. Reiche Gäste, ein königlicher Prinz aus Arabiens Land, schön wie ein Prinz es sein soll, zogen ein in das stolze Haus, wo nun das Storchennest leer stand; die, die darin wohnten, waren ja in einem nördlichen Land, aber bald würden sie zurückkommen. – Und gerade an dem Tag kamen sie, an dem hier die größte Freude und Ausgelassenheit herrschten. Hier war Hochzeitsglanz, und die kleine Helga war die Braut, gekleidet in Seide und Juwelen; der Bräutigam war der junge Prinz aus Arabiens Land; sie saßen ganz oben am Tisch zwischen Mutter und Großvater.

Aber sie sah nicht auf die braunen, männlichen Wangen des Bräutigams, wo sich der schwarze Bart kräuselte, sie sah nicht in seine glutvollen, dunklen Augen, die auf ihr ruhten, sie sah hinaus, empor zu den blinkenden, funkelnden Sternen, die vom Himmel herunterleuchteten.

Da rasselte es von starken Flügelschlägen dort oben in der Luft, die Störche kamen zurück; und das alte Storchenpaar, wie müde sie auch waren von der Reise und wie gern sie auch ausgeruht hätten, flog doch sofort hinunter auf das Geländer der Veranda, die wußten, was für ein Fest das war. Die hatten schon an der Grenze des Landes gehört, die kleine Helga hätte sie auf die Wand malen lassen, sie gehörten mit zu ihrer Geschichte.

»Das ist sehr hübsch gedacht!« sagte Storchenvater.

»Das ist sehr wenig!« sagte Storchenmutter, »weniger ging wohl nicht!«

Und als Helga sie sah, stand sie auf und ging hinauf auf die Veranda und zu ihnen hinüber, um ihnen über den Rücken zu streichen. Das alte Storchenpaar neigte die Hälse, und die jüngsten der Jungen sahen zu und fühlten sich geehrt.

Und Helga sah hinauf zu dem leuchtenden Stern, der strahlte klarer und klarer; und zwischen ihm und ihr bewegte sich eine Gestalt, reiner noch als die Luft und dadurch sichtbar, die schwebte ganz nah zu ihr heran, das war der tote Christenpriester, auch er kam zu ihrem Hochzeitsfest, kam aus des Himmelsreichs Reich.

»Der Glanz und die Herrlichkeit dort übertreffen alles, was die Erde kennt!« sagte er.

Und die kleine Helga bat so weich, so innig, wie sie nie zuvor gebeten hatte, daß sie, bloß für eine einzige Minute, da hineinschauen, bloß einen einzigen Blick in des Himmelreiches Reich werfen dürfe, zum Vater.

Und er hob sie auf in Glanz und Herrlichkeit, in einen Strom aus Tönen und Träumen; es war nicht allein außen um sie, dieses Strahlen und Klingen, sondern inwendig in ihr. Das können Worte nicht schildern.

»Jetzt müssen wir zurück, du wirst vermißt!« sagte er.

»Bloß noch *einen* Blick!« bat sie, »nur eine einzige kleine Minute!«

»Wir müssen zur Erde, alle Gäste gehen heim!«

»Bloß einen Blick! den letzten –!«

Und die kleine Helga stand wieder auf der Veranda – aber alle Fackeln draußen waren gelöscht, alle Lichter im Brautsaal waren fort, keine Gäste zu sehen, kein Bräutigam, alles wie verweht in drei kleinen Minuten.

Da bekam Helga Angst, sie ging durch die große, leere Halle in die nächste Kammer, da schliefen fremde Soldaten, sie öffnete die Seitentür, die in ihre Stube führte, und als sie meinte, darin zu stehen, da stand sie draußen im Garten – so war es hier ja nie gewesen; rötlich schimmerte der Himmel, es war gegen Morgengrauen.

Drei Minuten bloß im Himmel, und eine ganze Erdennacht war vergangen!

Da sah sie die Störche; sie rief ihnen zu, sprach ihre Sprache, und Storchenvater wandte den Kopf, lauschte und kam näher.

»Du sprichst unsere Sprache!« sagte er, »was willst du? Warum kommst du hierher, du fremde Frau?«

»Aber *ich* bin's doch! ich bin Helga! erkennst du mich nicht? Vor drei Minuten haben wir miteinander gesprochen, da drüben auf der Veranda.«

»Das ist ein Irrtum!« sagte der Storch, »das hast du alles geträumt!«

»Nein, nein!« sagte sie und erinnerte ihn an die Wikingerburg und das Wildmoor, an die Reise hierher –!

Da zwinkerte Storchenvater mit den Augen: »Das ist ja eine alte Geschichte, die ich aus der Zeit meiner Ur-Ur-Urgroßmutter gehört habe! ja, hier in Ägypten gab es zwar einmal so eine Prinzessin aus dem dänischen Land, aber sie ist an ihrem Hochzeitsabend vor vielen hundert Jahren plötzlich verschwunden und nie mehr wiedergekommen! das kannst du selber nachlesen, hier auf dem Denkmal im Park, da sind ja alle eingemeißelt, Schwäne und Störche, und ganz oben stehst du selber im weißen Marmor!«

So war es. Die kleine Helga sah das, begriff es und sank in die Knie.

Die Sonne brach leuchtend hervor, und wie in der Vorzeit bei ihrem Leuchten das Froschgewand fiel und die herrliche Gestalt zum Vorschein kam, so erhob sich nun in der Taufe des Lichts eine Schönheitsgestalt, klarer, reiner als die Luft, ein Lichtstrahl – zum Vater empor.

Der Leib sank in den Staub: es lag eine verwelkte Lotosblüte, wo sie gestanden hatte.

»Das war aber ein neuer Schluß für die Geschichte!« sagte Storchenvater, »den hatte ich nun überhaupt nicht erwartet! aber er hat mir wirklich gut gefallen!«

»Was wohl die Jungen dazu sagen werden?« fragte Storchenmutter.

»Tja, das ist natürlich das Wichtigste!« sagte Storchenvater.

Hans Tolpatsch

Eine alte Geschichte von neuem erzählt

Zu dieser Geschichte hat sich im Nachlaß das Fragment einer früheren und rabiateren Fassung gefunden, das hier auf die spätere Version folgt.

Draußen auf dem Land war ein alter Hof, und in dem war ein alter Herr, der hatte zwei Söhne, die hatten so viel Witz, daß die Hälfte gereicht hätte; die wollten die Tochter des Königs freien, und das trauten sie sich, weil sie hatte kundmachen lassen, daß sie zum Manne denjenigen nehmen wollte, der am besten reden könnte.

Die zwei bereiteten sich nun acht Tage lang vor, das war die längste Zeit, die sie dafür hatten, aber das war auch genug, denn sie hatten Vorkenntnisse, und die sind immer nützlich. Der eine konnte das komplette lateinische Lexikon auswendig und drei Jahrgänge der Heimatzeitung, und zwar vorwärts und rückwärts; der zweite hatte sich mit allen Zunftvorschriften vertraut gemacht und was jeder Amtmann sonst noch wissen mußte, da konnte er mitreden., wenn es um den Staat ging, meinte er, daneben verstand er sich auch auf das Sticken von Hosenträgern, denn er war fein und fingerfertig.

»Ich krieg die Königstochter!« sagten sie alle beide, und da gab ihr Vater jedem ein schönes Pferd; der, der das Lexikon und die Zeitungen konnte, kriegte ein kohlschwarzes, und der, der beamtenklug war und sticken konnte, kriegte ein milchweißes, und dann schmierten sie sich die

Mundwinkel mit Lebertran ein, damit sie noch geschmeidiger würden. Das ganze Gesinde war draußen im Hof, um sie aufs Pferd steigen zu sehen; in diesem Augenblick kam der dritte Bruder, es waren nämlich drei, aber es gab keinen, der ihn als Bruder mitgezählt hätte, denn er war nicht so gelehrt wie die zwei, und ihn nannte man nur »Hans Tolpatsch«.

»Wo wollt ihr hin, daß ihr so im Sonntagsstaat seid?« fragte er.

»Nach Hofe, um uns die Königstochter anzuschwatzen! hast du nicht gehört, was im ganzen Land die Trommel schlägt?« und dann erzählten sie es ihm.

»Donner und Doria, da muß ich aber mit!« sagte Hans Tolpatsch, und die Brüder lachten ihn aus und ritten davon.

»Vater, gib mir ein Pferd!« rief Hans Tolpatsch. »Ich hab solche Lust aufs Heiraten. Nimmt sie mich, dann nimmt sie mich! und nimmt sie mich nicht, dann nehm ich sie doch!«

»Papperlapapp!« sagte der Vater, »dir geb ich kein Pferd. Du kannst ja nicht reden! nein, deine Brüder, das sind Prachtkerle!«

»Wenn ich kein Pferd kriege«, sagte Hans Tolpatsch, »dann nehm ich den Ziegenbock, das ist mein eigener, und der kann mich gut tragen!« und dann setzte er sich rittlings auf den Ziegenbock, hieb ihm die Fersen in die Seiten und sauste davon, die Landstraße hinunter. Hui! wie das ging. »Bahn frei, ich komme!« sagte Hans Tolpatsch, und dann sang er dermaßen, daß es gellend nachhallte.

Aber die Brüder ritten ganz still voraus; sie sprachen nicht ein Wort, sie mußten über all die guten Einfälle nachdenken, die sie präsentieren wollten, denn es sollte nun einmal etwas ganz Raffiniertes sein.

»Heißa hopsa!« schrie Hans Tolpatsch, »ich komme! seht nur was ich auf der Straße gefunden habe!« und dann zeigte er ihnen eine tote Krähe, die er gefunden hatte.

»Tolpatsch!« sagten sie, »was willst du denn mit der?«

»Die will ich der Königstochter schenken!«

»Ja, das tu du nur!« sagten sie, lachten und ritten weiter.

»Heißa hopsa! ich komme! seht nur, was ich jetzt gefunden habe, das findet man nicht alle Tage auf der Straße!«

Und die Brüder wendeten wieder, um zu sehen, was es war. »Tolpatsch!« sagten sie, »das ist ja ein alter Holzschuh, von dem das Oberteil abgerissen ist! den soll wohl auch die Königstochter kriegen?«

»Und ob sie das soll!« sagte Hans Tolpatsch; und die Brüder lachten, und sie ritten weiter, und sie kamen weit voran.

»Heißa hopsa! da bin ich!« schrie Hans Tolpatsch; »nein, jetzt wird's ja immer schöner! heißa hopsa! das ist ja fabelhaft!«

»Was hast du denn jetzt gefunden!« sagten die Brüder.

»Oh!« sagte Hans Tolpatsch, »das kann man gar nicht aussprechen! was wird sie sich freuen, die Königstochter!«

»Uh!« sagten die Brüder, »das ist ja Matsch, geradewegs aus dem Straßengraben!«

»Ja, das ist es allerdings!« sagte Hans Tolpatsch, »und es ist die feinste Sorte, man kann es nicht mal festhalten!« und dann füllte er seine Tasche.

Aber die Brüder ritten, was das Zeug hielt, und so kamen sie eine volle Stunde früher an und hielten am Stadttor, und da kriegten die Freier Nummern, in der Reihenfolge des Eintreffens, und wurden in Reih und Glied gesetzt, sechs in jeder Abteilung und so eng, daß sie die Arme nicht bewegen konnten, und das war nur gut so, denn sonst hätten sie einander die Rückenstück abgerissen, bloß weil der eine vor dem anderen stand.

Alle übrigen Einwohner des Landes standen rings um das Schloß, bis hinauf zu den Fenstern, um zu sehen, wie die Königstochter die Freier empfing, und sowie einer von denen die Stube betreten hatte, war seine Redegabe dahin.

»Taugt nichts!« sagte die Königstochter. »Weg!«

Nun kam derjenige von den Brüdern an die Reihe, der das Lexikon auswendig konnte, aber das hatte er beim

Schlangestehen reinweg vergessen, und der Fußboden knarrte, und die Zimmerdecke war aus Spiegelglas, so daß er sich selber auf dem Kopf sah, und an jedem Fenster standen drei Schreiber und ein Amtmann, von denen jeder alles aufschrieb, was gesagt wurde, daß es gleich in die Zeitung kommen und für zwei Schillinge an der Ecke verkauft werden konnte. Es war entsetzlich, und dann hatten sie den Kachelofen dermaßen eingeheizt, daß er rot glühte!

»Das ist hier aber arg heiß, hier drinnen!« sagte der Freier.

»Das ist, weil mein Vater heut Hähnchen brät!« sagte die Königstochter.

Bäh! da stand er, diese Rede hatte er nicht erwartet; nicht ein Wort wußte er zu sagen, denn etwas Amüsantes hätte er gern gesagt. Bäh!

»Taugt nichts!« sagte die Königstochter. »Weg!« und dann mußte er davon. Nun kam der zweite Bruder.

»Hier ist es fürchterlich heiß!« – sagte er.

»Ja, wir braten heut Hähnchen!« sagte die Königstochter.

»Wie bi- Wie?« sagte er, und alle Schreiber schrieben: Wie bi- Wie!

»Taugt nichts!« sagte die Königstochter. »Weg!«

Nun kam Hans Tolpatsch, er ritt auf dem Ziegenbock geradewegs in die Stube.

»Das ist ja eine glühende Hitze hier!« sagte er.

»Das ist, weil ich Hähnchen brate!« sagte die Königstochter.

»Na das paßt ja!« sagte Hans Tolpatsch, »da kann ich vielleicht eine Krähe gebraten kriegen?«

»Das können Sie sehr gern!« sagte die Königstochter, »aber haben Sie etwas, worin man sie braten kann, denn ich hab weder Kochtopf noch Pfanne!«

»Aber das hab ich!« sagte Hans Tolpatsch. »Hier ist ein Kochgeschirr mit Zinnkrempe!« und dann zog er den alten Holzschuh hervor und setzte die Krähe mitten hinein.

»Das reicht für eine ganze Mahlzeit!« sagte die Königstochter, »aber woher nehmen wir die Tunke?«

»Die hab ich in der Tasche!« sagte Hans Tolpatsch. »Ich hab so viel davon, daß ich was verkleckern kann!« und dann schüttete er etwas Matsch aus der Tasche.

»Das gefällt mir!« sagte die Königstochter, »du kannst aber antworten! und du kannst reden, und dich will ich zum Mann! aber weißt du, daß jedes Wort, das wir sagen und gesagt haben, aufgeschrieben wird und morgen in die Zeitung kommt! an jedem Fenster siehst du drei Schreiber stehen und einen alten Amtmann, und der Amtmann ist am schlimmsten, weil er nichts versteht!« und das sagte sie nun, um ihm bange zu machen. Und alle Schreiber wieherten und klatschten einen Tintenfleck aufs Parkett.

»Das ist eine feine Herrschaft!« sagte Hans Tolpatsch, »da muß ich dem Amtmann gleich das Beste geben!« und dann drehte er seine Taschen um und warf ihm den Matsch ins Gesicht.

»Das war sehr fein von dir!« sagte die Königstochter, »das hätte ich nicht tun können! aber ich werd's schon noch lernen!« –

Und so wurde Hans Tolpatsch König, kriegte zum Lohne Frau und Krone und saß auf dem Throne, und das haben wir geradewegs aus der Zeitung des Amtmanns – und der ist nicht zu trauen!

(Der ursprüngliche Schluß)

Nun kam Hans Tolpatsch, er ritt auf dem Ziegenbock geradewegs in die Stube. Der hatte sich aufgebäumt und auf den Hinterbeinen getanzt und sechs Spiegel und zwei Exzellenzen in Stücke geschlagen. Dabei war es Hans Tolpatsch so heiß geworden, wie es seinen Brüdern schon war.

»Ist aber mächtig heiß hier drinnen!« sagte auch er zur Prinzessin.

»Das liegt daran«, sagte sie, »daß wir heut Hähnchen braten!«

»So, tut ihr das!« sagte Hans Tolpatsch, »das ist ja wunderbar, da kann ich meine Krähe gleich mitgebraten kriegen!« und dann zog er die tote Krähe, die er gefunden hatte, aus der Tasche, breitete die Flügel etwas auseinander und lüpfte ein wenig ihren Kopf.

»Aber worin sollen wir die braten?« fragte die Prinzessin.

»Das weiß ich schon!« sagte Hans Tolpatsch, »sieh, hier ist der ganze Mechanismus«, und dann zog er das Kuhhorn aus der Tasche, steckte die Krähe hinein! und sagte: »siehst du, hier ist ein Topf zum Braten, und wir können alle beide zusammen daraus essen!«

»Das gefällt mir!« sagte die Prinzessin, »du verstehst zu reden. – Aber wo sollen wir die Krähe eintunken?« – »Heißa!« rief Hans Tolpatsch! und drehte seine Tasche um – da war die ganze – Uh! – die Kuh war ziemlich ungezogen gewesen!

»Das ist ja ein reiner Segen!« sagte die Prinzessin. »Dich will ich haben – aus dir kann noch was werden.«

Und dann hielten sie Hochzeit und verspeisten die Krähe und alles was dazugehörte; und der Topf, in dem sie gebraten war, wurde ein Erbstück bis hinab zu den spätesten Geschlechtern.

Die Muse des neuen Jahrhunderts

Die Muse des neuen Jahrhunderts

»Andersen las mir heute zum zweiten Mal seine ›Muse des neuen Jahrhunderts‹ vor, die er für etwas vom Genialsten erklärt, was er geschrieben hat, und die er 11 (elf) Male umgeschrieben hat, ehe sie in ihre jetzige Form kam«, notiert Andersens Freund Adolph Drewsen in seinem Tagebuch. Einige der ihm selbst noch neuen Lesefrüchte und Bildungsanspielungen, aus denen dieser Text passagenweise montiert ist, hat Andersen in der Handschrift noch in Randnotizen aufgeschlüsselt; sie sind hier kursiv in [ ] eingefügt.

Die Muse des neuen Jahrhunderts, das Kind unserer Kindeskinder, vielleicht wird ein ferneres Geschlecht sie kennen, aber nicht wir, wann offenbart sie sich? Wie sieht sie aus? Welche Lieder singt sie? Welche Seelensaiten wird sie berühren? Zu welchem Höhepunkt wird sie ihr Zeitalter erheben?

So viele Fragen in unserer geschäftigen Zeit, in der einem die Poesie fast im Wege steht und wo man mit aller Klarheit weiß, daß das sehr *Unsterbliche,* das Gegenwartsdichter schreiben, in der Zukunft vielleicht nur existiert wie die Kohle-Inschriften auf der Gefängnismauer, gesehen und gelesen von einzelnen Neugierigen.

Die Poesie soll mit anpacken, oder doch wenigstens Munition für die Parteikämpfe liefern, wo Blut fließt oder blaue Tinte.

Das ist einseitiges Gerede, sagen viele; die Poesie ist in unserer Zeit nicht vergessen.

O nein, es gibt noch Menschen, die an ihrem *freien*

Montag einen Drang zur Poesie fühlen und, wenn sie dieses geistige Magenknurren in ihren jeweiligen edleren Teilen verspüren, ganz bestimmt nach dem Buchhändler schicken und für sage und schreibe vier Schilling Poesie kaufen, und zwar die mit den besten Empfehlungen; einige begnügen sich wohl mit dem, was sie als Dreingabe bekommen können, oder sind zufriedengestellt, wenn sie einen Fetzen der Einkaufstüte aus dem Gemüseladen zu lesen kriegen; das ist billiger, und auf die Billigkeit muß man Rücksicht nehmen in unserer geschäftigen Zeit. Es gibt genug Andrang nach dem, was wir vorrätig haben, und das reicht! Zukunftspoesie, wie Zukunftsmusik, gehört zu den Donquijottiaden; davon reden heißt von Reiseentdeckungen auf Uranus reden.

Die Zeit ist zu knapp und kostbar für Phantasiespiele, und was ist schon, wenn wir einmal ganz vernünftig reden wollen, was ist schon Poesie? Diese klingenden Gefühls- und Gedankenausbrüche, das sind nur Nervenschwingungen und -bewegungen. Alle Begeisterung, alle Freude, aller Schmerz, sogar das materielle Streben selbst sind, sagen uns die Gelehrten, Nervenschwingungen. Wir sind, jeder einzelne – ein Saitenspiel *[o ja! eine wunderliche Harfe mit tausend Saiten]*.

Aber wer greift in diese Saiten? Wer versetzt sie in Schwingungen und bringt sie zum Beben? Der Geist, der unsichtbare Gottesgeist, der, durch sie, seine Bewegung, seine Stimmung klingen läßt, und das verstehen die anderen Saitenspiele, so daß sie dabei selber klingen, im Zusammenklang oder in den heftigen Dissonanzen der Gegensätze. So war es, so wird es sein im Voranschreiten der großen Menschheit im Freiheitsbewußtsein.

Jedes Jahrhundert, man könnte ebensogut sagen jedes Jahrtausend, hat seinen Ausdruck von Größe in der Poesie; geboren im abschließenden Zeitraum, tritt sie hervor und gebietet in dem neuen Zeitraum, der kommt.

Inmitten unserer geschäftigen maschinentosenden Zeit ist sie so schon geboren, sie, die Muse des neuen Jahrhunderts. Unseren Gruß senden wir ihr! möge sie ihn hören, oder später einmal lesen, vielleicht zwischen den Kohle-Inschriften, von denen wir eben sprachen.

Die Kufen ihrer Wiege reichten vom äußersten Punkt, den eines Menschen Fuß bei den Nordpolforschungen betrat, so weit, wie das lebendige Auge in den *schwarzen Kohlensack* des Polarhimmels hinaufsah. Wir haben vor lauter klappernden Maschinen die Kufen nicht gehört, vor dem Pfeifen der Lokomotiven, den Sprengungen materieller Klippen und der alten Bande des Geistes.

In unserer großen Gegenwarts-Fabrik ist sie geboren, wo der Dampf seine Kräfte erprobt, wo Meister Blutlos und seine Knechte Tag und Nacht schuften.

In ihrem Besitz ist das große liebevolle Frauenherz mit der Flamme der Vestalin und dem Feuer der Leidenschaft. Das Blitzlicht des Verstandes gehört ihr, in allen durch die Jahrtausende wechselnden Farben des Prismas, die jeweils nach den Modefarben beurteilt werden. Das mächtige Schwanenkleid der Phantasie ist ihre Pracht und Stärke, die Wissenschaft hat es gewoben, die *Urkräfte* haben ihm Schwungkraft gegeben.

Von der väterlichen Seite her ist sie ein Kind des Volkes, gesund in Sinn und Verstand, Ernst im Blick, Humor auf den Lippen. Ihre Mutter ist die hochwohlgeborene, akademieerzogene Emigrantentochter mit den goldenen Rokokoerinnerungen. Die Muse des neuen Jahrhunderts trägt in sich Blut und Seele von diesen beiden.

Herrliche Taufgeschenke sind ihr in die Wiege gelegt. Reichlich wie Bonbons sind darüber die verborgenen Rätsel der Natur mitsamt ihrer Auflösung hingestreut, aus der Taucherglocke ist wunderbarer *Nippes* aus den Meerestiefen ausgeschüttet. Die Himmelskarte, dieser Stille Ozean zum Aufhängen, mit Myriaden von Inseln, jede eine Welt für sich, ist ihr als bedruckte Wiegendecke hingelegt. Die Sonne malt ihr Bilder; die Photographie gibt ihr Spielzeug.

Ihre Amme hat ihr aus Eivindr Skaldaspillir und Firdausi vorgesungen *[Eivindr Skaldaspillir singt nicht wie Firdausi, und doch sind sie beide Dichter.]*, die Minnesänger und das, was Heine knabenhaft-mutwillig aus seiner wahren Dichterseele sang. Viel, viel zuviel hat ihre Amme ihr erzählt; sie kennt die Edda, die grausigen Sagas der alten Urgroßmutter-Mutter, wo die blutigen Flügel der Verfluchungen sausen. *[»Edda« bedeutet Urgroßmutter.]* Alle *Tausendundeine Nächte* des ganzen Orients hat sie in einer Viertelstunde gehört.

Die Muse des neuen Jahrhunderts ist noch ein Kind, aber sie ist schon aus der Wiege gesprungen, sie ist von Willen erfüllt, ohne zu wissen, was sie will.

Noch spielt sie in ihrer großen Kinderstube, die angefüllt ist mit Kunstschätzen und Rokoko. Die griechische Tragödie und das römische Lustspiel stehen da, aus Marmor gemeißelt; die Volkslieder der Nationen hängen wie getrocknete Pflanzen an der Wand, ein Kuß nur, und sie schwellen in Frische und Duft. Die Tongedanken Beethovens, Glucks, Mozarts und aller großen Meister umbrausen sie in ewigen Akkorden. So viele sind auf dem Bücherregal abgelegt, die zu ihrer Zeit unsterblich waren, und da ist noch reichlich Platz für viele andere, deren Namen wir durch das Telegraphenkabel der Unsterblichkeit klingen hören und die mit dem Telegramm gestorben sind.

Schrecklich viel hat sie gelesen, viel zuviel, sie ist ja in unserer Zeit geboren, entsetzlich viel muß wieder vergessen werden, und die Muse wird zu vergessen wissen.

Sie denkt nicht an ihren Gesang, der in ein neues Jahrtausend hineinleben wird, wie die Dichtungen des Mose leben oder Bidpais goldgekrönte Fabel von List und Glück des Fuchses. *[Bidpai war ein Brahmane im schwarzen Indien und lebte unter einem mächtigen indischen König namens Dabche-*

lilm der vom Weltmeer, der Coromandelküste, bis zum Ganges und der Insel Ceylon herrschte; schrieb vom Löwen, der vom Raben betrogen wurde, dem armen Ochsen, der zerrissen wurde, und der endliche Bestrafung des Fuchses, und belehrte so seinen Fürsten. Der König machte Bidpai zu seinem ersten Minister, setzte ihm eine Krone auf den Kopf.] Sie denkt nicht an ihre Sendung, ihre tönende Zukunft, sie spielt noch, unter dem Kampf der Nationen, der die Luft erschüttert, der Klangfiguren aus Federkielen und Kanonen zusammensetzt, kreuz und quer, Runen, schwer zu erraten.

Sie trägt einen Garibaldihut, liest zwischendurch ihren Shakespeare und denkt für einen Moment, den kann man noch aufführen, wenn ich groß bin! Calderon ruht im Sarkophag seiner Werke, mit der Inschrift des Ruhms; und Holberg – ja die Muse ist kosmopolitisch – hat sie in einen Band mit Molière, Plautus und Aristophanes zusammengeheftet, liest aber doch am meisten Molière.

Sie ist befreit von der Unruhe, die die Gemsen der Alpen jagt, und doch strebt ihre Seele nach dem Salz des Lebens wie die Gemsen nach dem des Gebirges *[Ich bin unruhig wie die Gemse der Alpen, meine Seele strebt nach dem Salz des Lebens wie jene noch dem des Berges.]*; es ist eine Ruhe in ihrem Herzen, wie sie in den Urzeitsagen der Hebräer herrscht, diese Stimme eines Nomaden auf den grünen Ebenen in den stillen sternklaren Nächten, und doch schwillt das Herz im Gesang stärker als beim begeisterten Krieger aus den thessalischen Bergen in griechischer Vorzeit.

Wie steht es mit ihrem Christentum? – Sie hat das große und das kleine Einmaleins der Philosophie gelernt; an den Urstoffen hat sie sich einen Milchzahn abgebrochen, aber sie hat neue gekriegt, in die Frucht der Erkenntnis hat sie gebissen, als sie in der Wiege lag, hat gegessen und ist klug geworden, – so daß *Unsterblichkeit* vor ihr aufblitzte als der genialste Gedanke der Menschheit.

Wann beginnt das neue Jahrhundert der Poesie? Wann gibt sich die Muse zu erkennen? Wann ist sie zu hören?

Eines schönen Frühlingsmorgens kommt sie durch Tunnel und über Viadukte auf dem Lokomotivendrachen herangebraust, oder über das weiche, starke Meer, auf dem prustenden Dampfdelphin, oder durch die Luft, auf Montgolfiers Vogel Rock, und landet in jenem Lande, aus dem ihre göttliche Stimme zum ersten Mal das Menschengeschlecht begrüßen soll. Wo? Ist es der Fund des Kolumbus, das Freiheitsland, wo die Eingeborenen zu Jagdwild geworden sind und die Afrikaner zu Sklavenvieh, das Land, aus dem wir das Lied von *Hiawatha* hörten? Ist es der Weltteil der Antipoden, der Goldklumpen im Südmeer, das Gegensatzland, wo unsere Nacht Tag ist und schwarze Schwäne in Mimosenwäldern singen? Oder das Land, wo die Memnonssäule klang und klingt, während wir die Sphinx des Gesanges in der Wüste nicht verstanden? Ist es die Steinkohleninsel, wo Shakespeare regiert seit Elisabeths Zeit? Ist es die Heimat Tycho Brahes, die ihn nicht bei sich geduldet hat, oder Kaliforniens Märchenland, wo der Wellingtonbaum seine Krone erhebt als der König des Weltwaldes?

Wann wird der Stern erstrahlen, der Stern an der Stirne der Muse, die Blume, deren Blättern der Schönheitsausdruck des Jahrhunderts eingeschrieben ist in Form, Farbe und Duft?

»Was ist das Programm der neuen Muse?« fragen die sachkundigen Reichstagsabgeordneten unserer Zeit. »Was will sie denn?«

Fragt lieber, was sie nicht will!

Nicht will sie als Wiedergängerin der verschwundenen Zeiten auftreten! nicht will sie aus den abgelegten Herrlichkeiten der Bühne neue Dramen zusammenzimmern oder Mängel in der dramatischen Architektur mit den Blenddraperien der Lyrik verdecken! ihre Flucht vor uns her wird sein wie der Weg vom Thespiskarren zum Marmor-Amphitheater. *[Vom Thespiskarren sprang die Traube des Aeschylos, der Karren verwandelte sich ins marmorne Amphitheater.]* Sie schlägt nicht die gesunde Menschenrede kurz und klein, um sie dann zu einem künstlichen Glockenspiel mit dem einschmeichelnden Klang der Troubadour-Turniere zusammenzukitten. Nicht will sie Versmaße setzen wie ein Aristokrat und Prosa wie der Bürger! nebeneinander stehen beide in Klang, Fülle und Kraft. *[Prosa, wie meine Mutter sie sprach, wie mein Herz sie singt, wogend, herrlich und frisch, trag mich zum Dichterthron.]* Nicht will sie aus Islands Sagablöcken die alten Götter meißeln! die sind tot, es gibt keinerlei Sympathie mit ihnen in der neuen Zeit, keinerlei Verwandtschaft! *[Die nordische Vorzeit ist ausgestorben; Oehlenschläger hat die alten Helden und Götter restauriert, dabei mag es bleiben, das Mittelalter steht uns näher, von da aus laufen noch Fäden bis zu uns.]* Nicht wird sie ihre Zeit auffordern, ihre Gedanken in französische Romanspelunken einzulogieren! nicht will sie mit dem Chloroform der *Alltagsgeschichten* betäuben! ein Lebenselixier will sie bringen! ihr Lied in Vers und Prosa wird kurz sein, klar, reich! der Herzschlag der Nationalitäten, jede ist nur ein Buchstabe im großen Entwicklungsalphabet, aber jeden Buchstaben ergreift sie mit gleicher Liebe, ordnet sie zu Worten und verknüpft die Worte im Rhythmus zu ihrer Gegenwartshymne.

Und wann ist die Fülle der Zeiten gekommen?

Das liegt weit vor uns, die wir noch hier zurückbleiben, kurz vor jenen, die vorausgeflogen sind.

Bald fällt die chinesische Mauer; Europas Eisenbahnen nähern sich Asiens verschlossenem Kulturarchiv, – die zwei Kulturströme begegnen einander! da vielleicht tost der Wasserfall mit seinem tiefen Klang, wir Gegenwarts-Alten würden zittern unter den starken Tönen und darin ein Ragnarök erkennen, den Sturz der alten Götter, würden vergessen, daß hienieden Zeiten und Geschlechter verschwinden müssen und daß nur ein kleines Bild von jedem, eingeschlossen in die Kapsel des Wortes, auf dem Strom der Ewigkeit schwimmt wie eine Lotosblüte und uns sagt, daß sie alle Fleisch waren und sind von unserem Fleisch, in verschiedener Kleidung; das Bild der Juden leuchtet aus der Bibel, das der Griechen aus Ilias und Odyssee, und unser eigenes –? Fragt die Muse des neuen Jahrhunderts, in Ragnarök, wenn das neue Gimle sich erhebt in Verklärung und Verstehen.

Alle Macht des Dampfes, aller Gegenwartsdruck waren nur Hebelwerke! Meister Blutlos und seine vielbeschäftigten Knechte, die als die mächtigen Herrscher unserer Zeit erscheinen, sind bloß Diener, schwarze Sklaven, die den Festsaal schmücken, die Schätze herbeischleppen, die Tische decken zum großen Fest, wo die Muse mit der Unschuld eines Kindes, der Begeisterung eines Mädchens und mit Ruhe und Wissen einer Matrone die Wunderlampe der Dichtung erhebt, dieses reiche, volle Menschenherz mit der Gottesflamme.

Sei gegrüßt, du Muse des neuen Jahrhunderts der Poesie! unser Gruß erhebt sich und wird gehört, wie die Gedankenhymne des Wurms gehört wird, des Wurms, der unter der Pflugschar zerschnitten wird, während der neue Frühling erglänzt und der Pflug die Furchen zieht und uns Gewürm kurz und klein schneidet, damit der Segen wachsen kann für das kommende neue Geschlecht.

Sei gegrüßt, du, die Muse des neuen Jahrhunderts!

Das Paradies der Erinnerung

HCAs frühester, unvollendeter und vergessener Roman »Der Zwerg Christians des Zweiten« wird eröffnet mit einem so programmatischen wie unbekannt gebliebenen kleinen Prolog über Kindheit, Geschichte und Poesie.

Die Kindheit ist doch unser Erinnerungs-Paradies, da ist alles bedeutungsvoll und groß, und das Herz glaubt, ohne begreifen zu können; ein schlechter Holzschnitt, ein plump geschnittenes Bild hat da für uns oft einen Wert, den wir später dem weit vollkommeneren Meisterwerk nicht beimessen; der enge Winkel in der Stube wird uns da ein großer, prächtiger Gesellschaftssaal; vier nackte, vertrocknete Stengel, die wir in die Erde stecken, sind uns der schönste Garten mit Äpfeln und Kirschen. Und so putzig einzelne Sachen da auch sind, so haben wir doch, wenn wir älter geworden sind, niemals das Gefühl, daß dieses Kinder-Alter komisch ist, daß das so lächerlich wäre: diese Unwissenheit, dieses fromme Gefühl, zu glauben, ohne zu begreifen; wenn wir dagegen in der Geschichte auf die Bräuche des Mittelalters zurückblicken, seine Feste und sein ganzes Leben und Treiben, dann kommt uns das alles so närrisch vor, so ganz geeignet für die komische Muse; und doch sind die beiden wunderlich verwandt.

Das poetische Abbild eines verschwundenen Menschenalters liegt uns nicht so im Herzen wie die Erinnerung an die Kindheit, jenes ist so fern, diese so nah, unsere Gefühle und Gedanken sind so ganz aus dieser entsprungen. Das aber ist eben das große Herrliche an der Poesie, daß sie unser Herz zum Kinder-Herz der ganzen Welt macht; sie schenkt uns in unserer Seele eine Lebenszeit, die sich von den ältesten kosmogonischen Mythen bis zu den wechselnden Ereignissen der Gegenwart erstreckt, sie läßt uns das große Lebensdrama sehen, als wäre es die Erinnerung an unsere eigene verschwundene Kindheit.

Vieles, was mit uns geschehen ist, als wir noch klein waren, haben die Älteren uns so lebendig, oder doch so oft erzählt, daß wir glauben, wir erinnerten uns selber daran; auf diese Weise geschieht es auch, daß die Poesie uns mütterlich erzählt, so daß wir – zumindest solange die Erzählung dauert – meinen, wir erlebten das Ganze.

Die Dryade

Ein Märchen aus der Ausstellungszeit in Paris 1867

Als einziger Text von Andersens »Märchen sind Geschichten« erschien dieser hier als selbständiges kleines Buch – ein Jahr nach dem Ende des »Welt-Wunders« von 1867, der bis dahin größten Ausstellung des neuen Zeitalters; Andersens »Passagen-Werk«, sein Märchen vom Ende des Märchens.

Wir reisen zur Ausstellung in Paris.

Jetzt sind wir da! das war ein Flug, eine Fahrt gänzlich ohne Zauberei; wir fuhren mit Dampf per Schiff und auf Landstraßen.

Unsere Zeit ist die Zeit des Märchens.

Wir sind mitten in Paris, in einem großen Hotel. Blumen schmücken die Treppe bis ganz oben hin, weiche Teppiche auf den Stufen.

Unsere Stube ist behaglich, die Balkontür steht offen und geht auf einen großen Platz hinaus. Da unten wohnt das Frühjahr, das ist nach Paris gefahren, gleichzeitig mit uns eingetroffen, es ist gekommen in Gestalt eines großen jungen Kastanienbaums mit eben erst ausgeschlagenen, feinen Blättern; in welche Frühjahrspracht ist er gekleidet, verglichen mit den andern Bäumen auf dem Platz! einer von ihnen hat die Reihen der lebenden Bäume gänzlich verlassen und liegt, mit der Wurzel ausgerissen, auf die Erde hingeworfen. Da, wo er stand, soll nun das frische Kastanienbäumchen gepflanzt werden und wachsen.

Noch hat es Raum, hoch aufgestellt, oben auf dem

schweren Wagen, der es an diesem Morgen nach Paris gebracht hat, aus mehreren Meilen Entfernung, vom Land her. Da hatte es jahrelang dicht neben einer mächtigen Eiche gestanden, und unter der saß oft der alte ehrwürdige Pfarrer, wenn er den lauschenden Kindern berichtete und dichtete. Das junge Kastanienbäumchen spitzte auch die Ohren; die Dryade innendrin war ja noch ein Kind; sie konnte sich noch an die Zeit erinnern, als das Bäumchen so klein war, daß es nur ein wenig über die hohen Grashalme und Farne hinausschaute. Die waren da so groß wie sie nur werden konnten, aber der Baum wuchs und nahm zu mit jedem Jahr, trank Luft und Sonnenschein, bekam Tau und Regen und wurde, wie es nötig war, gerüttelt und geschüttelt von den starken Winden. Das gehört zur Erziehung.

Die Dryade freute sich ihres Lebens und Webens, an Sonnenschein und Vogelsang, aber doch am meisten an der Stimme der Menschen, sie verstand deren Rede genauso gut, wie sie die der Tiere verstand.

Schmetterlinge, Libellen und Fliegen, ja alles was fliegen konnte, machte bei ihr Visite; tratschen taten sie allesamt: erzählten vom Dorf, von Weinberg und Wald, von dem alten Schloß mit dem Park, worin Kanäle und Teiche waren; da unten im Wasser wohnten auch lebende Wesen, die auf ihre Weise von Ort zu Ort fliegen konnten, unter Wasser eben, Wesen voller Wissen und Gedanken; die sagten gar nichts, so klug waren sie.

Und die Schwalbe, die ins Wasser hinabgetaucht war, erzählte von den hübschen Goldfischen, von fetten Brassen, den dicken Schleien und den alten, bemoosten Karauschen. Die Schwalbe gab eine sehr gute Beschreibung, aber selber sieht man's doch noch besser, sagte sie; wie sollte aber die Dryade jemals diese Wesen zu sehen bekommen! sie mußte sich damit zufriedengeben, daß sie über die herrliche Landschaft hinausblicken und das rege Treiben der Menschen betrachten konnte.

Schön war es, aber am schönsten doch, wenn der alte Pfarrer hier unter der Eiche stand und von Frankreich erzählte, von großen Taten der Männer und Frauen, deren Namen bewundernd genannt werden durch alle Zeiten.

Die Dryade hörte vom Hirtenmädchen Jeanne d'Arc, von Charlotte Corday, sie hörte von uralter Zeit, von den Zeiten Heinrichs IV. und Napoleons I. und bis hinauf in die Gegenwart von Tüchtigkeit und Größe; sie hörte Namen, in deren jedem ein Klang war, der bis ins Herz des Volks ging: Frankreich ist das Welt-Land, der Mutterboden des Scharfsinns mit dem Krater der Freiheit!

Die Dorfkinder hörten andächtig zu, die Dryade nicht minder; sie war ein Schulkind mit den anderen. Sie sah in dem Segeln und Wogen der Wolken Bild auf Bild von dem, was sie erzählen gehört hatte.

Der Wolkenhimmel war ihr Bilderbuch.

Sie fühlte sich so glücklich in dem schönen Frankreich, aber sie hatte doch ein Gefühl, daß die Vögel, daß jedes Tier, das fliegen konnte, weit besser dran war als sie. Selbst die Fliege konnte sich umsehen, weit ringsum, weit hinaus über den Gesichtskreis der Dryade.

Frankreich war so groß und wunderbar, aber sie sah nur einen kleinen Fleck davon; weltenweit dehnte sich das Land mit Weinbergen, Wäldern und großen Städten, und von all diesen war Paris die schönste, die mächtigste. Dahin konnten die Vögel gelangen, aber niemals sie.

Es war unter den Dorfkindern ein kleines Mädchen, so zerlumpt, so arm, aber wunderschön anzusehen; immer sang sie und lachte, band sich rote Blumen in ihr schwarzes Haar.

»Geh nicht nach Paris!« sagte der alte Pfarrer. »Armes Kind! wenn du dahin kommst, das wird dein Verderben!«

Und doch ging sie dahin.

Die Dryade dachte oft an sie, sie hatten ja beide dieselbe Lust, dasselbe Verlangen nach der großen Stadt.

Es wurde Frühling, Sommer, Herbst, Winter; einige Jahre gingen dahin.

Der Baum der Dryade trug seine ersten Kastanienblüten, die Vögel zwitscherten davon im schönsten Sonnenschein. Da kam den Weg entlang ein aufgeputzter Wagen mit einer vornehmen Dame, sie lenkte selbst die leichtspringenden schönen Pferde; ein geputzter kleiner Jockey saß hinten auf. Die Dryade erkannte sie wieder, der alte Pfarrer erkannte sie wieder, schüttelte den Kopf und sagte betrübt:

»Du bist hineingekommen! das wurde dein Verderben, arme Marie!«

»Sie – arm!« dachte die Dryade, »nein, was für eine Verwandlung! sie ist zu einer Herzogin ausstaffiert! das geschah ihr in der Zauberstadt. O wär ich doch dort in all dem Glanz und Licht! das leuchtet sogar hinauf zu den Wolken in der Nacht, wenn ich dahin sehe, wo ich weiß, daß die Stadt ist.«

Ja, dahin, in diese Richtung, sah die Dryade jeden Abend, jede Nacht. Sie sah den leuchtenden Nebel am Horizont; sie vermißte ihn in der hellen, mondklaren Nacht; sie vermißte die wogenden Wolken, die ihr Bilder zeigten aus Stadt und Geschichte.

Das Kind greift nach seinem Bilderbuch, die Dryade griff nach der Wolkenwelt, ihrem Gedankenbuch.

Der sommerwarme, wolkenlose Himmel war ihr ein leeres Blatt, und nun hatte sie seit mehreren Tagen nur so eines gesehen.

Es war die warme Sommerzeit, mit sonnenheißen Tagen ohne Luftzug; jedes Blatt, jede Blume lag dösend wie im Dämmerschlaf, und die Menschen ebenso.

Da erhoben sich Wolken, und das in jener Richtung, wo in der Nacht der leuchtende Nebel verkündete: hier ist Paris.

Die Wolken erhoben sich, nahmen die Gestalt eines ganzen Gebirges an, schoben sich vor durch die Luft, über die ganze weite Landschaft hin, so weit die Dryade spähen konnte.

Die Wolken lagen wie schwarzblaue mächtige Felsblöcke geschichtet hoch in der Luft. Blitzstrahlen fuhren heraus, »auch diese sind Diener Gottes des Herrn«, hatte der alte Pfarrer gesagt. Und es kam ein blaustrahlender, blendender Blitz, ein Lichtstrahl, als wär es die Sonne selbst, der sprengte die Felsblöcke, der Blitz schlug ein und zersplitterte den alten mächtigen Eichenbaum bis hinab zur Wurzel; seine Krone zerbarst, der Stamm zerbarst, gespalten stürzte er, als breitete er sich aus, um den Sendboten des Lichts zu umarmen.

Keine Kanonen von Erz, wenn ein Königskind geboren wird, vermögen so zu krachen durch die Luft und übers Land wie hier das Dröhnen des Donners, als der alte Eichenbaum dahinging. Der Regen strömte herab, der erfrischende Wind wehte, das Gewitter war vorbei, es wurde so sonntagsfestlich. Die Leute des Dorfes sammelten sich um die gefällte alte Eiche; der alte Pfarrer hielt eine Ehrenrede, ein Maler zeichnete den Baum zum bleibenden Gedenken.

»Alles geht dahin!« sagte die Dryade, »geht dahin, wie die Wolke, und kehrt niemals wieder!«

Der alte Pfarrer kam nicht mehr hierher; das Schuldach war eingestürzt, das Lehrerpult fort. Die Kinder, auch die kamen nicht mehr, aber der Herbst kam zurück, der Winter kam zurück, aber auch der Frühling, und in all der wechselnden Zeit sah die Dryade nach jener Richtung, wo jeden Abend und jede Nacht, fern am Horizont, Paris leuchtete wie ein strahlender Nebel. Heraus aus ihm flog Lokomotive an Lokomotive, der eine Eisenbahnzug dicht am andern, hinter dem andern, sausend, brausend, und das zu allen Zeiten; am Abend und um Mitternacht, am Morgen und den ganzen hellen Tag lang kamen die Züge, und aus jedem und in jedem wimmelte es von Menschen aus allen Ländern der Welt; ein neues Welt-Wunder hatte sie gerufen, nach Paris.

Wie offenbarte sich dieses Wunder?

»Eine Prachtblume der Kunst und Industrie«, sagten sie, »ist entsprungen aus dem pflanzenlosen Sand des Marsfelds; eine riesenhafte Sonnenblume, aus deren Blättern man Geographie und Statistik lernen kann, Meisterwissen erwerben, erhoben werden kann in Kunst und Poesie, Grenzen und Größe der Länder erfahren.« –

»Eine Märchenblume«, sagten andere, »eine bunte Lotospflanze, die ihre grünen Blätter über den Sand breitet wie Samtteppiche, entsprungen im zeitigen Frühling, die Sommerzeit wird sie sehen in all ihrer Pracht, die Herbststürme werden sie dahinwehen, und es bleibt weder Wurzel noch Blatt.«

Draußen vor der »Militärschule« erstreckt sich die Kriegsarena in der Friedenszeit, das Feld ohne Gras und Halm, ein Stück Sandsteppe, herausgeschnitten aus Afrikas Wüste, wo Fata Morgana ihre seltsamen Luftschlösser zeigt und ihre hängenden Gärten; die standen nun prächtiger, wunderbarer auf dem Marsfeld, denn sie waren Wirklichkeit dank des Scharfsinns.

»Das Aladinsschloß der Gegenwart ist errichtet!« hieß es, »Tag um Tag, Stunde um Stunde entfaltet es mehr und mehr seine reiche Herrlichkeit. In Marmor und Farben prangen die unendlichen Hallen. Meister ›Blutlos‹ bewegt hier seine Stahl- und Eisenglieder im großen Ringsaal der Maschinen. Kunstwerke aus Metall, aus Stein, aus Gewebe verkünden das Leben des Geistes, das sich in den Ländern der Welt regt; Bildersäle, Blumenpracht, alles was Geist und Fleiß schaffen können in der Handwerker-Werkstatt, ist hier zur Schau gestellt; selbst die Erinnerungsstücke der fernen Vorzeit aus alten Schlössern und Torfmooren haben sich dazugesellt.

Die überwältigend große, bunte Schau muß klein gemacht werden, zusammengedrängt zu einem Spielzeug, damit sie sich wiedergeben, als Ganzes begreifen und sehen läßt.

Das Marsfeld trug wie ein Weihnachtsgabentisch ein Aladinsschloß von Industrie und Kunst, und ringsherum war Nippes aufgestellt aus allen Ländern: Nippes der Größe; jede Nation bekam eine Erinnerung an ihre Heimat.

Hier stand Ägyptens Königsschloß, hier die Karawanserei des Wüstenlands; der Beduine auf seinem Kamel, auf dem Weg aus seinem Sonnenland, jagte vorbei; hier machten sich russische Ställe breit mit den feurigen, prächtigen Pferden der Steppen; das kleine strohgedeckte dänische Bauernhaus stand mit seiner Danebrogsflagge unweit Gustav Wasas prächtig aus Holz geschnitztem Haus aus Dalarna; amerikanische Hütten, englische Cottages, französische Pavillons, Kioske, Kirchen und Theater lagen wunderlich ringsum verstreut, und zwischen all diesem die kräftig grünen Grassoden, das klare, rinnende Wasser, blühende Büsche, seltene Bäume, Glashäuser, wo man sich in den tropischen Wäldern glauben mußte; ganze Rosengärten, wie aus Damaskus geholt, prangten unter Dach; welche Farben, welcher Duft!

Tropfsteinhöhlen, künstlich geschaffen, umschlossen süßes und salziges Wasser, boten den Anblick des Fischreiches dar; man stand unten auf dem Meeresboden zwischen Fischen und Polypen.

›All dies‹, sagten sie, ›trägt nun das Marsfeld und bietet es dar, und über diese große reichgedeckte Festtafel hin bewegt sich wie rastlose Ameisenschwärme das ganze Menschengewimmel, zu Fuß oder gezogen in kleinen Wagen, nicht alle Beine halten eine so ermüdende Wanderung aus.‹

Hier heraus, vom frühen Morgen bis spät in den Abend, kamen sie. Dampfschiff an Dampfschiff, überfüllt von Menschen, gleitet die Seine herab; die Wagenmenge ist immerfort im Wachsen, die Volksscharen zu Fuß oder zu Pferde sind im Wachsen, die Straßenbahnen und Omnibusse sind gestopft und gepfropft und mit Menschen garniert, alle diese Ströme bewegen sich auf *ein* Ziel zu: Zur Paris-Ausstellung! Alle Eingänge prangen mit Frankreichs Flagge, rings um das Basargebäude der Länder flattern die Fahnen aller Nationen; es saust und summt aus der Maschinenhalle, das Glockenspiel klingt melodisch von den Türmen herunter, die Orgel spielt drinnen in den Kirchen; heisere, näselnde Lieder mischen sich hinein aus den Cafés des Orients. Es ist wie ein Babylon-Reich, eine Babylon-Sprache, ein *Welt-Wunder.*«

Ja gewiß, so war es, so klangen die Nachrichten davon, wer hörte sie nicht? Die Dryade wußte alles, was hier gesagt ist vom »neuen Wunder« in der Stadt aller Städte.

»Fliegt, ihr Vögel! flieget hin und seht, kehrt zurück und erzählt!« war das Gebet der Dryade.

Die Sehnsucht schwoll an zum Wunsch, wurde zur Lebensidee – und da: in der stillen, stummen Nacht, der Vollmond schien, da, sah die Dryade, flog heraus aus seiner Scheibe ein Funke, der fiel, leuchtete wie eine Sternschnuppe, und vor dem Baum, dessen Zweige bebten wie im Sturmwind, stand eine mächtige, leuchtende Gestalt; die sprach in Tönen so weich und stark wie die Posaune des Jüngsten Tages, die zum Leben küßt und zum Gericht ruft.

»Du wirst dort hineinkommen in die Zauberstadt, du wirst dort Wurzeln schlagen, die sausenden Strömungen fühlen, die Luft und den Sonnenschein dort. Aber deine Lebenszeit wird da verkürzt werden, die Reihe der Jahre und Jahre, die dich hier draußen im Freien erwartet haben, schnurrt darin zusammen auf eine geringe Zahl von Jahren. Arme Dryade, das wird dein Verderben! deine Sehnsucht wird wachsen, dein Begehren, dein Verlangen wird stärker! Der Baum selbst wird dir ein Gefängnis sein, du wirst deine Hülle verlassen, deine Natur verlassen, hinausfliegen und dich unter die Menschen mischen, und da sind deine Jahre eingeschrumpft auf die halbe Lebensfrist einer Eintagsfliege, eine einzige Nacht bloß; dein Leben wird ausgepustet, die Blätter des Baums welken und wehen dahin, kehren niemals wieder.«

So klang es, so sang es, das Schimmern verschwand, doch nicht Verlangen und Lust der Dryade. Sie bebte in froher Erwartung, im Fieber wilder Gefühle.

»Ich komme dahin, in die Stadt aller Städte!« jubelte sie. »Das Leben fängt an, schwillt wie die Wolke, keiner weiß, wohin sie treibt.«

*

Im Morgengrauen, als der Mond erbleichte und die Wolken sich röteten, schlug die Stunde der Erfüllung, das Versprechen der Weissagung wurde wahr.

Da kamen Leute mit Spaten und Stangen, die gruben rings um die Baumwurzeln, tief hinab, darunter hindurch; da fuhr ein Wagen vor, von Pferden gezogen, der Baum mit den Wurzeln und dem Erdklumpen, den sie umklammerten, wurde gehoben, umwickelt mit Schilfmatten, ein richtiger warmer Fußsack, und dann wurde er auf den Wagen gesetzt, festgebunden, er sollte auf die Reise, nach Paris, sollte wachsen und bleiben, dort in Frankreichs Hauptstadt der Herrlichkeit, in der Stadt aller Städte.

Die Zweige und Blätter des Kastanienbaums bebten in der Bewegung des ersten Augenblicks, die Dryade bebte vor Wollust der Erwartung.

»Davon! davon!« klang es in jedem Pulsschlag. »Davon! davon!« klang es in bebenden, verschwebenden Worten. Die Dryade vergaß, ihrer Heimatgegend Lebewohl zu sagen, den wogenden Grashalmen und den unschuldigen Gänseblümchen, die zu ihr aufgesehen hatten wie zu einer großen Dame in Gottes großem Kräutergarten, einer jungen Prinzessin, die hier draußen im Freien Hirtin spielte.

Der Kastanienbaum war auf dem Wagen, er nickte mit seinen Zweigen, »lebwohl« oder »davon«, die Dryade wußte es nicht, sie dachte an das wunderbare Neue und doch so Vertraute, das sich ihr entfalten sollte; sie träumte davon. Kein Kinderherz in unschuldiger Freude, kein Blut voller Sinnlichkeit hat gedankenerfüllter als sie die Reise nach Paris angetreten.

Das »Lebwohl!« wurde zu einem »Davon! davon!«

Die Wagenräder drehten sich, das Ferne wurde nahe, wurde zurückgelassen; die Gegend wechselte wie die Wolken sich wandeln; neue Weinberge, Wälder, Dörfer, Villen und Gärten sprossen empor, kamen herauf, entfalteten sich.

Der Kastanienbaum bewegte sich vorwärts, die Dryade vorwärts mit ihm. Lokomotive an Lokomotive brauste dicht aneinander vorbei, kreuzte einander; die Lokomotiven stießen Wolken aus, die Gestalten bildeten, und die erzählten von Paris, woher sie kamen, wohin die Dryade sollte.

Alles ringsum wußte und mußte ja verstehen, wohin ihr Weg ging; ihr schien, als streckte jeder Baum, an dem sie vorbeikam, seine Zweige nach ihr aus und flehte: »Nimm mich mit! nimm mich mit!« In jedem Baum war ja auch eine sehnsuchtsvolle Dryade.

Welcher Wechsel! welche Flucht! Es war, als sprössen die Häuser aus der Erde empor, mehr und mehr, dichter und dichter. Die Schornsteine erhoben sich wie Blumentöpfe, aufeinander und Seite an Seite auf die Dächer gestellt; große Inschriften mit ellenlangen Buchstaben, gemalte Figuren, die Mauern hinauf vom Grundstück zum Sims, schimmerten hervor.

»Wo fängt Paris an, und wann bin ich darin?« fragte sich die Dryade. Das Menschengewimmel wuchs, Getümmel und Geschäftigkeit nahmen zu, Wagen folgte auf Wagen, Gehende, Reitende, und ringsum Laden an Laden, Musik, Gesang, Gerede, Geschrei.

Die Dryade in ihrem Baum war mittendrin in Paris.

Der große, schwere Wagen hielt an auf einem kleinen

Platz, mit Bäumen bepflanzt, umgeben von hohen Häusern, wo jedes Fenster seinen eigenen Balkon hatte; Leute sahen von da oben herunter auf den jungen, frischen Kastanienbaum, der herangefahren kam und jetzt hier gepflanzt werden sollte anstelle des eingegangenen, ausgerissenen Baums, der hingestreckt auf der Erde lag. Die Leute standen still auf dem Platz und sahen mit Lächeln und Vergnügen auf das Frühlingsgrün; die älteren Bäume, noch bloß im Knospenkleid, grüßten mit sausenden Zweigen »willkommen! willkommen!« und der Springbrunnen, der seine Strahlen emporschleuderte, daß sie wieder in das große Becken klatschten, ließ den Wind Tropfen zu dem neuangekommenen Baum hinübertragen, als wollte er ihm einen Willkommenstrunk bieten.

Die Dryade spürte, daß ihr Baum vom Wagen emporgehoben und auf seinen künftigen Platz gestellt wurde. Die Wurzeln des Baumes wurden im Erdreich versteckt, frische Grassoden darübergelegt; blühende Büsche und Blumen in Töpfen wurden wie der Baum eingepflanzt; hier entstand ein ganzer Gartenfleck, mitten auf dem Platz. Der eingegangene, ausgerissene Baum, getötet von Gasluft, Küchendunst und all der pflanzenerstickenden Stadtluft, wurde auf den Wagen gelegt und weggefahren. Die Volksmenge sah es mit an, Kinder und Alte saßen auf der Bank im Grünen und sahen hinauf in die Blätter des Baums. Und wir, die wir davon erzählen, standen auf dem Balkon, sahen hinunter in den jungen Frühling von draußen aus der frischen Landluft, und sagten, wie der alte Pfarrer gesagt haben würde: »Arme Dryade!«

»Glückselig bin ich, glückselig!« sagte die Dryade, »und doch, ich kann's gar nicht recht begreifen, kann nicht sagen, was ich empfinde; alles ist wie ich es mir gedacht habe! und doch nicht wie ich es mir dachte!«

Die Häuser standen so hoch, so nahebei; die Sonne schien nur auf eine Mauer richtig, und die war beklebt mit

Anschlägen und Plakaten, vor denen die Leute stehenblieben und Gedränge verursachten. Wagen jagten vorbei, leichte und schwere; Omnibusse, diese überfüllten, fahrenden Häuser, nahmen Fahrt auf, Reiter jagten davon, Karren und Kutschen verlangten dasselbe Recht. Wollten doch bald, dachte die Dryade, die hochgewachsenen Häuser, die so nahe standen, sich bewegen, ihre Gestalt verändern, wie es die Wolken des Himmels können, beiseite gleiten, daß sie nach Paris hineingehen könnte, und darüber hinweg. Notre-Dame müßte sich zeigen, die Vendôme-Säule und das Wunderwerk, das, was die vielen Fremden hierhergerufen hatte und noch rief.

Die Häuser rührten sich nicht von der Stelle.

Es war noch Tag, als die Lichter angezündet wurden, die Gaslampen leuchteten aus den Läden heraus, leuchteten hinauf in die Zweige des Baums; das war wie Sommersonnenschein. Die Sterne hoch droben kamen heraus, dieselben, die die Dryade in ihrer Heimat gesehen hatte; sie glaubte einen Luftzug von dorther zu spüren, so rein und mild. Sie fühlte sich erhoben, gestärkt, empfand eine Sehkraft durch jedes einzelne Blatt des Baums hindurch, eine Empfindung bis in die äußersten Spitzen der Wurzeln. Sie empfand sich in der lebenden Menschen-Welt, angeblickt von milden Augen; ringsum Getümmel und Töne, Farben und Licht.

Aus der Seitenstraße klangen Blasinstrumente und die Tanzlust weckenden Melodien der Leierkästen. Ja, zum Tanz, zum Tanz! zu Freude und Lebensgenuß riefen sie.

Das war eine Musik, daß Menschen, Pferde, Wagen, Bäume und Häuser dazu tanzen mußten, wenn sie tanzen konnten. Da quoll eine rauschhafte Freude in der Brust der Dryade empor.

»Wie lebensselig und herrlich!« jubelte sie. »Ich bin in Paris!«

*

Der kommende Tag, die folgende Nacht, und abermals der nächste Sonnenumlauf boten denselben Anblick, denselben Verkehr, dasselbe Leben, wechselnd und doch immer dasselbe.

»Jetzt kenne ich jeden Baum, jede Blume hier auf diesem Platz! ich kenne jedes Haus, jeden Balkon und Laden hier, wo ich hingestellt bin, in dem kleinen eingezwängten Winkel, der die mächtige große Stadt vor mir verbirgt. Wo sind die Triumphbögen, die Boulevards und das Welt-Wunder? Nichts von alldem sehe ich? eingesperrt wie in einem Käfig stehe ich zwischen den hohen Häusern, die ich jetzt auswendig kann mit ihren Inschriften, Plakaten, Schildern, all den hingeschmierten Leckereien, die mir nicht mehr schmecken. Wo ist nur all das, wovon ich gehört habe, wovon ich weiß, wonach ich mich sehnte und weshalb ich hierherwollte? Was hab ich gefunden, gewonnen, bekommen! ich sehne mich wie zuvor, ich spüre ein Leben, das ich ergreifen und in dem ich leben muß! ich muß hinaus in die Reihen der Lebenden! muß mich da tummeln, fliegen wie die Vögel, sehen und fühlen, ganz Mensch werden, einen halben Lebenstag ergreifen statt eines jahrelangen Hinlebens in Alltagsmüdigkeit und Überdruß, wo ich sieche, sinke, falle wie der Nebel auf der Wiese und verschwinde. Schimmern will ich wie die Wolke, schimmern in der Lebenssonne, das Ganze übersehen wie die Wolke, bis ich wie sie dahingegangen bin, keiner weiß wohin!«

Das war der Seufzer der Dryade, er erhob sich zum Gebet:

»Nimm meine Lebensjahre, gib mir die Hälfte vom Leben der Eintagsfliege! befreie mich aus meinem Gefängnis, gib mir Menschenleben, Menschenglück für eine kurze Weile, nur diese einzige Nacht, wenn es so sein muß, und bestraf mich dann nur für meinen kühnen Lebensmut, mein Lebensverlangen! lösch mich aus, laß meine Hülle, den frischen jungen Baum dann welken, fallen, zu Asche werden, dahinwehen im Wind!«

Es sauste in den Zweigen des Baums, ein krabbelndes Gefühl, ein Zittern überkam jedes Blatt, als rieselte ein Feuer hindurch oder heraus, es ging ein Windstoß durch die Baumkrone, und mitten darin erhob sich eine Frauengestalt, die Dryade selbst. Im selben Moment saß sie unter den gasbeleuchteten, dichtbelaubten Zweigen, jung und schön, wie die arme Marie, zu der gesagt worden war: »die große Stadt wird dein Verderben!«

*

Die Dryade saß am Fuß des Baumes, vor ihrer Haustür, der Tür, die sie abgeschlossen und deren Schlüssel sie weggeworfen hatte. So jung, so schön! Die Sterne sahen sie, die Sterne funkelten, die Gaslampen sahen sie, leuchteten, winkten! wie war sie schlank und doch so fest, ein Kind und doch ganz erwachsene Jungfrau. Ihre Kleidung war seidenfein, grün wie die entfalteten frischen Blätter in der Baumkrone; in ihrem nußbraunen Haar hing eine halbgeöffnete Kastanienblüte; der Göttin des Frühlings glich sie.

Nur eine kurze Minute saß sie bewegungslos still, dann sprang sie auf, und wie die Gazelle im Fluge sprang sie auf und davon, war um die Ecke; sie lief, sie sprang, wie das Glitzern des Spiegels, der in die Sonne gehalten wird, das Glitzern, das mit jeder Bewegung bald hierhin, bald dorthin geworfen wird; und hätte man nur genau hingesehen und sehen können was da zu sehen war, wie wunderbar; an jeder Stelle, wo sie einen Augenblick verweilte, verwandelte sich ihre Kleidung, ihre Gestalt, nach der Eigenart des Ortes, des Hauses, dessen Lampe sie beschien.

Sie gelangte zum Boulevard; hier strömte ein Lichtermeer aus den Gasflammen in Laternen, Läden und Cafés. Hier standen Bäume in Reihen, jung und schlank, jeder verbarg seine Dryade vor den Strahlen des künstlichen Sonnenlichts. Das ganze unendlich lange Trottoir war wie ein einziger großer Gesellschaftssaal; hier standen gedeckte Tische mit Erfrischungen aller Art, Champagner, Chartreuse, bis hinunter zu Kaffee und Bier. Hier waren Blumen ausgestellt, Bilder, Statuen, Bücher und bunte Stoffe.

Von dem Gedränge unter den hohen Häusern sah sie hinaus über den schreckeinflößenden Strom an der Baumreihe vorbei; da wogte eine Flut von rollenden Wagen, Cabriolets, Kutschen, Omnibussen, Droschken, reitenden Herren und aufmarschierenden Regimentern. Es galt Leib und Leben, wollte man zum entgegengesetzten Ufer hinüberwechseln. Bald leuchtete blaues Licht, bald herrschte Gaslicht vor, plötzlich stieg eine Rakete auf, woher, wohin?

Wahrhaftig, das war die große Landstraße der Weltstadt!

Hier erklangen italienisch weiche Melodien, dort spanische Lieder, begleitet vom Klappern der Kastagnetten, aber am lautesten, das Ganze übertönend, klangen die Spieldosenmelodien des Augenblicks, die kitzelnde Cancanmusik, die Orpheus nicht gekannt und die schöne Helena nie gehört hatte, selbst die Schubkarre hätte tanzen müssen auf ihrem einen Rad, hätte sie tanzen können. Die Dryade tanzte, schwebte, flog, in wechselnden Farben wie der Kolibri im Sonnenlicht, jedes Haus mit seiner eigenen Welt im Innern gab einen neuen Reflex.

Wie die leuchtende Lotosblume, losgerissen von ihrer Wurzel, vom Strom und auf seinen Strudeln geführt wird, trieb sie davon, und wo sie verharrte, war sie abermals eine neue Gestalt, darum vermochte ihr niemand zu folgen, sie wiederzuerkennen und anzuschauen.

Wie Wolkenbilder flog alles an ihr vorbei, Gesicht an Gesicht, aber nicht ein einziges kannte sie, nicht eine Gestalt aus ihrer Heimat sah sie. Da leuchteten in ihren Gedanken zwei strahlende Augen auf: sie dachte an Marie, die arme Marie! das zerlumpte, fröhliche Kind mit der roten Blume im schwarzen Haar. Sie war ja in der Welt-Stadt, reich, strahlend, wie damals, als sie am Haus des Pfarrers vorbeifuhr, am Baum der Dryade und der alten Eiche.

Gewiß war sie hier in dem betäubenden Lärm, vielleicht eben erst ausgestiegen aus der wartenden prachtvollen Kutsche; prächtige Wagen hielten hier, mit betreuten Kutschern und seidenbestrumpften Dienern. Die Herrschaft, die ausstieg, bestand nur aus Frauen, reichgekleideten Damen. Sie gingen durch die offenen Gittertore und die hohe, breite Treppe hinauf, die zu einem Gebäude mit marmorweißen Säulen führte. War das vielleicht das »Welt-Wunder«? Da war gewiß Marie.

»Sancta Maria!« sangen sie drinnen, Weihrauchduft wogte hervor unter den hohen, bemalten, vergoldeten Bögen, wo Halbdunkel herrschte.

Das war die Magdalenenkirche.

Schwarzgekleidet, in den kostbarsten Stoffen, nach der letzten und vornehmsten Mode genäht, schritt hier über den blanken Boden die vornehme weibliche Welt dahin. Das Wappen prangte auf den Silberspangen der in Samt eingebundenen Gebetbücher und auf den stark parfümierten feinen Taschentüchern mit den kostbaren Brüsseler Spitzen. Einige von den Frauen knieten in stillem Gebet vor den Altären, andere suchten die Beichtstühle auf.

Die Dryade fühlte eine Unruhe, eine Angst, als sei sie in einen Raum eingetreten, den sie nicht betreten durfte. Hier war die Heimstatt des Schweigens, die große Halle der Geheimnisse; alles wurde geflüstert und lautlos gebeichtet.

Die Dryade sah sich selbst, gehüllt in Seide und Schleier, an Gestalt den anderen Frauen von Reichtum und edler Abkunft gleich; ob jede von ihnen ein Sehnsuchtskind war wie sie?

Da klang ein Seufzen, so schmerzlich tief; kam es aus der Ecke der Beichtstühle oder aus der Brust der Dryade? Sie zog den Schleier enger um sich. Sie atmete Weihrauch und nicht die frische Luft. Hier war nicht der Ort für ihre Sehnsucht.

Davon! davon, im Flug ohne Rast! Die Eintagsfliege kennt kein Verweilen, ihr Fliegen ist Leben.

*

Sie war wieder draußen unter leuchtenden Gaskandelabern an prachtvollen Springbrunnen. »Alle Wasserströme vermögen doch nicht das unschuldige Blut abzuwaschen, das hier vergossen worden ist.«

Diese Worte wurden gesprochen.

Hier standen fremde Leute, die redeten so laut und lebhaft, wie niemand es im großen Hochsaal der Geheimnisse wagte, aus dem die Dryade kam.

Eine große Steinplatte wurde gedreht, gehoben; sie verstand das nicht; sie sah den offenen Eingang in die Erdentiefe; dort stiegen sie hinunter aus der sternklaren Luft, aus dem Sonnenlicht der Gasflammen, aus all dem lebendigen Leben.

»Ich hab Angst davor!« sagte eine der Frauen, die hier standen, »ich trau mich nicht hinabzusteigen! und mach mir auch nichts daraus, die Herrlichkeit da zu sehen! bleib bei mir!«

»Und heimreisen«, sagte der Mann, »Paris verlassen, ohne das Merkwürdigste gesehen zu haben, das eigentliche Wunderwerk der Gegenwart, zustande gekommen durch Klugheit und Willen eines einzigen Mannes!«

»Ich geh da nicht hinunter«, war die Antwort.

»Wunderwerk der Gegenwart«, wurde da gesagt. Die Dryade hörte das, verstand es; das Ziel ihrer größten Sehnsucht war nah, und hier war der Eingang, hinab in die Tiefe, unter Paris; das hatte sie nicht erwartet, aber jetzt hörte sie es, sah die Fremden hinabsteigen, und sie folgte ihnen.

Die Treppe war aus Gußeisen, schraubenförmig, breit und bequem. Eine Lampe leuchtete da unten, und tiefer wieder eine.

Sie standen in einem Labyrinth aus unendlich langen sich kreuzenden Hallen und Bogengängen: alle Straßen und Gassen von Paris waren hier zu sehen wie in einem matten Spiegelbild, die Namen waren zu lesen, jedes Haus darüber hatte hier seine Nummer, seine Wurzel, vorgeschoben bis unter die menschenleeren, makadamisierten Bürgersteige, die sich an einem breiten Kanal mit dem flutenden Dreck entlangzwängten. Weiter oben wurde durch Bögen das frische, fließende Wasser geleitet, und ganz oben hingen, wie ein Netz, Gasrohre, Telegraphendrähte. Lampen leuchteten in Abständen, wie Bilder eines Widerscheins aus der Weltstadt darüber. Ab und zu hörte man ein polterndes Rumpeln da oben, das waren schwere Wagen, die über die Abstiegsbrücken fuhren.

Wo war die Dryade?

Du hast von den Katakomben gehört; die wären nur verschwindend kleine Landstriche in dieser neuen unterirdischen Welt, dem Gegenwarts-Wunder: den *Kloaken* von Paris. Hier stand die Dryade und nicht draußen in der Weltausstellung auf dem Marsfeld.

Ausrufe des Erstaunens, der Bewunderung und Anerkennung hörte sie.

»Von hier unten aus«, wurde da gesagt, »wachsen nun Gesundheit und Lebenserwartung empor zu Tausenden und Abertausenden da oben! unsere Zeit ist die Zeit des Fortschritts mit all seinem Segen.«

Das war die Meinung der Menschen, die Rede der Menschen, aber nicht die der Geschöpfe, die hier lebten und webten und geboren waren, der Ratten; die pfiffen aus der Ritze in einem Stück alten Mauerwerks, so grell, so hell, und so verständlich für die Dryade.

Ein großer alter Rattenmann, mit abgebissenem Schwanz,

pfiff durchdringend, was ihn beseelte, was ihn quälte, die einzig richtige Meinung, und die Familie pflichtete ihm in jedem einzelnen Wort bei.

»Mir steht dieses Miau bis oben hin, dieses Menschen-Miau, dieses ahnungslose Gerede! Ja, jetzt ist es hier wundervoll, mit Gas und Petroleum! diese Sorte freß ich nicht. Hier ist es so fein geworden und so hell, daß man dasitzt und sich selber schämt und nicht weiß wieso man sich schämt. Ja wenn wir noch in der Tranfunzelzeit lebten! die liegt auch noch gar nicht so lange zurück! Das war eine romantische Zeit, wie man so sagt.«

»Was ist das, wovon du da erzählst?« fragte die Dryade. »Ich habe dich noch nie gesehen. Wovon sprichst du?«

»Von den schönen alten Tagen!« sagte die Ratte, »Urgroßvater und Urgroßmutter Rattes lieblicher Zeit! damals war es eine große Sache, hier herunterzukommen. Das war ein Rattennest, ohnegleichen in ganz Paris! Mütterchen Pest wohnte hier unten; sie tötete Menschen, aber niemals Ratten. Räuber und Schmuggler konnten hier unten frei atmen. Hier war eine Zuflucht für die interessantesten Persönlichkeiten, die es heute nur noch auf den Melodram-Theatern da oben zu sehen gibt. Die Zeit der Romantik ist vorbei, auch in unserem Rattennest; jetzt haben wir hier unten frische Luft und Petroleum.«

So pfiff die Ratte! pfiff auf die neue Zeit, zu Ehren der alten mit Mütterchen Pest.

Da hielt ein Wagen, eine Art offener Omnibus, mit kleinen schnellen Pferden davor; die Gesellschaft nahm Platz, fuhr den Boulevard Sebastopol entlang, den unter der Erde, gerade darüber erstreckte sich der bekannte menschenerfüllte oben in Paris.

Der Wagen verschwand im Halbdunkel, die Dryade verschwand, emporgehoben im Schimmern der Gasflammen ins frische Freie; dort, und nicht unten in den überkreuzten Gewölben und ihrer dumpfen Luft, war das Wunder zu finden, das Welt-Wunder, das, was sie suchte in ihrer kurzen Lebensnacht; das mußte stärker leuchten als alle Gasflammen hier oben, stärker als der Mond, der nun hervorkam.

Ja, gewiß! und sie sah es da drüben, es leuchtete vor ihr, es blinkte, winkte, wie der Venusstern am Himmel.

*

Sie sah ein offenes Strahlenportal zu einem kleinen Garten, erfüllt von Licht und Tanzmelodien. Gasfackeln leuchteten da wie Rabatten um kleine stille Seen und Teiche, wo Wasserpflanzen, künstlich gemacht, ausgeschnitten aus Blechplatten, gebogen und bemalt, in all dem Leuchten prangten und den Wasserstrahl ellenhoch aus ihren Kelchen emporschleuderten. Schöne Trauerweiden, wirklich echte Frühlingstrauerweiden senkten ihre frischen Zweige wie einen grünen durchsichtigen und doch verhüllenden Schleier. Hinter dem Flieder flammte ein Feuer, sein roter Schein fiel über kleine halbdunkle, verschwiegene Lauben, durchbraust von Tönen, von einer Musik, die im Ohr kitzelte, die betörte, verlockte, das Blut durch die Glieder der Menschen jagte.

Junge Frauen sah sie, schön, festlich gekleidet, mit dem Lächeln der Arglosigkeit, dem leichten, lachenden Sinn der Jugend, eine »Marie«, die Rose im Haar, aber ohne Wagen und Jockey. Wie sie umherwogten, wie sie sich schwangen in wilden Tänzen! was war oben, was war unten? Wie von der Tarantel gestochen sprangen sie, lachten sie, lächelten sie, glückselig froh, die ganze Welt zu umarmen.

Die Dryade fühlte sich mitgerissen im Tanz. Um ihren kleinen, feinen Fuß schloß sich der Seidenstiefel, kastanienbraun wie das Band, das aus ihrem Haar herabflatterte über die unbedeckte Schulter. Das seidengrüne Kleid wogte in großen Falten, aber verhüllte nicht das schön geformte Bein mit dem niedlichen Fuß, der Zauberkreise in die Luft schreiben zu wollen schien vor dem Kopf des tanzenden Jünglings.

War sie in Armidas Zaubergarten? Wie hieß dieser Ort?

Der Name leuchtete draußen in Gasflammen:

Mabille.

Töne und Händeklatschen, Raketen und perlendes Wasser knallten mit dem Champagner hier drinnen, der Tanz war bacchantisch wild, und über alldem segelte der Mond, etwas schiefen Gesichts. Der Himmel war ohne Wolken, klar und rein, man glaubte in den Himmel hineinzugehen aus der *Mabille.*

Eine verzehrende kitzelnde Lebenslust durchbebte die Dryade, es war wie ein Opiumrausch.

Ihre Augen sprachen, die Lippen sprachen, aber die Worte hörte man nicht vor lauter Flöten- und Violinenklang. Ihr Tänzer flüsterte ihr Worte ins Ohr, die wogten im Takt des Cancan; sie verstand sie nicht, wir verstehen sie nicht. Er streckte seine Arme aus nach ihr, um sie, und umschlang nur die durchsichtige, gaserfüllte Luft.

Die Dryade wurde getragen vom Luftstrom, wie der Wind ein Rosenblatt trägt. In der Höhe vor sich sah sie eine Flamme, eine blinkende Fackel, hoch oben auf einem Turm. Das Feuer leuchtete vom Ziel ihrer Sehnsüchte, schimmerte vom roten Leuchtturm auf der »Fata Morgana« des Marsfelds, dahin wurde sie getragen vom Frühlingswind. Den Turm umkreiste sie; die Arbeiter glaubten, sie sähen einen Schmetterling, der herabkam, um zu sterben an seiner allzu frühen Ankunft.

*

Der Mond leuchtete, Gasfackeln und Laternen leuchteten in den großen Hallen und in den verstreuten »Bauwerken aus aller Welt«, leuchtete hin über die Rasenhügel und die von Menschenschlauheit gemachten Felsbrocken, wo der Wasserfall stürzte durch die Kraft des »Meister Blutlos«. Die

Höhlen der Meerestiefe und die Gründe der Seen, das Reich der Fische tat sich hier auf, man war auf dem Boden des tiefen Kolks, man war unten im Meer, in einer gläsernen Taucherglocke. Das Wasser drückte gegen die dicken Glaswände ringsherum und von oben her. Polypen, klafterlang, geschmeidig, aalig gewunden, bebender, lebender Darm, Arm, griff zu, hob sich, wuchs fest am Meeresgrund.

Eine große Flunder lag bedächtig, gemächlich nahebei, machte sich im übrigen breit, nahm sich Zeit; der Krebs krabbelte wie eine ungeheure Spinne über sie hin, während die Garnelen sich wie im Fluge herumschwangen, in einer Hast, als wären sie die Motten und Schmetterlinge des Meeres.

Im Süßwasser wuchsen Seerosen, Schilf und Brautlichter. Die Goldfische standen in Reih und Glied wie rote Kühe auf der Weide, alle mit den Köpfen in dieselbe Richtung, um die Strömung in den Schlund zu kriegen. Dicke, fette Schleien glotzten mit dummen Augen auf die Glaswände; sie wußten, daß sie auf der Pariser Ausstellung waren; sie wußten, daß sie in Tonnen voll Wasser die ziemlich beschwerliche Reise hierher gemacht hatten, in der Eisenbahn landkrank geworden waren, wie die Menschen seekrank werden auf dem Meer. Sie waren gekommen, um die Ausstellung zu sehen, und sahen sie aus ihrer eigenen Süßwasser- oder Salzwasser-Loge, sahen das Menschengewimmel, das sich vom Morgen bis zum Abend vorbeibewegte. Alle Länder der Welt hatten ihre Menschen geschickt und ausgestellt, damit die alten Schleien und Brassen, die quicken Barsche und bemoosten Karpfen diese Geschöpfe sehen und ihre Meinungen und Bedenken über diese Sorte kundtun sollten.

»Das ist ein Schuppentier!« sagte eine moddrige kleine Plötze. »Die wechseln die Schuppen zwei-, dreimal am Tag und geben Laut, Reden nennen sie das. Wir wechseln gar nichts und machen uns einfacher verständlich: Bewegungen im Mundwinkel und Glotzen mit den Augen! Wir haben den Menschen manches voraus!«

»Schwimmen haben sie ja doch gelernt«, sagte ein kleiner Süßwasserfisch; »ich stamme aus dem großen Binnensee; da gehen in der heißen Zeit die Menschen ins Wasser, aber erst legen sie die Schuppen ab, dann schwimmen sie. Die Frösche haben's ihnen beigebracht, Hinterbeinstöße und Vorderbeinrudern, das halten die nicht lange aus. Sie wollen uns gleich sein, aber das schaffen sie nicht! Armer Mensch!«

Und die Fische glotzten; sie glaubten, daß das ganze Menschengewimmel, das sie im hellen Tageslicht gesehen hatten, sich hier noch immer bewegte; ja, sie waren überzeugt, immer noch dieselben Gestalten zu sehen, die ihnen sozusagen zuerst auf die Wahrnehmungsnerven geschlagen waren.

Ein kleiner Barsch, mit hübsch getigerter Haut und beneidenswertem Rundrücken, versicherte, daß der »Menschenmodder« noch da sei, er konnte es ganz genau sehen.

»Ich seh es auch, ich seh es ganz deutlich!« sagte eine gelbsuchtgoldene Schleie, »ich sehe deutlich dies hübsche, wohlgestaltete Menschenwesen, ›langbeinige Dame‹ oder wie sie die gleich nannten, sie hatte unsre Mundwinkel und Glotzaugen, zwei Ballons hintenrum und vorne einen zusammengeklappten Schirm, großes Entengrütze-Gehänge, Bimmel und Bammel. Sie sollte das Ganze ausziehen, herumlaufen wie wir, wie Gott sie schuf, und sie sähe aus wie eine biedere Schleie, sofern Menschen das fertigbringen.«

»Und wo ist er abgeblieben, er da an der Leine, das Menschen-Männchen, das sie gezogen haben?«

»Er ist im Rollstuhl gefahren, mit Papier, Tinte und Feder, schrieb alles auf, schrieb alles hin. Was hatte er zu bedeuten? sie nannten ihn *Skribent!*«

»Da fährt er noch immer!« sagte eine bemooste, jüngferliche Karausche mit so vielen irdischen Prüfungen in der Gurgel, daß sie heiser davon war; sie hatte einmal einen Angelhaken verschluckt und schwamm noch geduldig mit diesem Ding im Hals herum.

»Skribent«, sagte sie, »das ist, fischig verständlich gesagt, eine Art Tintenfisch unter den Menschen.«

So redeten die Fische auf ihre Weise. Aber mitten hinein in die künstlich errichtete, wasserführende Grotte klangen Hammerschläge und Lieder der Arbeiterscharen, die mußten die Nacht durcharbeiten, damit alles bald vollendet sein könnte. Die sangen in den Sommernachtstraum der Dryade hinein, sie selbst stand hier drinnen, um abermals zu fliegen und zu verschwinden.

»Das sind Goldfische!« sagte sie und nickte ihnen zu. »So krieg ich euch also doch noch zu sehen! ja, euch kenn ich! euch kenn ich seit langem! Die Schwalbe hat mir von euch erzählt, da wo ich zu Hause bin. Wie seid ihr schön, schimmernd, lieblich! ich könnte euch küssen, jeden einzelnen! ich kenn auch die andern! das ist bestimmt die fette Karausche, das da der leckere Barsch und hier die bemoosten Karpfen! Ich kenn euch! Ihr kennt mich nicht.«

Die Fische glotzten, verstanden nicht ein einziges Wort, sie schauten ins dämmernde Licht hinaus.

Die Dryade war nicht mehr da, sie stand im Freien, wo die Welt-»Wunderblume« nach den verschiedenen Ländern duftete, nach dem Schwarzbrotland, der Klippfischküste, dem Wildlederreich, dem Eau-de-Cologne-Ufer und dem Rosenöl-Morgenland.

*

Wenn wir, nach einer Ballnacht, im Halbschlaf heimfahren, klingen uns noch deutlich die Melodien im Ohr, die wir hörten, wir könnten sie singen, jede einzelne. Und wie im Auge des Getöteten der letzte Anblick dessen, was das Auge sah, noch eine Zeitlang photographisch stehenbleibt, so war noch hier in der Nacht der Taumel und Schein des Tages, das war nicht verrauscht, nicht erloschen; die Dryade spürte es und wußte: so braust es fort, morgen wieder.

*

Die Dryade stand zwischen duftenden Rosen, glaubte sie von zu Hause zu kennen. Rosen aus dem Schloßpark und dem Garten des Pfarrers. Auch die rote Granatblüte sah sie hier; so eine hatte Marie getragen in ihrem kohlschwarzen Haar.

Erinnerungen aus der Kinderheimat draußen auf dem Lande blinkten in ihre Gedanken hinein; den Anblick ringsum sog sie ein mit der Begierde der Augen, indem die Fieber-Unruhe sie erfüllte, sie durch die wundervollen Säle führte.

*

Sie fühlte sich müde, und diese Müdigkeit wuchs. Sie spürte einen Drang, sich auszuruhen auf den hingebreiteten, weichen, morgenländischen Polstern und Teppichen hier drinnen, oder sich mit der Trauerweide zu dem klaren Wasser zu neigen und hineinzutauchen.

Doch die Eintagsfliege hat keine Ruhe. Der Tag war in Minuten zu Ende.

Ihre Gedanken erbebten, ihre Glieder erbebten, sie sank nieder ins Gras am rieselnden Wasser.

»Du springst aus der Erde mit ewigem Leben!« sagte sie, »benetze meine Zunge, gib mir Erquickung!«

»Ich bin kein lebendiger Quell!« antwortete das Wasser. »Ich springe maschinell.«

»Gib mir von deiner Frische, du grünes Gras«, flehte die Dryade. »Gib mir eine der duftenden Blüten!«

»Wir sterben, wenn man uns abreißt!« antworteten Halme und Blüten.

»Küß mich, du frischer Luftstrom! Einen einzigen Lebenskuß nur!«

»Bald küßt die Sonne die Wolken rot!« sagte der Wind, »und dann bist du bei den Toten, dahingefahren, wie alle Herrlichkeit hier dahingefahren sein wird, ehe das Jahr um ist, und ich kann wieder spielen mit dem leichten, losen Sand auf dem Platz hier, kann Staub blasen über die Erde, Staub in die Lüfte, Staub! Alles bloß Staub!«

Der Dryade wurde angst wie der Frau, die sich im Bad die Pulsadern aufgeschnitten hat und verblutet, aber sich in ihrem Verbluten wünscht, daß sie lebte. Sie erhob sich, kam ein paar Schritte weit und sank wieder nieder vor einer kleinen Kirche. Das Portal stand offen, Licht brannte auf dem Altar, die Orgel klang.

Welche Musik! solche Töne hatte die Dryade niemals gehört, und doch schien ihr, als hörte sie darin bekannte Stimmen. Sie kamen aus der Herzenstiefe der ganzen Schöpfung. Sie glaubte das Sausen der alten Eiche zu vernehmen, sie glaubte den alten Pfarrer von großen Taten reden zu hören, von berühmten Namen, davon, welche Gaben Gottes Schöpfung an eine kommende Zeit zu geben vermöchte, geben mußte, um selbst damit bleibendes Leben zu finden.

Die Orgel tönte in schwellendem Klang, sprach im Gesang: »Verlangen und Lust rissen dich heraus mit der Wurzel aus deinem gottgegebenen Platz. Das wurde dein Verderben, arme Dryade!«

Orgeltöne, sanft, süß, klangen wie in Tränen, erstarben wie in Tränen.

Am Himmel schimmerten die Wolken rot. Der Wind sauste und sang: »Fahret dahin, ihr Toten, nun steht die Sonne auf!«

Der erste Strahl fiel auf die Dryade. Ihre Gestalt schimmerte in wechselnden Farben, wie die Seifenblase, wenn sie zerplatzt, verschwindet und ein Tropfen wird, eine Träne, die zur Erde fällt und verschwindet.

Arme Dryade! ein Tautropfen, nur eine Träne, vergossen, zerflossen!

*

Die Sonne schien über die »Fata Morgana« des Marsfelds, schien über das große Paris, über den kleinen Platz mit den Bäumen und dem plätschernden Springbrunnen, zwischen den hohen Häusern, wo der Kastanienbaum stand, aber mit hängenden Zweigen, welken Blättern, der Baum, der sich noch gestern so lebensfrisch erhoben hatte wie der Frühling selbst. Nun war er eingegangen, hieß es, die Dryade war ausgegangen, dahingefahren wie die Wolke, keiner weiß wohin.

Da lag auf der Erde eine verwelkte, zerknickte Kastanienblüte, das Weihwasser der Kirche hätte sie nicht ins Leben zurückrufen können. Menschenfuß trat sie bald in den Dreck.

*

Das ist samt und sonders geschehen und erlebt.

Wir sahen es selbst, in der Ausstellungszeit in Paris 1867, in *unserer* Zeit, in *des Märchens großer wunderbarer Zeit.*

Die Auswanderer

»Ich glitt dahin über die Lüneburger Heide«, sagte der Mond, »da lag eine einsame Hütte am Wege; ein paar nackte Sträucher standen dicht dabei, und hier sang eine Nachtigall, die sich verflogen hatte. In der Kälte der Nacht mußte sie sterben; es war ihr Schwanengesang, was ich hörte. Die Morgenröte schimmerte, da kam eine Karawane, auswandernde Bauernfamilien, die nach Bremen wollten oder Hamburg, um mit einem Schiff nach Amerika zu kommen, wo das Glück erblühen sollte, das erträumte Glück. Die Frauen trugen ihre kleinsten Kinder auf dem Rücken, die größeren hüpften nebenher; ein elendes Pferd zog einen Karren mit einzelnen Stücken Hausrat. Der kalte Wind blies; darum klammerte das kleine Mädchen sich enger an die Mutter, die blickte herauf zu meiner runden abnehmenden Scheibe und dachte an die bittere Not, die sie zu Hause litten, dachte an die schweren Steuern, die nicht bezahlt werden konnten. Ihr Gedanke war der der ganzen Karawane; das rote Morgenlicht leuchtete darum wie das Evangelium von einer Sonne des Glücks, die wieder aufgehen, auferstehen würde; sie hörten die sterbende Nachtigall singen, das war kein falscher Prophet, sondern ein Glücksverkünder. Der Wind pfiff, sein Lied verstanden sie nicht: ›Segle ruhig übers Meer! Die lange Überfahrt hast du ja mit allem bezahlt, was dir gehörte; arm und hilflos sollst du dein Kanaans-Land betreten. Du mußt dich selber verkaufen, deine Frau und deine Kinder. Aber lange müßt ihr nicht leiden! Hinter dem breiten, duftenden Blatt sitzt die Göttin des Todes; ihr Willkommenskuß haucht tödliches Fieber in dein Blut, fahre dahin! fahre dahin übers wogende Wasser!‹ – Und die Karawane lauschte froh dem Gesang der Nachtigall, denn er kündigte Glück an. Der Tag leuchtete aus den leichten Wolken; Bauersleute gingen über die Heide zur Kirche; die schwarzgekleideten Frauen mit dem dichten, weißen Leintuch um den Kopf schienen Gestalten zu sein, die herabgestiegen waren aus den alten Gemälden in den Kirchen; ringsum war nur die große, tote Umgebung, das welke, braune Heidekraut, dunkle, vermengte Öde zwischen weißen Sandbänken. Die Frauen trugen ihr Gesangbuch und wanderten zur Kirche. O betet! betet für die, die da wandern in ihre Gräber, jenseits der wogenden Wasser!«

Trollhättan oder der Trollberg

In HCAs ambitioniertestem Reisebuch »In Schweden« beobachtet der große Bruder der Dryade die industrielle Revolution am Trollhättan, dem (wörtlich etwa) Zauber-Berg gleich hinterm Wirtschaftszentrum Motala. Die Vogelgestalt, in der dieser traurige Held am Ende den Schauplatz verläßt, kehrt im folgenden Kapitel als allegorischer »Vogel Phönix« der Poesie wieder. Dieses hoffnungsvolle Kapitel, das den Untergang als Bedingung der Neugeburt rechtfertigt, hat Andersen später in die »Märchen und Geschichten« aufgenommen – die Geschichte vom Bergtroll, der »Meister Blutlos« weichen muß, dagegen nicht. Hier steht sie:

Wen trafen wir am Trollhättan? Ja, das ist eine merkwürdige Geschichte, und die wollen wir erzählen.

Wir gingen bei der ersten Schleuse an Land und standen wie in einer englischen Parkanlage; die breiten Wege sind bedeckt mit Kies und steigen in kurzen Terrassen zwischen den sonnenbeschienenen Rasenflächen an; hier ist es freundlich, lieblich, aber gar nicht imposant; will man sich freilich auf diese Weise ergreifen lassen, dann muß man etwas höher hinaufgehen, zu den älteren Schleusen, die tief und schmal in die harten Felsblöcke gesprengt sind. Das sieht großartig aus, und das Wasser braust schäumend tief drunten in seinem schwarzen Lager. Hier oben überblickt man Tal und Strom; das Ufer auf der anderen Seite steigt in grünen wellenförmigen Hügeln an, mit schönen Gruppen von Laubbäumen und rotgestrichenen Holzhäusern, die von Felsen und Tannenwald begrenzt werden. Durch die Schleusen steigen Dampf- und Segelschiffe, das Wasser selbst ist der dienstbare Geist, der sie emportragen muß übers Fjell; aus dem Walde summt es, braust und lärmt es. Das Dröhnen der Trollhättafälle mischt sich mit dem Lärm von Sägemühlen und Schmieden.

»In drei Stunden sind wir durch die Schleusen«, sagte der Capitain, »in der Zeit können Sie sich die Fälle ansehen. Am Wirtshaus oben treffen wir uns wieder.«

Wir gingen den Pfad durch den Wald entlang, eine ganze Schar barhäuptiger Knaben umringte uns, alle wollten sie unsere Führer sein; der eine überschrie den anderen, jeder gab eine andere Erklärung ab, wie hoch das Wasser stand und wie hoch es nicht stand, oder stehen konnte; es herrschte auch hier große Uneinigkeit unter den Gelehrten. Und bald hielten wir auf einem heideroten Felsen an, einer schwindelerregenden Terrasse; vor uns, tief unten, das brausende Wasser: der Höllenfall, und über diesem abermals Fall an Fall, der reiche, mächtigstürzende Strom, der Auslauf von Schwedens größtem See. – Was für ein Anblick, was für ein Brausen, von oben, von unten! das ist wie die Wogen des Meeres, wie ein Meer von schäumendem Champagner, von kochender Milch; erst braust es um zwei Klippen, daß der Wasserstaub sich erhebt wie Nebel über der Wiese, darunter wird das Wasser zusammengedrängt, stürzt von neuem, schießt nach vorn und läuft im Kreise zurück wie stilles Wasser, und wälzt sich dann stürzend in den Höllenfall hinab in seinem langen meeresschweren Fall. – Was für ein Orkantosen in der Tiefe, was für ein Bild! man hat keine Worte!

Und die hatten hier auch unsere schreienden kleinen Führer nicht, stumm standen sie da, und als sie von neuem anfingen mit Erklärungen und Erzählungen, da kamen sie nicht weit damit, denn ein alter Herr, keiner von uns hatte ihn vorher bemerkt, aber er war nun unter uns, drang ganz anders durch mit seiner wunderlich klangvollen Stimme; er wußte Bescheid über den Ort und über alte Tage, als wären sie gestern gewesen.

»Hier auf den Felseninseln«, sagte er, »war es in heidnischen Zeiten, wie sie ja nun genannt werden, daß die Recken ihren Streit entschieden. Der Recke *Stærkodder,* Starkspitze, wohnte in dieser Gegend, und ihm gefiel das hübsche Mädchen *Ogn Elfentochter,* aber sie mochte *Hergrimr,* Heeresschrecken, lieber, und so wurde er von Stærkodder zum Streit herausgefordert, hier am Fall, und fand den Tod, aber Ogn sprang herbei, nahm das blutige Schwert ihres Bräutigams und stieß es sich ins Herz; Stærkodder bekam sie nicht. So gingen hundert Jahre dahin und abermals hundert Jahre, da war der Wald dick und dicht, Wölfe und Bären wohnten hier, im Sommer und im Winter; böse Räuber hausten hier, niemand fand ihr Versteck; da drüben war es; am Fall zur obersten Insel hinaus, auf norwegischer Seite, war ihre Höhle, jetzt ist sie eingestürzt – das Kliff dort hoch darüber –!«

»Ja, das Schneiderkliff!« riefen alle Knaben, »das ist im Jahr 1755 herabgestürzt.«

»Herabgestürzt!« sagte der Mann, als sei er verwundert, daß andere als er das wissen konnten. – »Alles muß einmal stürzen, und der Schneider stürzte sofort. Die Räuber hatten ihn oben auf die Klippe gestellt und verlangten, wenn er freigelassen werden wollte, dann sollte sein Lösegeld sein, daß er da oben in aller Hast ein Kleid fertignähte; und er versuchte es auch wirklich, aber beim ersten Stich, wie er gerade den Faden herauszog, da zog ihn der Schwindel ins brausende Wasser hinab; und so bekam der Fels den Namen Schneiderkliff. Eines Tages fingen die Räuber ein junges Mädchen, das hat sie verraten; sie zündete in der Höhle ein Feuer an, der Rauch wurde gesehen, die Höhle gefunden, und die Räuber wurden gefangen und getötet; Diebsfall heißt der, der davor herabstürzt, und da, unten im Wasser, ist noch eine Höhle, da stürzt sich der Strom hinein und kocht wieder heraus; man kann es von hier oben sehen, man hört es, aber drinnen unterm Bergmannsdach, da ist es noch besser zu hören!«

Und wir gingen weiter, zur äußersten, der Top-Insel hinüber, immer auf zierlichen, mit Sägespänen bedeckten Wegen zur Polhemsschleuse, einer Felssprengung für das zuerst geplante, nicht zustande gekommene Schleusenwerk, wo aber die Kunst den imposantesten aller Trollhättafälle geschaffen hat; lotrecht in die schwarze Tiefe fällt eilend das Wasser herab. Diese Bergseite ist mit der Top-Insel durch eine leichte Eisenbrücke verbunden worden, die wie über den Abgrund hingeworfen scheint; man schwankt auf den schaukelnden Streben dahin über das strömende mahlende Wasser, und da steht man auf der kleinen Felseninsel, zwischen Kiefer und Tanne, die aus den Rissen hervorsprießen; vor uns stürzen Meereswogen und zerbersten an dem Steinblock, auf dem wir stehen, übersprüht von dem feinen, ewigen Regen; auf jeder Seite fliegt der Strom, wie aus einer Riesenkanone herausgeschossen, und bricht sich in Fall über Fall; wir blicken hinaus über sie alle und werden erfüllt von dem harmonischen Dröhnen, immer demselben, jahrtausendealt.

»Zu der Insel hinüber kann wohl nie jemand gelangen?« sagte einer aus unserer Gesellschaft und zeigte auf die größere Insel oberhalb des obersten Falls.

»Ich wüßte doch einen«, sagte der Alte und nickte mit einem sonderbaren Lächeln.

»Ja, mein Großvater, der konnte das«, sagte der größte der Knaben, »aber sonst schafft es kaum einer alle hundert Jahre. Das Kreuz da drüben, das hat mein Großvater gesetzt. Das war ein harter Winter gewesen, der ganze Vänersee war zugefroren, das Eis versperrte den Auslauf, und so war hier für viele Stunden trockener Grund, Großvater hat es erzählt, er ging mit zwei anderen hinüber, stellte das Zeichen auf und kam zurück; aber da knallte es so fürchterlich, als ob Kanonen donnerten, das Eis ging und der Strom kam über die Wiese und Wald. Das ist so wahr, wie ich es sage.«

Einer der Reisenden zitierte Tegnér:

Wild schäumt der Götastrom im Fallen,
Es brüllt der Troll vom Bergestor!
Doch der Verstand zersprengt die Felsen
Und führt ein Schiff empor!

»Armer Troll«, fuhr er fort, »es geht immer abwärts mit deiner Macht und Herrlichkeit! Der Menschengeist überflügelt dich, du kannst bei ihm in die Lehre gehen.«

Der gesprächige Alte zog eine Grimasse, murmelte etwas in den Bart – – aber wir waren soeben an der Brücke vor dem Wirtshaus, das Dampfschiff glitt durch den gebahnten Weg, jeder beeilte sich an Bord zu kommen, und bald nahm es Fahrt auf, den Strom entlang, oben überm Fall, als wäre er gar nicht da.

»Und das läßt sich machen!« fragte der Alte. Er wußte rein gar nichts von Dampfschiffen, hatte bis heute nie eins gesehen, und darum war er auch bald oben, bald unten; jetzt stand er bei der Maschinerie und starrte die ganze Zusammensetzung an, als müßte er Nägel und Schrauben zählen, jetzt war er hoch oben auf den Radkästen, oder halb über der Reling. Die Wasserstraße schien ihm gänzlich neu zu sein, die Karte und die Reisebücher über sie waren ihm ganz fremde Gegenstände, er drehte sie, er wendete sie, lesen konnte er, glaube ich, nicht. Aber Bescheid wußte er in der Gegend, das heißt Bescheid aus alten Zeiten.

Die ganze Nacht auf dem Vänersee schlief er nicht; er studierte die Dampfschiffahrt; und als wir in den Morgenstunden vom See die Schleusenterrassen emporstiegen, höher und höher, von See zu See, über die Hochebene hinaus, höher, immer höher, da war er in einer Anspannung, die kaum noch wachsen konnte; und wir erreichten Motala. – Der schwedische Schriftsteller Törneros erzählt von sich selbst als kleinem Kind, daß er einmal gefragt hätte, was das wäre, das da in der Uhr tickte, und man habe ihm geantwortet: »das ist Blutlos!« – Ein Grauen wie jenes, das ihn da ergriff und den Pulsschlag des Kindes in Fieber brachte und die Haare auf dem Kopf eisig zu Berge stehen ließ, übte seine Kraft auch in Motala auf den Alten vom Trollhättan aus. Wir gingen umher in Motalas großer Fabrik. Was in der Uhr tickt, das schlägt hier mit starken Hammerschlägen. Das ist *Blutlos,* der Leben trank aus Menschengedanken und dem so Glieder aus Metallen wuchsen, aus Stein und Holz; das ist Blutlos, der aus Menschengedanken Kräfte gewann, die der Mensch selbst physisch nicht besitzt. In Motala sitzt Blutlos, und durch die großen Hallen und Räume streckt er seine harten Glieder, deren Gelenke und Teile Rad an Rad sind, Ketten, Gestänge und dicke Eisendrähte. – Tritt hier herein und sieh wie die glühenden Eisenstücke zu langen Eisenstangen gepreßt werden, Blutlos spinnt die glühende Stange. Sieh wie die Schere in die schweren Metallplatten schneidet, schneidet so stille und weich, als wär es Papier; hör wie er hämmert, die Funken fliegen vom Amboß! sieh wie er die dicken Eisenstangen knackt, knackt nach Längenmaß, das geht, als wär's eine Stange Lack, die zerbrochen wird. Vor deinen Füßen rasseln die langen Eisenstücke, Eisenplatten werden zu Spänen gehobelt; vor dir drehen sich die großen Räder, und über deinem Kopf laufen lebende Eisendrähte hin, schwere, dicke Eisenschnüre, das hämmert, das surrt, und eilst du hinaus in den offenen Hof, zwischen großen, umgestürzten Kesseln zu Dampfschiffen und Bahnwaggons, da streckt Blutlos auch hier seine klafterlangen Finger heraus und zerrt sie fort. Alles ist lebendig, der Mensch steht nur da und stellt ab und stoppt! Das Wasser springt einem aus den Fingerspitzen, wenn man das ansieht, man dreht sich, man wendet sich, steht stille, verbeugt sich und weiß selbst nicht, was man sagen soll vor lauter Ehrfurcht vor dem menschlichen Denken, das hier Eisenglieder hat, und derweil geht beständig der große Eisenhammer mit schweren Schlägen, es ist als ob er sagte: »Banko, Banko! viele tausend Taler Banko in Reinverdienst! Banko, Banko!« – hör es, wie ich es hörte, sieh es, wie ich es sah; – der alte Herr vom Trollhättan ging in der reinen Anschauung auf, drehte und wand sich, kroch auf den Knien und steckte den Kopf in die Winkel und zwischen Maschinen, er wollte nun alles ganz genau wissen, die Schraube am Propellerfahrzeug sehen, den Mechanismus verstehen und die Wirkung im Wasser, und das Wasser selbst lief ihm von der Stirn; er ging unwillkürlich rückwärts, in meine Arme, sonst wäre er in die Maschinerie gelaufen und in Stücke gegangen; er sah mich an, er drückte meine Hand.

»Und all das geht natürlich zu«, sagte er, »einfach und begreiflich. Die Schiffe gehen gegen den Wind und gegen den Strom, segeln hinauf über Wälder und Berge, das Wasser muß heben, der Dampf muß treiben?«

»Ja«, sagte ich. – »Ja«, sagte er, und wieder, *ja,* mit einem Seufzer – – den verstand ich damals nicht, aber Monate später verstand ich ihn, und in diese Zeit will ich sogleich einen Sprung machen, und da sind wir wieder am Trollhättan. Ich kam im Herbst auf meiner Rückreise wieder her, blieb ein paar Tage in dieser mächtigen Natur, wo das geschäftige Menschenleben mehr und mehr hereindrängt und nach und nach das Malerische verwandelt ins Fabriknützliche. Trollhättan muß sich nützlich machen, Balken sägen, Mühlen treiben, hämmern und brechen; ein Gebäude wächst neben dem anderen empor, in fünfzig Jahren steht hier eine Stadt. – Aber das war gar nicht die Geschichte! ich kam, wie gesagt, im Herbst zurück, dasselbe Brausen, dasselbe Dröhnen, dasselbe Sinken und Steigen der Schleusen, dieselben plappernden Knaben, die Reisende zum Höllenfall führten, zur Eisenbrücke, zur Insel und zum Wirtshaus. Hier saß ich und blätterte in den mit den Jahren angesammelten Büchern, in denen Reisende ihre Namen, Empfindungen und Gedanken zum Trollhättan aufgeschrieben hatten; fast immer dasselbe, Staunen in verschiedenen Sprachen, für gewöhnlich in Latein und dann mit den Worten: »veni, vidi, obstupui!« Einer hat geschrieben: »ich habe das Meisterstück der Natur durch dasjenige der Kunst wandern sehen!« ein anderer kann nicht sagen was er sah, und was er sah kann er nicht sagen. Ein Bergwerksbesitzer geht auf das Nützliche ein und schreibt: »Mit größtem Vergnügen dies auch für uns in Värmland nützliche Werk Trollhättan gesehen.« Eine Pröpstin aus Schonen, so unterschreibt sie selbst, hat sich mehr an die Familie gehalten und im Gedenkbuch als ihre Empfindung am Trollhättan nur aufgezeichnet: »Gott gebe meinem Schwager Glück, Verstand hat er schon!« Andere haben den Empfindungen der anderen flaue Scherze hinzugefügt, doch als Perle auf diesem Schrifthaufen glänzt Tegnérs Gedicht, von ihm selbst hier niedergeschrieben am 28. Juni 1804:

> Götha kam den Berg herab im Tanze,
> Boote spielten auf der stillen Flut;
> plötzlich sprang aus steiler Bergesschanze
> ihr Trollhättan in den Weg. Vor Wut
> schäumt er, speit und reckt die starren Glieder,
> zitternd sieht's der Segler, fliehet wieder.
> Da kam der Verstand – mit mächtger Hand
> Schlug den Fels er, der fiel artig nieder
> Und vereinte dann in ewgem Band
> Ozean und Bergbewohners Land.

Ich sah von dem Buch auf und wer stand vor mir, stand da, um gleich wieder zu gehen – der Alte vom Trollhättan; während ich bis ganz hinauf zum Ufer des Siljansees umhergestreift war, hatte er beständig Kanalreisen unternommen, Schleusen und Fabriken angesehen, den Dampf studiert in all seiner Diensttauglichkeit; er redete von den geplanten Eisenbahnen in Schweden, von der Bahn zwischen Hjälmar- und Vänersee. – Eisenbahnen hatte er allerdings noch nie gesehen, ich schilderte ihm darum diese ausgedehnten Wege, die sich bald erheben wie Wälle, bald wie turmhohe Brücken, bald wie meilenlange Hallen, durch die Gebirge gesprengt, redete von Amerika und von England.

»Man frühstückt in London, und am selben Tag trinkt man in Edinburgh Tee.«

»Das kann *ich*«, sagte der Mann, und er sagte es, als könnte es keiner außer ihm.

»Kann ich auch«, sagte ich, »und hab's getan.«

»Und wer sind dann Sie?« fragte er.

»Ein gewöhnlicher Reisender«, antwortete ich, »ein Reisender, der für die Beförderung bezahlt. Und wer sind Sie?«

Da seufzte der Mann. »Sie kennen mich nicht, meine Zeit ist vorbei, meine Macht ist dahin, Blutlos ist stärker als ich.« – – Und dann war er weg.

Da begriff ich, wer er war! ja wie wohl einem armen Berggeist zumute sein muß, der nur einmal in jedem Jahrhundert heraufkommt, um zu sehen, wie es weitergeht auf der Erde? Das war der Berggeist selbst und kein anderer, denn in unserer Zeit ist jeder aufgeklärte Mensch bedeutend klüger; und ich sah mit einer Art stolzer Empfindung auf mein Zeitalter, mit den sausenden Rädern, den schweren Hammerschlägen, der Schere, die so weich in Metallplatten schneidet, den dicken Eisenstangen, die zerbrochen werden wie eine Stange Lack, und der Musik, deren Hammerschlag lautet: »Banko, Banko, hunderttausend Taler Banko!« und alles durch Dampf – durch seinen Atem und den Anhauch des *Geistes*.

Es war Abend; ich stand auf der Anhöhe an Trollhättans alten Schleusen, sah die Schiffe mit vollen Segeln über die Wiesen dahingleiten, wie Gespenster, groß und weiß. Die Schleusentore öffneten sich mit Gewicht und Krachen, wie man es von den Kupfertoren des *heimlichen Gerichts* erzählt. Der Abend war so stille; in der tiefen Ruhe waren die

Trollhättafälle zu hören, als wäre es ein Chor von hundert Wassermühlen, immer ein- und derselbe Ton, nur einer, und darin klang ein tiefes, mächtiges Poltern, das sich durch die Erde fortzupflanzen schien, und just in all dem fühlte ich die unendliche Stille der Natur. Plötzlich flog ein großer Vogel aus den Bäumen auf, so schwer flog er zum Wald hinein, hinab zu den Fällen. War das der Berggeist? – Wir wollen das glauben, was am interessantesten ist.

Ein Bild aus Schweden

»Ich will dir ein Bild noch aus Schweden geben«, sagte der Mond; »inmitten schwarzer Tannenwälder, nahe den melancholischen Ufern des Roxen, liegt die alte Klosterkirche von Wreta. Mein Strahl glitt durch das Gitter in der Mauer in das geräumige Gewölbe, wo Könige schlummern in großen Steinsärgen; an der Mauer über ihnen prangt, als Bild der irdischen Herrlichkeit, eine Königskrone, aber die ist aus Holz, bemalt und vergoldet, sie wird gehalten durch einen Holzpflock, der in die Mauer getrieben ist, der Wurm hat das vergoldete Holz durchnagt, die Spinne hat ihr Netz gesponnen von der Krone zum Kasten, das ist eine Trauerfahne, mürbe, wie die Trauer es ist für die Sterblichen! Wie stille sie schlummern! ich erinnere mich ihrer so klar! ich seh noch das kecke Lächeln auf den Lippen, das Freude oder Kummer aussprach, so mächtig, so entscheidend. Wenn das Dampfschiff wie eine Zauber-Yacht über die Berge hinaufsegelt, dann kommt oft ein Fremder in die Kirche, besucht dieses Grabgewölbe, fragt nach den Namen der Könige, vergessen klingen sie und tot; er sieht auf die wurmstichigen Kronen, lächelt, und ist er ein recht frommes Gemüt, dann liegt wohl auch Wehmut in seinem Blick. Schlummert, Ihr Toten, der Mond gedenkt eurer, der Mond schickt in der Nacht seinen kalten Strahl in euer stilles Königreich, über dem die Kiefernholzkrone hängt!«

Der böse Fürst

Ein Märchen. Wiedererzählt nach einer mündlichen Mitteilung.

Es war einmal ein böser und übermütiger Fürst, dessen ganzes Sinnen darauf gerichtet war, alle Länder der Welt zu gewinnen und durch seinen Namen Schrecken zu verbreiten; er fuhr hinaus mit Feuer und Schwert; seine Soldaten traten das Korn auf den Feldern nieder, sie zündeten dem Bauern das Haus an, daß die rote Lohe die Blätter von den Bäumen leckte und die Früchte gebraten an den schwarzen, versengten Zweigen hingen. Manch arme Mutter verbarg sich mit ihrem nackten Kind, um es hinter der Mauer zu stillen, und die Soldaten suchten sie, und wenn sie dann sie und das Kind fanden, dann begann ihre teuflische Freude; böse Geister könnten nicht schlimmer handeln; aber der Fürst fand gerade, daß das genau so ging, wie es gehen sollte, Tag für Tag wuchs seine Macht, sein Name wurde von allen gefürchtet, und das Glück folgte ihm bei allen seinen Taten. Aus den eroberten Städten brachte er Gold und große Schätze heim; in seinem Königssitz wurde ein Reichtum aufgehäuft, der nirgends seinesgleichen hatte. Nun ließ er prächtige Schlösser, Kirchen und Arkaden errichten, und jeder, der diese Herrlichkeiten sah, sagte: »was für ein großer Fürst!« sie dachten nicht an die Not, die er über andere Länder gebracht hatte, sie hörten nicht die Seufzer und den Jammer, der aus den verbrannten Städten drang.

Der Fürst betrachtete sein Gold, betrachtete seine prächtigen Bauwerke und dachte dabei, wie die Menge: »was für ein großer Fürst! aber ich muß mehr haben! viel mehr! Keine Macht darf gleich viel gelten, geschweige denn mehr als meine!« und er begann einen Krieg gegen alle seine Nachbarn, und er besiegte sie alle. Die bezwungenen Könige ließ er, mit Goldketten, an seinen Wagen binden, wenn er durch die Straßen fuhr; und saß er zu Tisch, da mußten sie zu seinen und der Hofleute Füßen liegen und die Brotbrocken aufsammeln, die man ihnen hinwarf.

Dann ließ der Fürst auf den Marktplätzen und in den königlichen Schlössern seine Statue aufstellen, ja er wollte, daß sie in den Kirchen vor dem Altar des Herrn stehen sollte; aber die Priester sagten: »Fürst, du bist groß, doch Gott ist größer, wir wagen es nicht.«

»Gut«, sagte der Fürst, »dann bezwinge ich Gott gleich mit!« und in Hochmut und Torheit seines Herzens ließ er ein kunstreiches Schiff bauen, mit dem er durch die Luft fahren konnte; das war bunt wie ein Pfauenschwanz und schien mit tausend Augen besetzt zu sein, aber jedes Auge war ein Gewehrlauf; der Fürst saß mitten im Schiff, er brauchte bloß auf eine Feder zu drücken, dann fuhren tausend Kugeln heraus, und die Büchsen waren wieder geladen wie zuvor. Hundert starke Adler spannte er vor das Schiff, und so flog er nun zur Sonne. Die Erde lag tief unten; zuerst sah sie, mit ihren Bergen und Wäldern, nur wie ein gepflügter Acker aus, wo das Grün der Grassoden noch herausschaut, dann glich sie der flachen Landkarte, und bald war sie ganz verborgen in Nebel und Wolken. Höher und höher flogen die Adler empor; da sandte Gott einen einzigen seiner zahllosen Engel, und der böse Fürst ließ seine tausend Kugeln auf ihn abfeuern, aber die Kugeln sprangen zurück wie Hagel von den schimmernden Flügeln des Engels; ein Blutstropfen, nur ein einziger, quoll aus den weißen Federn, und dieser Tropfen fiel auf das Schiff, in dem der Fürst saß; er brannte sich ein, er beschwerte es wie tausend Zentner Blei und riß das Schiff in stürzender Fahrt zur Erde; die starken Flügel der Adler zerbrachen, der Wind pfiff dem Fürsten um den Kopf, und die Wolken ringsum, die waren ja von den verbrannten Städten aufgestiegen, formten sich zu drohenden Gestalten, wie meilenhohe Krebse, die ihre starken Zangen nach ihm ausstreckten, wie rollende Felsbrocken und feuerspeiende Drachen; halb tot lag er in dem Schiff, das endlich zwischen dem dicken Geäst der Waldbäume hängenblieb.

»Ich will Gott besiegen!« sagte er, »ich hab's geschworen, mein Wille geschehe!« und er ließ sieben Jahre lang kunstreiche Schiffe bauen, mit denen man durch die Luft fahren konnte, er ließ Blitzstrahlen aus dem härtesten Stahl schmieden; denn er wollte die Feste des Himmels sprengen. Aus allen seinen Ländern sammelte er große Kriegsheere, die bedeckten einen Umkreis von mehreren Meilen, als sie aufgestellt standen, Mann an Mann. Die bestiegen die kunstreichen Schiffe, der König selbst näherte sich dem seinen, da sandte Gott einen Mückenschwarm aus, einen einzigen kleinen Mückenschwarm, der summte um den König herum und zerstach ihm Gesicht und Hände; er zog im Zorn sein Schwert, aber er schlug nur durch die leere Luft, die Mücken konnte er nicht treffen. Da gebot er, kostbare Teppiche zu bringen, in die sollte man ihn wikkeln, da konnte keine Mücke mit ihrem Stachel hindurchkommen, und man tat, wie er geboten; aber eine einzige kleine Mücke setzte sich auf den innersten Teppich, kroch in des Königs Ohr hinein, und da stach sie ihn; das brannte wie Feuer, das Gift schlug ihm aufs Gehirn, er riß sich los, schleuderte die Teppiche von sich, zerriß seine Kleider und tanzte nackt vor den rohen, wilden Soldaten herum, die nun den verrückten Fürsten verspotteten, der Gott bestürmen wollte und gleich überwunden war von einer einzigen kleinen Mücke.

Die Eisenbahn

Da viele meiner Leser keine Eisenbahn gesehen haben, will ich zunächst versuchen, ihnen einen Begriff davon zu geben. Wir wollen eine gewöhnliche Landstraße nehmen, die kann geradeaus verlaufen oder eine Kurve machen, das ist gleich, aber eben muß sie sein, eben wie ein Wohnzimmerfußboden, und deshalb sprengen wir jeglichen Berg, der sich davorstellt, wir bauen auf starken Bogen eine Brücke über Sumpf und tiefe Täler, und wenn dann der ebene Weg vor uns liegt, legen wir dort, wo die Radspuren laufen würden, Eisenschienen, an denen sich die Wagenräder festhalten können. Die Dampfmaschine wird davorgespannt, mit ihrem Meister darauf, der weiß sie zu steuern und zu stoppen, Wagen wird an Wagen gekettet, mit Menschen oder Vieh darin, und dann fährt man los.

Von jeder Stelle des Weges weiß man Stunde und Minute, zu denen die Wagenreihe eintreffen wird, man hört auch meilenweit den Ton der Signalpfeife, wenn der Zug in Fahrt ist, und ringsum läßt, wo immer Nebenwege für gewöhnliche Fahrende oder Gehende die Eisenbahn kreuzen, der aufgestellte Wächter den Schlagbaum vor ihnen herab, und die braven Leute müssen warten, bis wir vorbei sind; all die Meilen entlang, über die sich die Bahn erstreckt, sind kleine Häuschen errichtet, so weit voneinander entfernt, daß die, die Wache stehen, voneinander die Fahnen sehen können und beizeiten wissen, daß die Bahn freizuhalten ist, daß kein Stein oder Zweig auf den Schienen liegt.

Sieh, das ist eine Eisenbahn! ich will hoffen, man hat mich verstanden.

Es war das erste Mal, daß ich so etwas sehen sollte. Einen halben Tag und die darauffolgende Nacht war ich mit der Diligence die schreckliche schlechte Straße von Braunschweig nach Magdeburg gefahren, müde kam ich hierher, und eine Stunde später sollte ich mit dem Dampfwagen wieder los.

Ich will nicht leugnen, daß ich im vorhinein ein Gefühl hatte, das ich Eisenbahn-Fieber nennen will, und das erreichte seinen Höhepunkt, als ich das großartige Gebäude betrat, von dem die Wagenreihe ausfährt. Hier war ein Gedränge von Reisenden, ein Laufen mit Koffern und Netzbeuteln, ein Sausen und Schnurren von Maschinen, aus denen sich der Dampf wälzte. Man weiß beim ersten Mal nicht recht, wo man stehen darf, damit nicht ein Wagen oder ein Dampfkessel oder eine Kiste mit Reisegut über uns wegrauscht; zwar steht man richtig auf einem vorspringenden Balkon, die Wagen, in die man hineinsoll, liegen in einer Reihe dicht daran wie Gondeln an einem Kai, aber drunten im Hof kreuzt, wie Zauberband, eine Eisenschiene die andere, und das ist auch ein Zauberband, das die menschliche Klugheit geschmiedet hat; daran müssen sich unsere magischen Wagen halten, wenn sie vom Zauberband abkommen, ja, dann gilt es Leib und Leben. Ich starrte auf diese Wagen, auf Locomotiven, lose Karren, wandernde Schornsteine und Gott weiß was noch, die liefen wie in einer Zauberwelt durcheinander; alles schien Beine zu haben! und nun dieser Dampf und dieses Sausen im Verein mit dem Gedränge um Platz, dieser Gestank von Talg, der Gang der Maschinen im Takt und das Pfeifen und Schnaufen beim Dampfablassen verstärkten den Eindruck; und wenn man hier, wie gesagt, das erste Mal ist, dann denkt man, man müßte umfallen, sich Arme und Beine brechen, in die Luft springen oder beim Zusammenstoß mit einer anderen Wagenreihe zerquetscht werden; aber ich glaube, es ist nur beim ersten Mal, daß man an so etwas denkt.

Die Wagenreihe hier bildete drei Abteilungen, die ersten beiden sind angenehme geschlossene Wagen, ganz wie unsere Diligencen, nur viel breiter, die dritte ist offen und unglaublich billig, so daß selbst der ärmste Bauer mitkann, das kommt ihn weniger teuer, als wenn er den langen Weg zu Fuß gehen und sich im Wirtshaus stärken oder auf der Reise übernachten müßte. – Die Signalpfeife ertönt – aber sie tönt nicht schön, sie hat etwas vom Schwanengesang eines Schweins, dem das Messer in den Hals fährt; man nimmt Platz in der artigsten Kutsche, der Conducteur schließt die Türe für uns zu und nimmt den Schlüssel an sich, aber wir können das Fenster herunterlassen, die frische Luft genießen, ohne eine Unannehmlichkeit durch den Luftdruck zu fürchten; man hat es ganz so wie in irgendeinem anderen Wagen, nur behaglicher, man kann sich hier ausruhen, wenn man kurz zuvor eine angreifende Reise gemacht hat.

Die erste Empfindung ist ein ganz sachtes Rucken in den Wagen, und jetzt sind die Ketten gespannt, die diese zusammenhalten; die Signalpfeife ertönt von neuem, und die Fahrt beginnt, aber langsam, die ersten Schritte geht es sachte, als zöge eine Kinderhand das kleine Wägelchen. Die Geschwindigkeit nimmt unmerklich zu, aber du liest in deinem Buch, schaust auf deine Karte und weißt noch gar nicht recht, ob die Fahrt schon begonnen hat, denn der Wagen gleitet wie ein Schlitten über ein ebenes Schneefeld. Du siehst aus dem Fenster und entdeckst, daß du davonjagst wie mit Pferden im Galopp; es geht noch schneller, du meinst zu fliegen, aber hier gibt es kein Rütteln, keinen Luftdruck, nichts von dem, was du dir unbehaglich dachtest!

Was war das Rote, das wie ein Blitz dicht vorbeigesaust ist? Das war einer von den Wachhabenden, der da mit seiner Fahne stand. Sieh nur hinaus! und auf den nächsten zehn bis zwanzig Ellen ist das Feld ein pfeilschnell dahinschießender Strom; Gras und Kraut laufen ineinander, man hat eine Vorstellung davon, wie es wäre, draußen vor der Erde zu stehen und zu sehen wie sie sich dreht; es schmerzt im Auge, wenn man zu lange in dieselbe Richtung starrt; aber du schaust einige Klafter weiter weg, da bewegen sich die anderen Gegenstände nicht schneller, als wir sie sich bewegen sehen, wenn wir in rascher Fahrt sind; und weiter zum Horizont hin scheint alles stillzustehen, man hat ganz und vollständig einen Anblick und Eindruck von der kompletten Gegend.

So, genau so muß man durch flache Länder reisen! Es ist, als läge Ortschaft dicht an Ortschaft; jetzt kommt eine, jetzt wieder eine! man kann sich richtig den Flug der Zugvögel denken, so müssen sie die Orte hinter sich zurücklassen. Die gewöhnlichen Fahrenden, die man auf den Seitenstraßen sieht, scheinen stillzuhalten, die Pferde vor den Wagen heben die Hufe, aber sie scheinen sie an derselben Stelle wieder niederzusetzen, und dann sind wir an ihnen vorbei.

Es gibt eine ziemlich bekannte Anekdote von einem Amerikaner, der das erste Mal mit dem Dampfwagen fuhr, daß er beim fortwährenden Anblick der vorüberfliegenden Meilensteine geglaubt habe, er fahre über einen Kirchhof und sähe Grabsteine; ich sollte sie deshalb besser nicht erzählen, aber sie charakterisiert genau die Geschwindigkeit, und ich dachte an sie, obwohl man hier keine Meilensteine sieht, die roten Signalfahnen mußten es also sein, und derselbe Amerikaner hätte hier sagen können: warum sind heute bloß alle Menschen mit roten Fahnen unterwegs!

Ich will dagegen erzählen, daß in dem Augenblick, in dem wir an einem Bretterzaun vorbeirasten, den ich zu einer Stange verkürzt sah, ein Mann neben mir sagte: »sieh an, jetzt sind wir im Fürstentum Köthen«, und dann nahm der Mann eine Prise, bot auch mir die Dose an, ich verbeugte mich, probierte den Tabak, nieste und fragte dann:

»wie lange sind wir wohl in Köthen?« – »Oh«, antwortete der Mann, »da waren wir schon wieder heraus, als Sie niesten.«

Und doch könnten die Dampfwagen doppelt so schnell fahren wie hier; jeden Augenblick ist man an einer neuen Station, wo Passagiere abgesetzt und andere aufgenommen werden sollen, die Geschwindigkeit wird dadurch verringert, man hält einen Moment an, und durch die geöffneten Fenster reichen uns Kellner Erfrischungen herein, leicht und solide, ganz wie es uns beliebt! die gebratenen Tauben fliegen einem, gegen Bezahlung, buchstäblich in den Mund, und dann jagt man davon, plaudert mit seinem Nachbarn, liest in einem Buch oder wirft einen Blick auf die Natur, wo öfters eine Gruppe Kühe sich verblüfft im Kreise dreht, oder einige Pferde sich losreißen und flüchten, weil sie sehen, daß schwere Wagen auch ohne sie in der Welt vorankommen können, und das noch schneller als mit ihrer Hilfe, und darin ist man plötzlich wieder unter einem Dach, wo die Wagenreihe anhält; man hat seine fünfzehn Meilen in drei Stunden zurückgelegt und ist in Leipzig. Am selben Tag, vier Stunden später, geht es von hier aus wieder eine vergleichbare Wegstrecke in derselben Zeit, aber durch Berge und über Flüsse und dann ist man in Dresden.

Ich habe öfters sagen hören, daß bei den Eisenbahnen alle Reise-Poesie verschwunden sei, und daß man an dem Schönen und Interessanten vorbeisause; was dies letztere betrifft, so steht es ja jedermann frei, an jeder Station zu bleiben, wo er will, und sich da umzusehen, bis die nächste Wagenreihe kommt; und was die Behauptung angeht, daß alle Reise-Poesie verschwinde, da bin ich einer genau entgegengesetzten Ansicht. Es sind die engen, vollgepackten Reisewagen und Diligencen, in denen die Poesie verschwindet; da wird man träge, da plagen einen in der besten Jahreszeit Staub und Hitze, und im Winter schlechte Straßen; die Natur selbst bekommt man da auch in keinen größeren Portionen, aber wohl in längeren Abschnitten als im Dampfwagen.

Oh, was für eine Großtat des Geistes ist doch diese Errungenschaft! man fühlt sich ja so mächtig wie ein Zauberer der Vorzeit! unsere magischen Pferde spannen wir vor den Wagen, und der Raum verschwindet; wir fliegen wie Wolken im Sturm, so wie die Zugvögel fliegen! unser wildes Pferd wiehert und schnauft, der schwarze Dampf steigt ihm aus den Nüstern. Rascher konnte auch Mephisto mit Faust auf seinem Mantel nicht fliegen! wir sind mit natürlichen Mitteln in unserer Zeit genauso stark, wie man im Mittelalter glaubte, daß es nur der Teufel sein könne! wir sind durch unsere Klugheit an seine Seite vorgerückt, und ehe er selber es weiß, sind wir an ihm vorbei.

Ich entsinne mich nur weniger Augenblicke in meinem Leben, in denen ich mich so ergriffen gefühlt habe wie hier, so mit all meinem Denken gleichsam Gott geschaut habe von Angesicht zu Angesicht. Ich fühlte eine Andacht, die ich nur als Kind in der Kirche gefühlt habe, und als Erwachsener im sonnendurchleuchteten Wald oder auf der windstillen See in einer sternklaren Nacht! Im Reich der Poesie sind Gefühl und Phantasie nicht die einzigen, die herrschen, sie haben einen Bruder, der genauso mächtig ist, er heißt Verstand, er verkündet das ewig Wahre, und in dem liegen Größe und Poesie!

Im Tunnel

Eine ganze Geschichte aus der Hölle (Fragment)

Du kennst ja wohl einen Tunnel? Kennst du ihn nicht, so kennst du doch eine Eisenbahn, immer geradeaus muß der Weg sein, kommt eine Tiefe, dann wird der Weg erhöht, kommt ein Berg, dann hat man einen Weg hindurchgesprengt, daß man in Grus und Grausen hineinfährt, oft mit ganzen Städten oben über sich. In Frankreich ist so einer, der größte in diesem Land, und ungefähr das Viertel einer Stunde fährt man da hinein in die ewige schwarze Nacht, während die Sonne rein und fein hoch darüber scheint.

So fuhren wir dahin, der lange große Zug, Wagen an Wagen; wo ich saß, ich der dir dies erzählt, saßen Leute wie ich aus fremden Ländern, Engländer, Amerikaner. Es war spät im Jahr, die allerletzten Tage im November, der Schnee lag auf den Bergen, aber am Wege stand der Lorbeerbaum grün mit roten Beeren. Es waren noch Rosen zu sehen, und die Trauerweide schwenkte ihre langen grünen Zweige, das Mittelmeer rollte blaugrüne Wogen im herrlichen Sonnenschein. Jetzt fuhren wir hinein in die todschwarze Nacht, unter die aschegelbgrauen Berge, und mit einemmal verstummte alles. Ja da haben wir die Geschichte im Tunnel. Die Lampe war im Wagen angezündet worden, sie leuchtete kümmerlich, aber ich sah doch, daß wir uns um einen Reisenden vermehrt hatten, er stand am Fenster und sah herüber zu dir. Das war Herr Phantasie, er sah aus, wie er sprach, während jeder von uns stumm dasaß, was erzählte –

er – erzählte – was er – Unglück in der schwarzen Nacht im Tunnel.

Er erzählte es mir und ich kann es wiedererzählen, eine ganze Geschichte aus der Hölle. So hielt eine Mutter ihr kleines Kind so fest. Ein Unglück kann geschehen …

Augenblicklicher Tod ist am schönsten, und soll ein Unglück geschehen (gelobt sei Gott), so laß es doch geschehen in deinem Licht und Sonnenschein, nicht hier im Dunklen. Es ist schon weit zurück, ein Stück weiter vorn. Halten wir hier drinnen, welcher Schrecken, rasch müssen wir hinaus und begegnen wir einem Zug ist uns ein Grab bereitet in unserem Wagen.

Auch mit ernsten Gedanken kann nicht …

Die Lumpen

Draußen vor der Fabrik lagen in hohen Stapeln Lumpenbündel aufgehäuft, aufgesammelt aus nah und fern; jeder Lumpen hatte seine eigene Geschichte, jeder führte seine eigene Rede, aber man kann sie nicht alle auf einmal hören. Ein paar Lumpen waren inländisch, andere waren aus fremden Ländern. Hier lag nun ein dänischer Lumpen neben einem norwegischen Lumpen; kern-dänisch war der eine, und erz-norwegisch war der andere, und das war eben das Lustige an den beiden, würde jeder vernünftige Norweger und Däne sagen.

Sie erkannten einander nun an der Sprache, wenn die auch, sagte der Norweger, bei beiden so verschieden war wie Französisch und Hebräisch. »Wir gehen zum Quell, um das Rohe und Ursprüngliche zu finden, und der Däne macht sich sein nuckelsüßes fades Angebergeschwätz.«

Die Lumpen redeten, und ein Lumpen ist ein Lumpen in jedem Land, immer gelten sie nur etwas, wenn sie stapelweise auftreten.

»Ich bin Norweger!« sagte der Norweger, »und wenn ich sage, daß ich Norweger bin, dann habe ich wohl genug gesagt! ich bin so stark und fest in der Faser wie die Urgebirge im alten Norwegen, dem Land mit einer Verfassung wie das freie Amerika! es kribbelt mir ordentlich in jeder Faser, wenn ich denke, was ich bin, und die Gedanken erzdröhnen lasse in granitener Rede!«

»Aber wir haben eine Literatur!« sagte der dänische Lumpen. »Verstehen Sie, was das ist?«

»Verstehen!« wiederholte der Norweger, »Flachlandbewohner, soll ich Ihn bergwärts lüften und Ihm mit Nordlicht heimleuchten, Flachs der Er ist! Wenn das Eis vor der norwegischen Sonne schmilzt, da kommen dänische Birnendampfer zu uns herauf, mit Butter und Käse, recht schmackhafte Ware! und da kommt dann, als Ballast, dänische Literatur mit. Wir brauchen sie nicht! man verzichtet lieber auf abgestandenes Bier, wo das frische Quellwasser sprudelt, und wir haben einen Brunnen, der nicht gebohrt werden mußte, kein Gewäsch, das europaweit durch Zeitungen, Vetternwirtschaft und Dichterreisen bekannt ist. Frei rede ich von der Leber weg, und der Däne wird sich an den freien Klang gewöhnen müssen, und das tut er wohl auch, wie er sich skandinavisch festklammert an unser stolzes Felsenland, an die Urwurzel der Welt.«

»So könnte ein dänischer Lumpen niemals reden!« sagte der Däne. »Das liegt nicht in unserer Natur. Ich kenne mich, und so wie ich sind bei uns alle Lumpen, wir sind so gutmütig, so bescheiden, wir denken viel zu gering von uns selbst, und damit kann man nun einmal nicht viel gewinnen, aber mir gefällt es doch ausgesprochen, ich finde es einfach so reizend! Im übrigen, kann ich Ihnen versichern, kenne ich durchaus meine eigene gute Bonität, aber ich rede eben nicht darüber, diesen Fehler soll mir keiner vorwerfen. Ich bin so weich und nachgiebig, erdulde alles, mißgönne keinem etwas, rede nur gut von allen, obwohl, unter uns gesagt, über die meisten anderen wenig Gutes zu sagen ist, aber sollen sie nur! ich mache nun mal immer meine Späßchen darüber, denn ich bin so begabt!«

»Hör mir auf mit dieser klebrig weichen Flachlandsprache, es widert mich an!« sagte der Norweger und löste sich im Wind aus dem Stapel und kam in einen anderen hinüber.

Papier wurden sie alle beide, und der Zufall wollte, daß der norwegische Lumpen zu einem Blatt wurde, auf das ein Norweger einen treuen Liebesbrief an ein dänisches Mädchen schrieb, und der dänische Lumpen wurde zum Manuskript für eine dänische Ode zum Ruhme von Norwegens Kraft und Herrlichkeit.

Auch aus Lumpen kann etwas Gutes werden, wenn sie erst aus dem Stapel heraus sind und die Verwandlung zu Wahrheit und Schönheit geschehen ist, dann strahlen sie vor gutem Einverständnis, und darin ist Segen.

Das ist die Geschichte, sie ist ganz vergnüglich und ärgert überhaupt niemanden außer – Lumpen.

Ein Blatt in Norwegen geschrieben

Die Muse des neuen Jahrhunderts, die HCA mit guten (für einen dänischen Patrioten beunruhigend guten) Gründen in der Literatur des jungen, von der dänischen Vorherrschaft befreiten Norwegen zu hören meinte, hat er in diesem nachgelassenen Text porträtiert. Sie trägt die Züge fast aller bedeutenden norwegischen Dichter des Jahrhunderts, von Wergeland und Welhaven bis zu Bjornson und zum Verfasser der »Kronprätendenten« und des »Bundes der Jugend«, Henrik Ibsen.

Ich war noch so jung, kannte keine Dichtung aus Norwegen, der erste Klang: Bjerregaards Melodie *Die Sonne sinkt auf die Berge* –, da hörte ich Keilhau erzählen von der Reise zum Eiland Bern, wo das Walroß-Gerippe lag als wär's ein Riesengeschlecht aus vergangener Zeit, das Schneewasser sickerte darum, die grünen Triebe der Kochlearia verheißen Frühling und Sommerzeit hier oben. Da rollte empor, formlos in Dichtung, doch groß und wahr: Norwegen, Fjelle und Flüsse, Alm-Leben heimatlich, Panoramen der Größe, Wergeland sang (der Johannes der Dichtung in Norwegen). Das Eis war gebrochen, der Schnee von der Insel getaut, *Norwegens Dämmerung,* die Dichtungs-Sonne leuchtete überm Land, aus ihm heraus. Da war vom Fjell der *frohe Bursche* zu hören, er kehrte heim mit seinem gesunden, seinem seelenvollen Geschlecht; da kamen *Arne* und das *Fischermädchen* und die Gestalten der Vorzeit, lebendig eingepflanzt. Wir blickten zur Stube hinein, zu den *Neuvermählten,* erkannten uns selber in jedem einzelnen. Wie Schilder-Lärm, wie bebender Herzschlag, klang aus

Norwegen die Saga der *Kronprätendenten* machtvoll und groß, rollte über den *Bund der Jugend* hinweg.

Norwegen, ja du bist die Zukunft der Dichtung. Muttersprache Dänisch, Norwegisch, du bist dieselbe. Was auf deinem Felsgrund sein großes Haus baut, das soll nicht dahinfallen im Sturm der da kommt über das Land des Korns und des Buchenwalds, Dänemark, du herrliches, so klein in der Welt, so groß in meinem Herzen. –

König, Dame und Bube

Der Wassertropfen

Du kennst doch bestimmt ein Vergrößerungsglas, so ein rundes Brillenglas, das alle Dinge hundertmal größer macht, als sie sind? Wenn man das nimmt und vors Auge hält und einen Wassertropfen draußen vom Teich anschaut, dann sieht man Tausende von sonderbaren Tieren, die man sonst im Wasser nie zu sehen kriegt, aber die sind da, und das ist wirklich. Es sieht fast so aus wie ein ganzer Teller voller Krabben, die durcheinanderspringen, und die sind so bissig, die reißen sich gegenseitig Arme und Beine, Ecken und Kanten ab, und doch sind sie fröhlich und vergnügt, auf ihre Weise.

Nun war einmal ein alter Mann, den nannten alle Leute Kribbel-Krabbel, denn so hieß er. Er wollte immer das Beste aus jeder Sache machen, und wenn es überhaupt nicht gehen wollte, dann machte er's eben mit Zauberei.

Nun sitzt er eines Tages da und hält sich das Vergrößerungsglas vors Auge und schaut einen Wassertropfen an, der aus einer Drecklache im Straßengraben genommen war. Nein wie das kribbelte und kribbelte! alle die tausend kleinen Tierchen hopsten und sprangen, zerrten aneinander und fraßen voneinander.

»Ja, aber das ist ja abscheulich!« sagte der alte Kribbel-Krabbel, »kann man sie nicht dazu bringen, in Ruhe und Frieden zu leben, und daß sich jeder um seine eigenen Angelegenheiten kümmert!« und er dachte nach und dachte nach, aber es wollte nicht gehen, und so mußte er zaubern. »Ich muß ihnen Couleurs geben, daß sie deutlicher werden können!« sagte er, und dann schüttete er etwas wie ein kleines Tröpfchen Wein in den Wassertropfen, aber das war Hexenblut, die allerfeinste Sorte zu zwei Schilling; und da wurden all die sonderbaren Tiere rosenrot am ganzen Körper, das sah aus wie eine ganze Stadt voll nackter Wilder.

»Was hast du denn da?« fragte ein anderer alter Troll, der keinen Namen hatte, und das war das Feine an ihm.

»Tja, wenn du rätst, was das ist«, sagte Kribbel-Krabbel, »dann schenk ich's dir; aber das ist nicht leicht herauszubekommen, wenn man's nicht weiß!«

Und der Troll, der keinen Namen hatte, schaute durch das Vergrößerungsglas. Das sah wirklich aus wie eine ganze Stadt, in der alle Menschen ohne Kleider herumliefen! das war gräßlich, aber noch gräßlicher war es anzusehen, wie einer den anderen puffte und schubste, wie sie sich kniffen und knufften, einander bissen und einander hervorzerrten. Was unten war, sollte nach oben, und was oben war, nach unten! »Da! da! sein Bein ist länger als meins! paff! weg damit! da ist einer, der hat einen kleinen Knubbel hinterm Ohr, einen kleinen, unschuldigen Knubbel, aber der tut ihm weh, und da soll er noch etwas mehr weh tun!« und sie hackten auf ihn ein und sie zerrten an ihm und sie fraßen ihn auf, des kleinen Knubbels wegen. Da saß einer so stille, wie eine kleine Jungfrau, und wollte nichts als Frieden und seine Ruhe, aber da mußte die Jungfrau heraus, und sie zerrten an ihr und sie zerrten an ihr und sie rissen an ihr und sie fraßen sie auf!

»Das ist ja höchst amüsant!« sagte der Troll.

»Ja, was meinst du, was das ist?« fragte Kribbel-Krabbel. »Findest du's heraus?«

»Das ist doch leicht zu sehen!« sagte der andere, »das ist natürlich Kopenhagen oder eine andere große Stadt, die sind ja allesamt eine wie die andere. Eine Großstadt ist das!«

»Das ist Dreckwasser!« sagte Kribbel-Krabbel.

Die Elfen in der Lüneburger Heide

Wir rollten aus der Stadt Lüneburg hinaus, ohne eine ihrer Merkwürdigkeiten gesehen zu haben; nicht einmal den Schinken des berühmten Schweins, das vor achthundert Jahren die Salzquellen entdeckte.

Das Salzwerk und die Kalkbrüche sahen wir zwar im Fluß draußen vor der Stadt, aber das taten wir freilich auf dieselbe Weise wie Bürgers *Lenore,* die Städte und Felder im Mondschein vorbeifliegen sah.

Wir waren wieder sechs im Wagen; der freie Platz war von einem jungen Kaufmann besetzt, der nach Dresden wollte; so bildeten wir noch einen Herz-Sechser, als wir uns wieder auf der Heide befanden.

Das einförmige Knirschen des Wagens im Sand, die Windstöße in den Zweigen und die Musikstücke des Postillions verschmolzen allmählich zu einem einschläfernden Wiegenlied, ein Passagier nach dem anderen nickte mit dem Kopf, sogar unsere Blumenbuketts, die in die Wagenfächer gesteckt waren, ahmten dieselbe Bewegung nach, jedesmal, wenn der Wagen einen Stoß machte. Ich schloß die Augen und öffnete sie wieder, während ich halb döste und gewiß träumte. Mein Blick fiel vor allem auf eine der großen Nelken in dem Bukett, das ich mir in den Vierlanden besorgt hatte; alle Blüten dufteten stark, aber mir schien, daß sie an Duft, wie an Farben, alle die anderen übertraf; und was das kurioseste war, mitten in der Blüte saß ein kleines, luftiges Wesen, nicht größer als eins ihrer Blätter, und so durchsichtig wie ein Glas; das war ihr Genius; denn in jeder Blüte wohnt so ein kleiner Geist, der mit ihr lebt und stirbt. Seine Flügel hatten dieselbe Farbe wie die Nelkenblättchen, aber sie waren so fein, daß sie aussahen, als wäre es nur der rote Schimmer, der im Mondlicht von der Blüte fiel; goldgelbe Löckchen, feiner als Blütenstaub, fielen über die Schultern hinab und wellten sich im Wind.

Als ich nun genauer auf die anderen Blüten schaute, merkte ich, daß er nicht der einzige war, in jeder Blüte schaukelte so ein kleines Wesen, dessen Flügel und luftige Kleider wie ein Farbschimmer der Blüte waren, in der sie lebten. Sie schaukelten jedes für sich auf den leichten Blättchen in Duft und Mondlicht, sangen und lachten, aber es war wie wenn der Wind sachte über die gestimmte Äolsharfe hingeht.

Bald kamen Hunderte und Aberhunderte anderer Elfen, in ganz anderen Gewändern und Gestalten, durch das offene Fenster in den Wagen herein; die kamen aus den dunklen Tannen und aus den Heideblumen. Was gab es da nicht für ein Geplapper, ein Singen und Tanzen! sie sprangen mir oft gerade über die Nase und schämten sich nicht, einen Reigentanz mitten auf meiner Stirne aufzuführen. Diese Tannen-Elfen sahen übrigens aus wie richtige wilde Männer mit Speer und Lanze, aber trotzdem waren sie luftig, wie der feine Nebel, der in der Morgensonne von der betauten Rose dunstet. Sie teilten sich in verschiedene Partien und spielten nun ganze Komödien, die meine Reisegesellschaft zu träumen glaubte; jeder kriegte sein Stückchen.

Für den lustigen, lebhaften Studenten aus Hamburg war die Szene in Berlin; eine ganze Schar von Elfen vermummte sich als deutsche Studenten, und ein paar waren echte Philister, mit einer langen Pfeife im Mund und dem Stock wie einer Keule an ihrer Seite; die standen in langen Reihen, das war ein Collegium; eine der Tannen-Elfen stieg als der lebende Hegel aufs Katheder hinauf und redete so gelehrt und verwickelt, daß ich kein bißchen folgen konnte.

Eine andere Partie spielte auf den Lippen unseres Engländers, die tanzten und küßten einander, und da war es ihm, als küßte er seine Herzallerliebste, fühlte ihre Wange an seiner und blickte ihr ins kluge, liebevolle Auge.

Für das junge Mädchen aus Braunschweig spielten sie dagegen eine ernste Szene aus ihrem eigenen Leben; die Tränen kullerten ihr über die Wangen, und die kleinen Elfen lächelten und spiegelten sich in jeder, so daß jede Träne, die im Traum fiel, ein unschuldiges Lächeln zeigte.

Dem alten Apotheker spielten sie am schlimmsten mit, weil er nämlich eine der Blüten, die im Wagen herabgefallen waren, zertreten und dabei eine der kleinen Elfen getötet hatte; sie setzten sich auf sein Bein, und da war es ihm im Traum, als hätte er gar keins, sondern hüpfte auf dem Stumpf durch Braunschweigs Straßen, wo alle Nachbarn und Fremden standen und ihn ansahen; aber dann tat es den kleinen Geschöpfen doch leid, und sie ließen ihn wieder Beine kriegen und obendrein ein paar große Flügel, so daß er hoch dahinfliegen konnte über Heinrichs des Löwen Kupferlöwen und die hohen Kirchtürme von St. Blasien, und das vergnügte den alten Apotheker so recht von Herzen, daß er laut im Traum lachte.

Für den Kaufmann aus Dresden hatten sie die komplette Hamburger Börse erschaffen, mit Juden und Christen; und den Cours so hoch gesetzt, wie er vorläufig nie wird und wie ihn allein solche luftigen Possen im Traum zustande bringen können. Mich schienen sie nicht zu bemerken, erst lange nach den anderen; »dieser lange bleiche Mann«, sagte da einer von ihnen, »ist ein Dichter! soll er da gar nichts zu sehen kriegen?«

»Er sieht ja uns! das soll wohl genug für ihn sein!«

»Sollen wir nicht auch ihn sehen lassen, was wir sehen! dann wird er hübsch davon singen für die anderen Menschen, wenn er aufwacht.«

Im übrigen beratschlagten sie ziemlich lange, ob ich es

wert wäre, in ihre Versammlung aufgenommen zu werden, aber weil sie nun einmal keine besseren Dichter in der Nähe hatten, so bekam ich denn eine Eintrittskarte. Die kleinen Elfen küßten mich auf die Augen und Ohren, und da war es, als würde ich ein neuer und besserer Mensch.

Ich blickte hinaus auf die große Lüneburger Heide, die ja als so häßlich gilt, Herr Gott! was die Leute zusammenreden! ja, die reden, wie sie gucken und zuhören. Jedes Sandkorn war ein glimmernder Felsbrocken; der lange Grashalm, der voller Staub über die breite Landstraße hing, war der niedlichste makadamisierte Weg für die kleinen Elfen; aus jedem Blatt lugte so ein kleines, lächelndes Gesichtchen hervor. Die Tannen sahen aus wie vollendete Babeltürme, die wimmelten von Elfen, von den untersten breiten Zweigen bis in den hohen Wipfel, die ganze Luft war erfüllt von den wunderlichsten Gestalten, und alle klar und hurtig wie das Licht. Vier bis fünf Blütengenien ritten auf einem weißen Schmetterling, den sie aus dem Schlaf aufgescheucht hatten, währenddessen bauten andere Schlösser aus dem kräftigen Duft und dem feinen Mondstrahl. Die ganze große Heide war eine Zauberwelt, voller Wunderwerke; wie künstlich war doch jedes Blütenblatt gewebt! welche Masse von Leben lag allein in einem grünen Tannenschößling! jedes Staubflöckchen hatte seine eigene Farbe und besondere Zusammensetzung, und welche Unendlichkeit in dem großen Himmel hoch darüber!

Die Sage sagt, daß nur durch die treue Liebe eines Menschen und durch die christliche Taufe die Meerfrau eine unsterbliche Seele bekommen kann; die kleinen Blüten-Elfen verlangen gar nicht so viel; eine Träne der Reue oder des Mitleids aus einem menschlichen Herzen ist eine Taufe, die ihnen Unsterblichkeit geben kann, und deshalb halten sich die Elfen so gerne an den Menschen, und wenn der fromme, gottergebene Seufzer aus unserer Brust aufsteigt, erheben sie sich auf ihm zu Gott hinauf, denn auch so kommen sie hinein in den großen, herrlichen Himmel und wachsen heran zu Engeln unter dem mächtigen Sonnenlicht der Ewigkeit.

Der Tau begann zu fallen, ich sah die luftig-leichten Genien sich auf den großen Wassertropfen tummeln; viele Dichter erzählen, daß die Elfen sich im Tau baden; aber wie kann das leichte Wesen, das auf den Wollflocken der Distel tanzt, ohne sie zu bewegen, durch die harte Wassermasse dringen; nein, sie standen oben auf dem runden Tropfen, und wenn der nun unter ihren Füßchen herumkullerte, und das leichte Gewand flatterte in der Luft, dann sah es aus wie das niedlichste Miniaturbild von Fortuna auf ihrer rollenden Kugel.

Mit einem Mal fühlte ich eine zitternde Bewegung in der ganzen Luft; ich fuhr auf, und das Ganze war verschwunden, aber die Blumen dufteten kräftig, und durch das Kutschenfenster beugten sich einige frische, grüne Birkenzweige herein. Der Postillion hatte den ganzen Wagen mit Grün geschmückt, weil es nämlich Pfingstmorgen war. Der alte Apotheker reckte sich im Wagen und sagte: »hier kann man doch träumen!« aber weder er noch die anderen dachten daran, daß ich eingeweiht war in ihre Träume.

Herzenskummer

Eigentlich ist es eine Geschichte in zwei Teilen, mit der wir hier ankommen; der erste Teil könnte gut wegfallen, – aber er gibt Vorkenntnisse, und die sind immer nützlich.

Wir hielten uns drinnen im Lande auf einem Herrenhof auf, und nun traf es sich, daß die dortige Herrschaft, nur auf einen Tag, verreiste. Da kam aus der nächsten Handelsstadt eine Madame, die hatte ihren Mops dabei und kam, damit man, wie sie sich ausdrückte, »Aktien« auf ihre Gerberei kaufen sollte. Ihre Papiere hatte sie dabei, und wir rieten ihr, alles in einen Umschlag zu stecken und darauf die Adresse des Hofeigentümers zu schreiben: »Herrn Generalkriegskommissar, Ritter, etcetera«.

Sie hörte uns zu, sie nahm die Feder, hielt inne, und bat uns, die Anschrift zu wiederholen, aber langsam. Das taten wir, und sie schrieb; aber mitten in »Generalkriegs-« blieb sie stecken, seufzte und sagte. »Ich bin nur ein Frauenzimmer!« Den Mops hatte sie auf den Boden gesetzt, während sie schrieb, und er knurrte; er war schließlich auch zum Vergnügen und seiner Gesundheit wegen mitgekommen, und dann soll man nicht auf den Boden gesetzt werden. Stumpfnase und Speckrücken waren seine äußere Erscheinung.

»Der beißt nicht!« sagte die Madame, »er hat keine Zähne mehr, er gehört gewissermaßen zur Familie, treu und bösartig, aber dazu haben ihn meine Enkel gereizt; die spielen Hochzeit, und dann wollen sie ihn als Brautjungfer, und das strengt ihn an, das arme Luder!«

Und sie lieferte ihre Papiere ab und nahm den Mops

unter den Arm. Das ist der erste Teil – der auch wegfallen könnte.

»Der Mops ist tot!« das ist der zweite Teil.

Es war ungefähr eine Woche später; wir kamen in die Handelsstadt und bezogen den Gasthof. Unsere Fenster gingen auf den Hof hinaus, den ein Bretterzaun in zwei Hälften teilte; in der einen, zu uns hin, hingen Häute und Leder, roh und gegerbt; hier standen alle Materialien für eine Gerberei, und das war eben die der Witwe. – Der Mops war an diesem Morgen gestorben und hier im Hof begraben worden; die Enkelkinder der Witwe, das heißt der Gerberwitwe, der Mops war nämlich nicht verheiratet gewesen, schlossen das Grab, und es war ein wunderschönes Grab, es mußte ein Vergnügen sein, darin zu liegen.

Das Grab war mit Tonscherben eingefriedet und mit Sand bestreut, an das obere Ende hatten sie eine halbe Bierflasche gesetzt, mit dem Hals nach oben, und das war durchaus nicht allegorisch gemeint.

Die Kinder tanzten rund ums Grab, und der älteste der Knaben, ein praktischer Jüngling von sieben Jahren, schlug vor, Mopsens Grab sollte ausgestellt werden, und zwar für alle aus der Gasse; als Eintrittsgeld sollte ein Hosenträgerknopf entrichtet werden, das war etwas, das jeder Junge hatte und auch den kleinen Mädchen abgeben konnte; und dieser Vorschlag wurde einstimmig angenommen.

Und alle Kinder aus der Gasse samt denen aus den Hinterhäusern kamen und gaben ihren Knopf, es waren viele, die an diesem Nachmittag mit nur einem Hosenträgerknopf herumliefen, aber so hatte man wenigstens Mopsens Grab gesehen, und das war die Sache wohl wert.

Aber draußen vor dem Gerberhof, dicht neben dem Tor, stand ein kleines zerlumptes Kind, von solchem Liebreiz, mit dem herrlichsten Kraushaar und Augen so blau und klar, daß es eine Lust war; sie sagte kein Wort, sie weinte auch nicht, aber sie guckte so weit sie konnte, jedesmal wenn das Tor sich öffnete. Sie besaß keinen einzigen Knopf, das wußte sie, und blieb darum kummervoll draußen stehen, stand da, bis alle genug gesehen hatten und alle weggegangen waren; da setzte sie sich nieder, preßte die kleinen braunen Hände vor die Augen und schluchzte; sie allein hatte Mopsens Grab nicht gesehen. Das war Herzenskummer und groß, wie der von Erwachsenen es oft sein kann.

Wir sahen es von oben mit an – und von oben betrachtet – dieser, wie mancher von unserem und anderer Leute Kummer, – ja, da sieht er zum Lachen aus! – das ist die Geschichte, und wer sie nicht versteht, der kann ja Aktien kaufen auf die Gerberei der Witwe.

Das Feuerzeug

An die richtige Lunte gelegt, konnte HCAs Feuerzeug erstaunliche Wirkungen haben – wie der Schluß seines (nach eigenem Bekunden) ersten »richtigen« Märchens beweist, der Geschichte vom kleine Soldaten, der im biedermeierlichen Kopenhagen nicht vor die Hunde geben will, Hexen und Könige totschlägt und schließlich zum Lohne eine Krone kriegt.

Da kam ein Soldat die Landstraße entlangmarschiert; Eins, zwei! Eins, zwei! er hatte seinen Tornister auf dem Rücken und einen Säbel an der Seite, denn er war im Krieg gewesen, und nun wollte er nach Hause. Da traf er eine alte Hexe auf der Landstraße; die war so widerlich, ihre Unterlippe hing ihr bis auf die Brust herunter. Sie sagte: »guten Abend, Soldat! was hast du für einen schönen Säbel und was für einen großen Tornister, du bist ein richtiger Soldat! Jetzt sollst du soviel Geld kriegen, wie du willst!«

»Vielen Dank auch, du alte Hexe!« sagte der Soldat.

»Siehst du den großen Baum?« sagte die Hexe und zeigte auf den Baum, der neben ihnen stand. »Da drinnen ist er ganz hohl! Da mußt du in die Krone hinaufklettern, dann siehst du ein Loch, da kannst du hineinrutschen und tief in den Baum hinunterkommen! Ich binde dir einen Strick um den Leib, damit ich dich wieder hochziehen kann, wenn du mich rufst!«

»Und was soll ich da unten im Baum?« fragte der Soldat.

»Geld holen!« sagte die Hexe, »du mußt wissen, wenn du unten auf den Grund des Baumes kommst, dann bist du in einem großen Gang; da ist es ganz hell, denn da brennen über hundert Lampen. Dann siehst du drei Türen, du kannst sie aufmachen, der Schlüssel steckt. Wenn du in die erste Kammer gehst, dann siehst du mitten auf dem Boden eine große Kiste, obendrauf sitzt ein Hund; er hat ein Paar Augen, so groß wie ein Paar Teetassen, aber darum mußt du dich gar nicht kümmern! Ich gebe dir meine blaukarierte Schürze, die kannst du auf dem Boden ausbreiten; geh dann nur zu und nimm den Hund, setz ihn auf meine Schürze, mach die Kiste auf und nimm so viele Schillinge, wie du willst. Sie sind alle aus Kupfer; aber willst du lieber Silber haben, dann mußt du ins nächste Zimmer gehen; aber da sitzt ein Hund, der hat ein Paar Augen, so groß wie ein Mühlrad; aber darum mußt du dich gar nicht kümmern, setz ihn auf meine Schürze, und nimm du nur von dem Geld! Willst du dagegen Gold haben, das kannst du auch kriegen, und zwar soviel, wie du tragen kannst, wenn du in die dritte Kammer gehst. Aber der Hund, der auf der Geldkiste sitzt, hat hier zwei Augen, jedes so groß wie der Runde Turm in Kopenhagen. *Das* ist ein richtiger Hund, das kannst du mir glauben! aber darum mußt du dich überhaupt nicht kümmern! setz ihn einfach auf meine Schürze, dann tut er dir nichts, und dann nimm du dir aus der Kiste soviel Gold, wie du willst!«

»Das ist gar nicht so dumm!« sagte der Soldat. »Aber was soll ich dir geben, du alte Hexe? Denn irgendwas wirst du wohl abbekommen wollen, kann ich mir denken!«

»Nein«, sagte die Hexe, »nicht einen Schilling will ich haben! Du sollst mir bloß ein altes Feuerzeug mitbringen, das meine Großmutter vergessen hat, als sie das letzte Mal unten war!«

»Aha! na, jetzt kannst du mir den Strick umbinden!« sagte der Soldat.

«Hier ist er!« sagte die Hexe, »und hier ist meine blaukarierte Schürze.«

Da kroch der Soldat auf den Baum, ließ sich in das Loch

hinabplumpsen und stand nun, wie die Hexe gesagt hatte, unten in dem großen Gang, wo die vielen hundert Lampen brannten.

Nun machte er die erste Tür auf. Uh! da saß der Hund mit den Augen, so groß wie Teetassen, und glotzte ihn an.

»Du bist ja ein netter Bursche!« sagte der Soldat, setzte ihn auf die Schürze der Hexe und nahm genau so viele Kupferschillinge, wie er nur mitnehmen konnte, in seine Tasche, machte dann die Kiste zu, setzte den Hund wieder drauf und ging in das zweite Zimmer. Ei ja! da saß der Hund mit den Augen, so groß wie ein Mühlrad.

»Du solltest mich nicht soviel angucken!« sagte der Soldat. »Du könntest Augenschmerzen kriegen!« und dann setzte er den Hund auf die Schürze der Hexe, aber als er die vielen Silberschillinge in der Kiste sah, schmiß er alles Kupfergeld weg, das er hatte, und füllte seine Tasche und seinen Tornister mit dem reinen Silber. Nun ging er in die dritte Kammer! – Nein war das widerlich! Der Hund da drinnen hatte wirklich zwei Augen, so groß wie der Runde Turm, und sie drehten sich immer im Kopf herum, wie Räder!

»Guten Abend!« sagte der Soldat und legte die Hand an die Mütze, denn so einen Hund hatte er nie zuvor gesehen; aber als er ihn nun ein bißchen angeguckt hatte, dachte er, jetzt ist es aber genug, hob ihn auf den Boden herunter und machte die Kiste auf – nein du barmherziger Gott! was war das viel Gold! er konnte dafür das ganze Kopenhagen kaufen und die Zuckerstangen der Bäckersfrauen, alle Zinnsoldaten, Peitschen und Schaukelpferde, die es auf der Welt gab! O ja, das war allerdings Geld! – Nun warf der Soldat alle Silberschillinge weg, mit denen er seine Tasche und seinen Tornister gefüllt hatte, und nahm statt dessen das Gold, ja alle Taschen, der Tornister, die Mütze und die Stiefel, wurden gefüllt, bis er kaum noch gehen konnte! jetzt hatte er Geld! Den Hund setzte er oben auf die Kiste, schlug die Tür zu und rief dann durch den Baum nach oben:

»Zieh mich nun hoch, du alte Hexe!«

»Hast du das Feuerzeug dabei?« fragte die Hexe.

»Richtig!« sagte der Soldat, »das hatte ich glatt vergessen«, und dann ging er zurück und holte es. Die Hexe zog ihn nach oben, und dann stand er wieder auf der Landstraße, die Taschen, Stiefel, Tornister und Mütze voller Geld.

»Was willst du nun mit dem Feuerzeug«, fragte der Soldat.

»Das geht dich nichts an!« sagte die Hexe, »nun hast du ja Geld gekriegt! Gib mir nun bloß das Feuerzeug!« –

»Papperlapapp!« sagte der Soldat, »wirst du mir sofort sagen, was du damit willst, sonst ziehe ich meinen Säbel und schlage dir den Kopf ab!«

»Nein«, sagte die Hexe.

Also schlug der Soldat ihr den Kopf ab. Da lag sie! aber er schnürte all sein Geld in ihre Schürze, die nahm er wie ein Bündel auf seinen Rücken, steckte das Feuerzeug in die Tasche und ging geradewegs in die Stadt.

Es war eine prächtige Stadt, und er zog in den prächtigsten Gasthof, verlangte die allerbesten Zimmer und Essen, wie es ihm schmeckte, denn jetzt war er reich, wo er doch so viel Geld hatte.

Der Diener, der seine Stiefel putzen sollte, dachte allerdings, das wären ja ein paar lächerliche alte Stiefel, die so ein reicher Herr hätte, aber er hatte sich noch keine neuen gekauft; am nächsten Tag kriegte er neue Stiefel, in denen er herumspazieren konnte, und Kleider, die sich sehen lassen konnten! Jetzt war der Soldat ein vornehmer Herr geworden, und man erzählte ihm von allem Sehenswerten, das sie in ihrer Stadt hatten, und von ihrem König, und was für eine niedliche Prinzessin seine Tochter war.

»Wo kann man die zu sehen kriegen?« fragte der Soldat.

»Die kann man überhaupt nicht zu sehen kriegen!« sagten alle, »sie wohnt in einem großen Kupferschloß, mit *so* vielen Mauern und Türmen ringsherum! Keiner außer dem König darf bei ihr ein und aus gehen, denn es gibt eine Weissagung, daß sie einen ganz simplen Soldaten heiraten wird, und das gefällt dem König gar nicht!«

»Die würd ich schon gern sehen!« dachte der Soldat, aber das durfte er natürlich überhaupt nicht!

Nun lebte er sehr lustig, ging in die Komödie, fuhr im Königspark herum und gab den Armen eine Menge Geld, und das war hübsch von ihm! er wußte noch aus den alten Tagen, wie schlimm es ist, nicht einen Schilling zu besitzen! – Er war jetzt reich, hatte schöne Kleider, und da hatte er bald so viele Freunde, die sagten alle, was für ein netter Mensch er wäre, ein richtiger Kavalier, und das hörte der Soldat gern! Aber weil er jeden Tag Geld ausgab, und überhaupt keins hereinbekam, da hatte er zuletzt nicht mehr als zwei Schillinge übrig und mußte aus den hübschen Zimmern ausziehen, in denen er gewohnt hatte, und hinauf in eine winzigkleine Kammer, ganz oben unterm Dach, mußte selber seine Stiefel putzen und mit einer Stopfnadel zusammennähen, und keiner von seinen Freunden kam zu ihm, denn es waren so viele Treppen, die man hinaufmußte.

Es war ein ganz dunkler Abend, und er konnte sich kein Licht kaufen, aber da erinnerte er sich, daß noch ein kleiner Stumpen in dem Feuerzeug, lag, das er in dem hohlen Baum, in den die Hexe ihn hinuntergelassen hatte, an sich genommen hatte. Er holte das Feuerzeug und den Kerzenstumpen hervor, aber gerade in dem Augenblick, als er Feuer schlug und die Funken aus dem Flintstein herausflogen, sprang die Tür auf, und der Hund mit den Augen, so groß wie Teetassen, den er drunten im Baum gesehen hatte, stand vor ihm und sagt: »Was befiehlt mein Herr?«

»Was denn!« sagte der Soldat, »das ist ja ein ulkiges Feuerzeug, kann ich so also kriegen, was ich haben will! Schaff mir Geld herbei«, sagte er zu dem Hund, und schwupp! war der fort, schwupp! war er wieder da und trug einen Beutel voller Schillinge in seinem Maul.

Jetzt wußte der Soldat, was für ein prächtiges Feuerzeug das war! schlug er einmal, kam der Hund, der auf der Kiste mit dem Kupfergeld saß, schlug er zweimal, kam der, der das Silbergeld hatte, und schlug er dreimal, kam der mit dem Gold – Da zog der Soldat wieder in die schönen Zimmer hinunter, trug wieder die schönen Kleider, und sogleich erkannten alle seine Freunde ihn wieder, und sie hatten ihn so gern. –

Da dachte er einmal: das ist doch ganz lächerlich ist das, daß man nicht die Prinzessin zu sehen kriegt! sie soll so wunderschön sein, heißt es überall! aber was soll das helfen, wenn sie immerfort in diesem großen Kupferschloß sitzen muß, mit den vielen Türmen. – Kann ich sie denn überhaupt nicht zu sehen kriegen? – Wo ist denn mein Feuerzeug! und dann schlug er Feuer, und schwupp kam der Hund mit den Augen, groß wie Teetassen!

»Es ist zwar mitten in der Nacht«, sagte der Soldat, »aber ich würde so schrecklich gern die Prinzessin sehen, bloß einen kleinen Augenblick!«

Sogleich war der Hund zur Tür hinaus, und ehe der Soldat sich's versah, kam er mit der Prinzessin zurück, sie saß und schlief auf dem Rücken des Hundes und war so wunderschön, daß jeder sehen konnte, sie war eine wirkliche Prinzessin; der Soldat konnte einfach nicht anders, er mußte sie küssen, denn er war ein richtiger Soldat.

Dann lief der Hund mit der Prinzessin zurück, aber als es Morgen wurde, und der König und die Königin sich gerade Tee einschenkten, da sagte die Prinzessin, sie hätte in der Nacht so einen sonderbaren Traum geträumt, von einem Hund und einem Soldaten. Sie war auf dem Hund geritten, und der Soldat hatte sie geküßt.

»Das ist ja eine reizende Geschichte!« sagte die Königin.

Nun mußte eine der alten Hofdamen in der nächsten Nacht am Bett der Prinzessin Wache halten, um zu sehen, ob es wirklich ein Traum war, oder was es sonst sein mochte.

Der Soldat hatte ein so fürchterliches Verlangen, die wunderschöne Prinzessin wiederzusehen, und also kam der Hund in der Nacht, nahm sie, und lief so schnell er konnte, aber die alte Hofdame zog Stiefel an und lief genauso schnell hinterher; als sie sah, daß die beiden in einem großen Haus verschwanden, dachte sie, jetzt weiß ich wo es ist, und malte mit einem Stück Kreide ein großes Kreuz auf das Tor. Dann ging sie nach Hause und legte sich hin, und der Hund kam auch wieder mit der Prinzessin; aber als er sah, daß da ein Kreuz auf das Tor gemalt war, wo der Soldat wohnte, nahm er auch ein Stück Kreide und setzte Kreuze auf alle Tore in der ganzen Stadt, und das war klug von ihm, denn nun konnte ja die Hofdame nicht das richtige Tor finden, wo doch auf allen Kreuze waren.

Morgens früh kamen der König und die Königin, die alte Hofdame und alle Offiziere, um zu sehen, wo die Prinzessin gewesen war!

»Da ist es!« sagte der König, als er das erste Tor mit einem Kreuz darauf gesehen hatte.

»Nein, da ist es, mein lieber Gatte!« sagte die Königin, die das zweite Tor mit einem Kreuz sah.

»Aber da ist eins und da ist eins!« sagten alle; wohin sie sahen, waren Kreuze auf den Toren. Da konnten sie also sehen, es konnte nichts nützen, daß sie suchten.

Aber die Königin war nun eine sehr kluge Frau, die mehr konnte als in der Kutsche fahren. Sie nahm sich ihre große goldene Schere, schnitt ein Stück Seidenstoff in Stücke und nähte daraus einen niedlichen kleinen Beutel; den füllte sie dann mit kleinen, feinen Buchweizenkörnchen, band ihn der Prinzessin auf den Rücken, und als das getan war, schnitt sie ein kleines Loch in den Beutel, daß die Körnchen den ganzen Weg herausrieseln konnten, den die Prinzessin entlangkam.

In der Nacht kam nun der Hund wieder, nahm die Prinzessin auf seinen Rücken und lief mit ihr zu dem Soldaten, der sie so gern hatte und so gern ein Prinz gewesen wäre, um sie zur Frau zu nehmen.

Der Hund merkte gar nicht, wie die Körnchen rieselten, vom Schloß her bis zum Fenster des Soldaten, wo er mit der Prinzessin die Mauer hinauflief. Am Morgen sahen der König und die Königin also, wo ihre Tochter gewesen war, und da nahmen sie den Soldaten und warfen ihn ins Gefängnis.

Da saß er. Uh, wie war es da dunkel und langweilig, und dann sagten sie zu ihm: »morgen wirst du aufgehängt.« Das war auch nicht lustig zu hören, und sein Feuerzeug hatte er zu Hause im Gasthof vergessen. Am Morgen konnte er zwischen den Eisenstangen in dem kleinen Fenster sehen, wie die Leute eilig aus der Stadt liefen, um zu sehen, wie er aufgehängt wurde. Er hörte die Trommeln und sah die Soldaten marschieren. Alle Menschen liefen davon; da war auch ein Schusterjunge mit Lederschürze und Pantoffeln, der trabte so im Galopp, daß ihm sein einer Pantoffel wegflog, genau gegen die Mauer, hinter der der Soldat saß und durch die Eisenstangen hinaussah.

»Ei, du Schusterjunge! Du mußt dich nicht so abhetzen«, sagte der Soldat zu ihm, »es geht doch nicht los, bevor ich komme! aber willst du nicht dahin laufen, wo ich gewohnt habe, und mir mein Feuerzeug holen, dann sollst du vier Schillinge kriegen, aber nimm die Beine unter den Arm!« Der Schusterjunge wollte gern die vier Schillinge haben und sauste los nach dem Feuerzeug, gab es dem Soldaten, und – ja nun kriegen wir etwas zu hören!

Draußen vor der Stadt war ein großer Galgen errichtet, ringsum standen die Soldaten und viele hunderttausend Menschen. Der König und die Königin saßen auf einem prächtigen Thron genau gegenüber dem Scharfrichter und dem ganzen Rat.

Der Soldat stand schon oben auf der Leiter, aber als sie ihm den Strick um den Hals schlingen wollten, sagte er, daß man einem Sünder vor seiner Strafe doch immer einen unschuldigen Wunsch erfülle. Er wollte so gerne eine Pfeife Tabak rauchen, es war schließlich die letzte Pfeife, die er in dieser Welt bekam.

Dazu wollte nun der König nicht nein sagen, und so nahm der Soldat sein Feuerzeug und schlug Feuer, eins zwei drei! und da standen alle Hunde, der mit den Augen, so groß wie Teetassen, der mit Augen, so groß wie ein Mühlrad, und der, dessen Augen so groß waren wie der Runde Turm!

»Helft mir jetzt, daß ich nicht aufgehängt werde!« sagte der Soldat, und dann fuhren die Hunde auf die Scharfrichter und den ganzen Rat los, nahmen einen an den Beinen und einen an der Nase, und warfen sie viele Klafter hoch in die Luft, daß sie herabfielen und glatt in Stücke geschlagen wurden.

»Ich will nicht!« sagte der König, aber der größte Hund nahm ihn mitsamt der Königin, und warf sie hinter all den anderen her; da kriegten die Soldaten einen Schrecken, und alle Leute riefen: »kleiner Soldat, du sollst unser König sein und die liebliche Prinzessin haben!«

Und dann setzten sie den Soldaten in die königliche Kutsche, und alle drei Hunde tanzten vor ihm her und riefen »Hurra!« und die Jungen pfiffen auf den Fingern und die Soldaten präsentierten das Gewehr. Die Prinzessin kam aus dem Kupferschloß und wurde Königin, und das gefiel ihr sehr! Die Hochzeit dauerte acht Tage, und die Hunde saßen mit am Tisch und machten große Augen.

Der Krieg der Vorstädte gegen die Stadt

Große Augen wie die helfenden Hunde im »Feuerzeug« machen auch die beiden Zigeuner, die in HCAs Roman »Nur ein Spielmann« durch die Hauptstadt des Heiligen Römischen Reiches Deutscher Nation wandern. Der »artige Traum«, den der eine dem anderen dabei erzählt, steht als eine kleine Geschichte für sich allein, ganz märchenhaft.

In der Vorstadt Mariahilf, wo die Allee nach Schönbrunn hinausführt, gingen in den warmen Sommertagen 1820 zwei Zigeuner, in ihrer weißen Tracht mit dem großen, braunen Umhang; der eine war ein ganz junger Mann mit einem breiten Hut, wie die Slavonier ihn tragen; die breite Krempe hing auf Rücken und Schulter herab. Der andere war viel älter, groß und mager; er war barhäuptig. Sein dichtes, schwarzes Haar, das doch schon einzelne graue Stellen hatte, war sein Schirm gegen die brennende Sonne. Sie gingen durch eine der engen Seitenstraßen, die von Mariahilf zum Sommerschloß Belvedere hinausführen.

»Die Vorstädte könnten die Stadt hübsch in die Klemme bringen, wenn sie wollten!« sagte der Jüngere. »Ich träumte heut nacht einen artigen Traum: daß Mariahilf, die Josephstadt, ja alle vierunddreißig Vorstädte sich bewegen konnten und gegen die Stadt vorrückten, die vom Stephansturm angeführt wurde. Sie schlugen sich, daß Weißgeld und Goldgeld in die Donau rollten!«

»Da hast du wohl zuviel von dem starken Wasser getrunken!« sagte der Alte. »Sei vorsichtig, Czekles! erzähl nicht solche Träume, die Polizei hat lange Ohren. Und ist das vielleicht was Rechtes, das ein junger Kerl träumen sollte? Nein, von Mädchen sollst du träumen!«

»Aber ich träume lieber vom Krieg!« sagte Czekles. »Ach wär ich nur ein Soldat! könnt vor Kaiser Franz präsentieren, dem guten Kaiser Franz! Er hat den Hut vor mir gezogen, als ich mein Haupt entblößte. Es war nur für mich allein, kein anderer ging auf der Straße. Mich hat er gegrüßt. Was übrigens meinen Traum betrifft, der war spaßig genug! Der Stephansdom mit seiner spitzen Mütze am Schnürchen war der General. Der hatte breite Schultern und alte Kräfte. Die Dreifaltigkeitssäule am Graben hatte er als Kommandostab genommen. Die Kaiser-Joseph-Statue jagte auf ihrem Kupferpferd über den Kohlmarkt und durch die Kärntner Straße; sie rief alle Bilder aus den Schildern vor den Läden heraus: den Kardinal, Madame Catalani, den König von Dänemark und so weiter, und sie liefen hinterdrein. Der Marmorriese aus dem Volksgarten, Canovas Theseus, stellte sich an die Spitze der Marmorbilder von der Kapuzinerkirche, und die kletterten auf den Wall hinauf und aufs Dach der Hofburg und sahen nach den Vorstädten hinunter, wie sie näher heranrückten. Die Städte Hitzing und Währing waren auch dabei; es war ein Gewimmel, schlimmer als im Volksgarten und im Prater an einem lustigen Tag!«

»Was so ein Menschenhirn nicht alles zusammenbrauen kann!« sagte der Alte: »Czekles, hüte dich vor dem Trunk!«

Der Bergtroll und der Bauernjunge

Immer wieder hat HCA, nach seinen Quellen befragt, die Bedeutung mündlicher Volksüberlieferungen betont. Aber nirgends, nicht einmal in Volksmärchen-Bearbeitungen wie den Geschichten vom »Feuerzeug« und »Hans Tolpatsch«, ist der Märchen-Schreiber dieser mündlichen Tradition so nahe gekommen wie in der kleinen Sammlung, die er unter der Überschrift »Danish Folktales« in einer amerikanischen Zeitschrift veröffentlichte. Die folgende Geschichte vom dummreichen Dämon und dem schlauen Bauernjungen sowie die rätselhafte Sage vom Tod in der »Kirche in Rorvig« sind hier aus der dänischen Originalfassung übersetzt, die sieh im Nachlaß gefunden hat: »Danske Folkesagn«.

Es ist ein alter Volksglaube, daß, als unser Herr die gefallenen Engel aus dem Himmel verstieß, einige von ihnen auf die Hügel fielen, darin wohnen sie und werden Bergleute oder Trolle genannt; immer fliehen und fürchten sie das Donnerwetter, das ist ihnen wie eine Stimme des Herrn. Andere fielen in die Erlenmoore, die nennt man Elfenvolk, und unter diesen sind die Weibsleute besonders schön anzusehen, aber ihnen ist gar nicht zu trauen, ihre Rücken sind auch ausgehöhlt wie ein Backtrog. Andere fielen herab in alte Höfe und Häuser, die wurden zu Zwergen und Kobolden; aber allesamt kommen sie doch zuweilen in Verkehr mit den Menschen, davon handeln unzählige Sagen, wunderlich zu hören.

So wohnte einmal oben in Jütland in einem großen Hügel ein Bergtroll mit allerlei Wichtelmännchen. Eine von seinen Töchtern verheiratete sich mit dem Schmied im

Dorf. Es war ein schlimmer Schmied, denn er prügelte seine Frau. Das war sie nun bald leid, und als er sie eines Tages wieder prügeln wollte, da nahm sie ein Hufeisen und brach es in der Mitte entzwei; solche Kräfte hatte sie und hätte ihn gleich mit knacken können; das nahm er sich zu Herzen und schlug sie nicht mehr; aber als das in der Gegend ruchbar wurde, wurde sie übel angesehen und war als ein Trollkind verrufen. Niemand im Kirchspiel wollte Umgang mit ihr haben.

Das kam dem Bergtroll zu Ohren, und eines Sonntags, als der Schmied und seine Frau mit den Leuten aus der Gemeinde auf dem Kirchhof standen und auf den Pfarrer warteten, blickte sie hinaus über den Fjord, wo sich ein Nebel erhob.

»Jetzt kommt unser Papa!« sagte sie, »und böse ist er!« Und er kam, und böse war er.

»Willst du sie mir zuwerfen, oder willst du sie auffangen!« fragte er und guckte mit gierigen Augen auf die Kirchgänger. »Auffangen!« sagte sie, denn sie wußte, daß er sie nicht sehr sanft anfassen würde, wenn sie ihm in die Hände fielen.

Und der Bergtroll packte einen nach dem anderen und schleuderte sie über den Dachfirst der Kirche, während seine Tochter sie, auf der anderen Seite, vorsichtig auffing.

Seit dieser Zeit kam sie gut mit den Leuten in der Gemeinde aus. Alle waren sie bange vor dem Bergtroll, und es gab viele von seiner Sorte ringsum im Land. Am klügsten war es, Streit zu vermeiden, besser gebrauchte man die Bekanntschaft nutzbringend. Die Troll-Leute hatten ja große Keller voller Goldstücke, das war es schon wert, ein paar davon zu kriegen, aber dazu mußte man schlau und verschlagen sein; und das war ein Bauersmann, von dem ich erzählen will; aber sein Junge war doch noch schlauer.

Der Bauer hatte auf seinem Feld einen Hügel, den wollte er nicht ungenutzt liegenlassen; also pflügte er ihn; aber da kam der Bergtroll, der in dem Hügel wohnte, heraus und fragte: »wie kannst du es wagen, auf meinem Dach zu pflügen?«

»Ich wußte nicht, daß es deins war!« sagte der Bauer, »aber es nützt ja keinem von uns etwas, so ein Stück Land brachliegen zu lassen. Laß mich pflügen und säen! und dann nimmst du dir in dem einen Jahr alles, was *auf* der Erde wächst, und ich alles, was *in* der Erde wächst. Und nächstes Jahr umgekehrt!«

Sie wurden handelseinig, und der Bauer säte in dem einen Jahr Mohrrüben und im anderen Jahr Getreide. Der Bergtroll kriegte die Blätter von den Mohrrüben und die Wurzeln vom Getreide. So lebten sie in schöner Eintracht.

Nun sollte es aber auf dem Bauernhof eine Kindstaufe geben. Der Bauer war in großer Verlegenheit, denn er konnte ja schlecht anders, als auch den Bergtroll einzuladen, mit dem er in so schöner Eintracht lebte: nahm aber der Bergtroll die Einladung an, dann geriet der Bauer in Verruf beim Pfarrer und den anderen Gemeindeleuten. Und so schlau der Bauer sonst auch war, diesmal konnte er doch keinen Rat finden; das erzählte er seinem Schweinejungen, und der war der Schlauere von den beiden.

»Ich werd uns schon helfen!« sagte der Junge, nahm sich einen großen Sack und ging zum Bergtrollshügel, klopfte an und wurde eingelassen. Er käme, um zur Kindstaufe einzuladen, sagte er. Der Bergtroll willigte ein und versprach zu kommen. »Ich muß wohl auch eine Patengabe geben?« fragte er.

»Das gehört dazu!« sagte der Junge und machte die Tasche auf.

Der Troll schüttete Geld hinein. »Ist es jetzt genug?«

Der Junge hob den Sack an. »Viele geben mehr, wenige weniger!«

Und der Bergtroll schüttete noch eine Schaufel voll Geld hinein. »Ist es jetzt genug?«

Der Junge hob den Sack an. »So ungefähr geben die meisten!«

Da wurde alles Geld aus dem großen Geldkessel in die Tasche gekippt.

»Keiner gibt mehr, die meisten weniger!«

»Und nun verrate mir doch«, sagte der Bergtroll, »welche vornehmen Fremden ihr zu Besuch kriegt!«

»Drei Pfarrer und einen Bischof!« sagte der Junge.

»Das ist ja allerhand! – aber solche Herren gucken bloß nach Speis und Trank, die geben nicht auf mich acht. Wer kommt sonst noch?«

»Dann kommt Mutter Maria!«

»Hm! hm! aber für mich bleibt wohl noch ein Plätzchen hinterm Ofen! – na und sonst?«

»Ja, sonst kommt noch unser Herr Jesus!«

»Hm! hm! hm! das ist doch eine große Sache ist das! aber so hochvornehme Gäste kommen spät und gehen früh. Ich will mich hinausschleichen, solange die drinnen sind. Ja, und was für Musik werdet ihr haben?«

»Trommelmusik!« sagte der Junge. »Unser Vater hat ein mächtiges Donnerwetter bestellt, danach wollen wir tanzen! Trommelmusik wird's!«

»Ih, der dreigeschwänzte Teufel!« rief da der Bergtroll. »Sag deinem Hausherrn schönen Dank für die Einladung! aber ich bleib zu Hause. Weiß er denn gar nicht, daß Donnerwetter und Trommeln mir und meinem ganzen Geschlecht ein Grauen sind? Einmal, in meiner Jugend, bin ich auf einen Spaziergang hinausgegangen, da fing ein Donnerwetter zu trommeln an, und ich kriegte einen der Trommelstöcke übers Schienbein, daß es knack! machte. Nie wieder will ich die Art von Musik! Besten Dank, und grüß zu Hause!«

Und der Junge nahm den Sack auf den Nacken, und er brachte seinem Hausherrn den großen Reichtum und vom Troll freundliche Grüße.

Geldschwein

Beim Wort genommen, ist »Pengegrisen«, das redensartliche »Sparschwein«, ein »Geldschwein«; und in dieser wörtlichen Bedeutung behandelt Andersen es in seiner gleichnamigen Geschichte nicht etwa als neutrales Spielzeug (»es«), sondern als einen maskulinen Herrn (»er«).

Es war so viel Spielzeug im Kinderzimmer; ganz weit oben auf dem Schrank stand die Sparbüchse, die war aus Ton, in Gestalt eines Schweins; das hatte einen natürlichen Spalt im Rücken, und der Spalt war mit einem Messer größer gemacht worden, damit auch Silbertaler hineingehen konnten, und das hatten auch zwei getan, außerdem noch viele Schillinge. Herr Geldschwein war so vollgestopft, daß er nicht mal mehr klappern konnte, und das ist das Höchste, wozu es ein Geldschwein bringen kann. Da stand er nun, ganz weit oben auf dem Podest, und sah auf alles im Zimmer herab; er wußte gut, mit dem, was er im Bauch hatte, könnte er den ganzen Laden aufkaufen, und das ist doch ein stabiles Selbstbewußtsein.

Daran dachten die anderen genauso, auch wenn sie es nicht sagten, es gab ja noch anderes zu bereden, die Kommodenschublade stand halb offen, und da kam eine große Puppe zum Vorschein, etwas ältlich war sie und am Hals geklebt; sie sah hinaus und sagte: »Wollen wir jetzt Menschen spielen, das ist doch immer etwas!« und dann gab es eine allgemeine Bewegung, sogar die Bilder an den Wänden drehten sich um, die zeigten, daß sie auch eine Kehrseite haben, aber das sollte nun keine Widerrede bedeuten.

Es war mitten in der Nacht, der Mond schien zum Fenster herein und spendierte kostenlose Beleuchtung. Jetzt sollte das Spiel beginnen, und alles war eingeladen, sogar der Kinderwagen, der doch eher zum gröberen Spielzeug gehörte. »Jeder hat seinen eigenen Wert!« sagte er, »es kann nicht alles von Adel sein! Irgendwer muß sich schließlich auch nützlich machen, wie man so sagt!«

Geldschwein war der einzige, der die Einladung schriftlich kriegte, er stand zu hoch oben, als daß jemand geglaubt hätte, er könnte sie mündlich hören, und er gab auch keine Antwort, ob er käme, denn er kam nicht; wenn er dabeisein sollte, dann bitte von zu Hause aus, darauf konnten die sich einrichten, und das taten sie.

Das kleine Puppentheater wurde sofort aufgestellt, und zwar so, daß er genau hineinschauen konnte; sie wollten mit einer Komödie anfangen, und dann sollte es Tee geben und Verstandesübungen, und damit fingen sie sofort an; das Schaukelpferd redete von Training und Vollblut, der Kinderwagen von Eisenbahnen und Dampfkraft – das waren ja alles Dinge, die in ihr Ressort fielen und über die sie mitreden konnten. Die Wanduhr redete von Politik – tick – tick! die wußte, was die Stunde geschlagen hatte, aber es hieß allgemein, daß sie nicht richtig tickte. Der Spazierstock war stolz auf seine Stiefeletten und seinen Silberknauf, er war ja von oben und von unten beschlagen; auf dem Sofa lagen zwei bestickte Kissen, die waren reizend und dumm – und dann konnte die Komödie anfangen.

Alle saßen sie da und schauten zu, und es wurde gebeten, man möge klatschen, knallen und rumoren, ganz wie es einem beliebe. Aber der Herr Reitpeitsche sagte, für die Alten klatsche er grundsätzlich nicht, nur für die noch nicht Verlobten. »Ich knalle für alles!« sagte die Knallerbse. »Irgendwo muß man ja bleiben!« sagte der Spucknapf; das waren nun so jedermanns Gedanken, als man in der Komödie saß. Das Stück taugte nichts, aber es war gut inszeniert;

alle Mitspieler zeigten die bemalte Seite vor, sie waren alle nur von der einen Seite zu sehen, niemals von hinten; und alle spielten sie vorzüglich, komplett draußen vor der Bühne, der Draht in ihnen war zu lang, aber so fielen sie leichter auf. Die geklebte Puppe war so hingerissen, daß ihre Klebestelle sich löste, und Geldschwein war auf seine Weise so hingerissen, daß er beschloß, für einen von denen etwas zu tun, ihn in sein Testament einzusetzen, und zwar als denjenigen, der mit im Erbbegräbnis liegen sollte, wenn es soweit war.

Das war ein wirklicher Genuß, so daß man den Tee sein ließ und bei den Verstandesübungen blieb, das nannte man »Menschen spielen«, und daran war gar nichts Boshaftes, denn sie spielten ja nur – und jeder dachte dabei an sich und was Geldschwein wohl dachte, und Geldschwein dachte am längsten, er dachte ja an Testament und Begräbnis – und wann es wohl soweit wäre – immer eher als man denkt. – Knack! da lag er vor dem Schrank – lag am Boden, kurz und klein zerschlagen, und die Schillinge tanzten und hüpften; die kleinsten kullerten, die großen rollten, vor allem der eine Silbertaler, der wollte mal richtig in die Welt hinaus. Und das kam er auch, und das kamen sie allesamt; und Geldschweins Scherben landeten im Eimer, aber auf dem Schrank selbst stand am nächsten Tag ein neues Geldschwein aus Ton, es war noch kein einziger Schilling darin, darum konnte der Neue auch nicht klappern, und insofern glich er dem alten, das war immerhin ein Anfang – und mit dem wollen wir enden.

Der Floh und der Professor

Es war ein Luftschiffer, dem ging es schief, der Ballon platzte, der Mann plumpste herunter und schlug sich in Stücke. Seinen Jungen hatte er zwei Minuten vorher mit dem Fallschirm hinuntergeschickt, das war dessen Glück; er blieb heil und wußte eine Menge darüber, wie man Luftschiffer wird, aber er hatte keinen Ballon und keine Mittel, sich einen anzuschaffen.

Leben mußte er, und so verlegte er sich auf Geschicklichkeitskünste und darauf, mit dem Bauch reden zu können; das nennt man Bauchredner. Jung war er, und gut sah er aus, und als er einen Schnurrbart kriegte und in gute Kleider kam, konnte man ihn für ein Grafenkind halten. Die Damen fanden ihn hübsch, ja eine Jungfer war so hingerissen von seiner Schönheit und seiner Geschicklichkeitskunst, daß sie ihn begleitete in fremde Städte und Länder; da nannte er sich Professor, darunter tat er es nicht.

Sein ständiger Gedanke war es, sich einen Luftballon zu besorgen und mit seiner kleinen Frau in die Luft zu gehen, aber sie hatten noch nicht die Mittel.

»Die kommen!« sagte er.

»Wenn sie bloß wollten!« sagte sie.

»Wir sind doch junge Leute! und jetzt bin ich Professor. Auch Krümel sind Brot!«

Sie half ihm treu, saß an der Tür und verkaufte Billetts für die Vorstellung, und das war ein kaltes Vergnügen im Winter. Sie half ihm auch bei einem Kunststück. Er steckte seine Frau in die Tischschublade, eine große Tischschublade; da kroch sie hinein in die hintere Schublade, und dann war sie in der Vorderschublade nicht zu sehen; das war, als wären die Augen geblendet.

Aber eines Abends, als er die Schublade aufzog, da war sie auch für ihn weg; sie war nicht in der Vorderschublade, nicht in der Hinterschublade, nicht im ganzen Haus, nicht zu sehen, nicht zu hören. Das war *ihre* Geschicklichkeitskunst. Sie kam nie wieder; sie war es leid, und er litt daran, verlor seine gute Laune, konnte nicht mehr lachen und Faxen machen, und so kamen keine Leute mehr; die Einkünfte wurden schlecht, die Kleider wurden schlecht; er besaß zuletzt nur einen großen Floh, ein Erbstück von seiner Frau, und darum hing er so daran. Den dressierte er also, brachte ihm Geschicklichkeitskünste bei, brachte ihm bei, wie man das Gewehr präsentiert und eine Kanone abfeuert, aber alles ganz klein.

Der Professor war stolz auf den Floh, und der war stolz auf sich selbst; er hatte was gelernt und hatte Menschenblut in sich und war in den größten Städten gewesen, war von Prinzen und Prinzessinnen gesehen worden, hatte ihren allerhöchsten Beifall gewonnen. Das stand gedruckt in Zeitungen und auf Plakaten. Er wußte, er war eine Berühmtheit und konnte einen Professor, ja eine ganze Familie ernähren.

Stolz war er und berühmt war er, und doch, wenn er und der Professor reisten, dann fuhren sie in der Eisenbahn vierter Klasse; die kommt genauso schnell an wie die erste. Es war ein stillschweigendes Versprechen, daß sie sich nie trennen wollten, sich nie verheiraten wollten, der Floh wollte Junggeselle bleiben und der Professor Witwer. Das geht genau auf.

»Wo man den größten Erfolg hat«, sagte der Professor, »dahin soll man nicht zweimal gehen!« Er war ein Menschenkenner, und das ist auch eine Art von Wissen.

Zuletzt hatte er alle Länder bereist, bis auf das Land der Wilden; und da wollte er ins Land der Wilden; dort fressen sie zwar Christenmenschen, wie der Professor wußte, aber er selbst war kein richtiger Christ, und der Floh war kein richtiger Mensch, also meinte er, sie könnten sich wohl trauen, dahin zu reisen und einen guten Verdienst zu machen.

Sie reisten per Dampfschiff und per Segelschiff; der Floh machte seine Kunststücke, und so hatten sie freie Reise unterwegs und kamen ins Land der Wilden.

Hier regierte eine kleine Prinzessin, sie war erst acht, aber sie regierte; sie hatte Vater und Mutter die Macht genommen, denn sie hatte einen Willen und war so unvergleichlich liebreizend und ungezogen.

Gleich als der Floh das Gewehr präsentierte und die Kanone abfeuerte, war sie so eingenommen von dem Floh, daß sie sagte: »Den oder keinen!« Sie wurde ganz wild vor Liebe, und war doch vorher schon wild.

»Süßes, kleines, vernünftiges Kind!« sagte ihr lieber Vater, »könnte man nicht erst einen Menschen aus ihm machen?«

»Das laß nur meine Sache sein, Alter!« sagte sie, und das war nicht nett gesagt von einer kleinen Prinzessin, die mit ihrem Vater spricht, aber sie war eben wild.

Sie setzte den Floh auf ihre kleine Hand.

»Jetzt bist du ein Mensch, mein Mitregent; aber du mußt tun was ich will, sonst schlage ich dich tot und verspeise den Professor.«

Der Professor kriegte einen großen Saal zum Wohnen. Die Wände waren aus Zuckerrohr, da konnte er hergehen und daran lecken, aber er war kein Leckermaul. Er kriegte eine Hängematte zum Schlafen, das war, als ob er in dem Luftballon läge, den er sich immer gewünscht hatte und der sein ständiger Gedanke war.

Der Floh blieb bei der Prinzessin, saß auf ihrer kleinen Hand und auf ihrem feinen Hals. Sie hatte ein Haar von ihrem Kopf genommen, das mußte der Professor dem Floh um das Bein binden, und dann hielt sie ihn angebunden an das große Korallenstück, das sie im Ohrläppchen trug.

Was war das für eine schöne Zeit für die Prinzessin, für den Floh auch, dachte sie; aber der Professor fühlte sich unzufrieden, er war ein Reisemensch, zog gern von Stadt zu Stadt, las in den Zeitungen von seiner Ausdauer und dem Scharfsinn, mit dem er einem Floh alle menschlichen Tätigkeiten beibrachte. Tagaus und tagein lag er in der Hängematte, faulenzte und kriegte sein gutes Essen: frische Vogeleier, Elefantenaugen und gebratene Giraffenschenkel; die Menschenfresser leben nicht nur von Menschenfleisch, das ist eine Delikatesse; »Kinderschulter in scharfer Sauce«, sagte die Prinzessinnenmutter, »ist das delikateste.«

Der Professor langweilte sich und wollte gern fort aus dem Land der Wilden, aber den Floh mußte er dabeihaben, der war sein Wunder und Lebensunterhalt. Wie sollte er den fangen und festhalten? Das war gar nicht so leicht.

Er spannte alle seine Denkfähigkeiten an, und dann sagte er: »jetzt hab ich's!«

»Prinzessinnenvater: erlaube mir eine Beschäftigung! Darf ich die Einwohner dieses Landes im Präsentieren üben? *das* ist es, was man in den größten Ländern der Welt Bildung nennt!«

»Und was kannst du mir beibringen?« fragte der Prinzessinnenvater.

»Mein größtes Kunststück«, sagte der Professor. »Eine Kanone abzufeuern, daß die ganze Erde bebt und alle leckeren Vögel des Himmels gebraten herunterfallen! Das knallt richtig!«

»Bring mir die Kanone!« sagte der Prinzessinnenvater.

Aber im ganzen Land war keine Kanone aufzutreiben bis auf die, die der Floh mitgebracht hatte, und die war zu klein.

»Ich gieße eine größere!« sagte der Professor. »Gib mir die Mittel dazu! Ich muß feines Seidenzeug haben, Nadel und Faden, Taue und Leinen, dazu Magentropfen für Luftballons, die blähen, erleichtern und erheben; das gibt den richtigen Knall im Kanonenbauch.«

Alles was er verlangte kriegte er.

Das ganze Land kam zusammen, um die große Kanone zu sehen. Der Professor rief nicht, bevor er den Ballon ganz zum Füllen und Abheben fertiggemacht hatte.

Der Floh saß bei der Prinzessin auf der Hand und schaute zu. Der Ballon wurde gefüllt, er schwoll an und war kaum zu halten, so wild war er.

»Ich muß ihn in die Luft bekommen, daß er abkühlen kann«, sagte der Professor und setzte sich in den Korb, der darunter hing. »Allein schaff ich's nicht, ihn zu steuern. Ich muß einen kundigen Kameraden dabeihaben, der mir helfen kann. Hier ist keiner, der das kann, bis auf den Floh!«

»Ich erlaube es ungern!« sagte die Prinzessin, aber sie reichte den Floh doch dem Professor, der ihn auf seine Hand setzte.

»Leinen und Taue los!« sagte er. »Ballon ab!«

Sie glaubten, er hätte gesagt. »Kanon ab!«

Und dann ging der Ballon ab, höher und höher, über die Wolken hinauf, fort von dem Land der Wilden.

Die kleine Prinzessin, ihr Vater und ihre Mutter, das ganze Volk dazu, standen da und warteten. Sie warten noch immer, und wenn du das nicht glaubst, dann fahr doch ins Land der Wilden, da redet jedes Kind vom Floh und vom Professor und glaubt, daß sie wiederkommen, wenn die Kanone abgekühlt ist, aber die kommen nicht, die sind daheim bei uns, die sind in ihrem Vaterland, fahren mit der Eisenbahn, erster Klasse, nicht vierter; die haben ein gutes Einkommen, einen großen Ballon. Keiner fragt, wie sie den Ballon gekriegt haben, oder woher sie ihn haben, das sind gemachte Leute, respektable Leute, der Floh und der Professor.

König, Dame und Bube

In den Vereinigten Staaten von Amerika veröffentlichte HCA dieses romantische Märchen vom brennenden Schloß, eins seiner schönsten und schrägsten. Das dänische Original »Herrebladene« (wörtlich: »Die Herren-Blätter«) blieb dagegen in der Schublade.

Was kann man doch aus Papier für niedliche Sachen schneiden und kleben! so ausgeschnitten und geklebt war einmal ein Schloß, so groß, daß es einen ganzen Tisch bedeckte, und so angemalt, daß es aussah als wäre es aus roten Steinen erbaut; es hatte ein schimmerndes Kupferdach, es hatte Turm und Zugbrücke, und Wasser in den Gräben, so wie ein Spiegelglas, denn es war Spiegelglas. Da stand auf dem höchsten Turm ein Wächter, aus Holz geschnitzt, der hatte eine Trompete zum Blasen, aber er blies nicht!

Das Ganze gehörte einem kleinen Jungen, der hieß William, und er zog selber die Zugbrücke hoch und ließ sie wieder fallen, ließ seine Zinnsoldaten darüber marschieren, öffnete dann das Schloßtor und schaute hinein in den großen Rittersaal, wo an den Wänden, eingerahmt wie die Bilder in den wirklichen Rittersälen, sämtliche Herrschaften eines Kartenspiels hingen, Herz, Karo, Kreuz und Pik: die Könige mit Krone und Zepter, die Damen mit Schleiern über den Schultern und Blumen oder Fächern in der Hand, die Buben mit Hellebarde und wehenden Federn.

Eines Abends lag der kleine Junge da und guckte durch das offene Schloßtor die Kartenbilder im Rittersaal an, und es war ihm, als grüßten die Könige mit ihren Zeptern, ja Pikdame bewegte die Goldtulpe, die sie in der Hand hielt, und Herzdame hob ihren Fächer; alle vier Königinnen gaben gnädig zu erkennen, daß sie ihn bemerkten. Er rückte noch näher heran, um besser zu sehen, aber dabei stieß er aus Versehen mit dem Kopf an das Schloß, daß es wackelte. Da streckten alle vier Buben, Kreuz, Pik, Karo und Herz, ihre Hellebarden vor, um ihn zu warnen, daß er sich nicht so herandrängen sollte.

Der kleine Junge verstand und nickte ganz freundschaftlich; er nickte noch einmal, und dann sagte er: »Sagt doch etwas!« aber die Spielkarten sagten kein Wort; als er aber zum dritten Mal dem Herzbuben zunickte, da sprang der aus dem Kartenblatt heraus und stellte sich mitten auf den Fußboden.

»Wie heißt du?« fragte er den Kleinen. »Du hast klare Augen und gute Zähne, aber du wäschst deine Hände nicht genug,!« und das war nun nicht gerade fein gesagt.

»Ich heiße William!« sagte der Kleine, »und das ist mein Schloß und du bist mein Herzbube!«

»Ich bin der Bube meines Königs und meiner Königin, nicht deiner!« sagte der Herzbube. »Ich kann aus dem Blatt hinausgehen und aus dem Rahmen dazu! und das könnten die hohen Herrschaften noch besser. Wir könnten in die weite Welt hinausgehen, aber das ist uns zu langweilig; es ist bequemer und angenehmer, im Kartenblatt zu sitzen und man selber zu sein!«

»Seid ihr wirklich alle früher Menschen gewesen?« fragte der Kleine.

»Menschen«, sagte der Herzbube, »aber nicht so gut, wie wir sein sollten! zünde ein kleines Wachslicht vor mir an, am besten ein rotes, denn das ist meine Couleur und die meiner Herrschaft, dann will ich dem Schloßherrn – denn du bist ja Schloßherr, sagst du – unsere ganze Historie erzählen, aber unterbrich mich nicht; wenn ich reden soll, muß es wie am Schnürchen gehen! – Siehst du ihn da, meinen König, Herzkönig; er ist der älteste der vier dort, denn er ist als erster geboren, geboren mit Goldkrone und Goldapfel. Er regierte sofort los. Seine Königin wurde mit einem Goldfächer geboren, den hat sie immer noch. Sie hatten es von klein auf ganz reizend, brauchten nicht in die Schule zu gehen, konnten den ganzen Tag spielen, Schlösser bauen und abreißen, Zinnsoldaten zerbrechen und mit Puppen spielen; wenn sie ein Butterbrot verlangten, dann war Butter auf beiden Seiten und Puderzucker obendrauf. Das war die gute alte Zeit, das Goldene Zeitalter, wie man es nennt, aber das wurde ihnen langweilig und mir auch. Das war damals, – und dann kam der Karokönig.«

Mehr sagte der Bube nicht; der kleine Junge lauerte, um noch mehr zu hören, aber es kam nicht ein Wort; und so fragte der Kleine: »Was dann?« –

Der Herzbube antwortete nicht, stand stramm und steif, die Augen gerade auf sein brennendes Wachslicht gerichtet. Der Kleine nickte, nickte wieder, aber kriegte doch keine Antwort; da wandte er sich zum Karobuben, und als er ihm das dritte Mal zunickte, sprang dieser aus dem Kartenblatt heraus, stellte sich auf und sagte nur das einzige Wort: »Wachslicht!« Der Kleine zündete sogleich ein rotes Licht an und setzte es vor ihn hin; da präsentierte der Karobube seine Lanze und sagte:

»Dann folgte der Karokönig! ein König mit einer Glasscheibe in der Brust; auch in die Königin konnte man geradewegs hineinsehen, und sie waren beschaffen wie andere Menschen auch. Das war so vergnüglich, daß man ihnen da drüben ein Denkmal errichtete, das stand ganze sieben Jahre, aber es war ja auch für die Ewigkeit errichtet!« Und dann präsentierte der Karobube seine Lanze und sah auf sein rotes Wachslicht.

Und ohne daß der kleine William nickte, schritt mit einemmal, ganz gravitätisch, wie der Storch gehen kann, wenn er übers Feld dahinschreitet, der Kreuzbube herbei. Das schwarze Kreuz aus der Ecke des Kartenblatts flog mit, flog wie ein Vogel über ihn hinweg und kam wieder zurück und setzte sich dahin, wo es vorher gesessen hatte. Und der Kreuzbube sprach, ohne daß er wie die anderen erst ein Wachslicht gekriegt hatte.

»Nicht alle bekommen Butter auf beide Brotseiten und Zucker obendrauf! das kriegten mein König und meine Königin nicht; die mußten in die Schule gehen und lernen, was die Früheren nicht gelernt hatten. Sie liefen auch mit einer Glasscheibe in der Brust herum, aber niemand sah da hinein, außer um festzustellen, ob etwas mit dem Uhrwerk falsch lief, worauf man hätte schimpfen können. Ich weiß das; ich habe meiner Herrschaft alle Jahre gedient, kenne sie auch weiterhin und gehorche ihrem Willen. Jetzt will die Herrschaft, daß ich heute abend nicht weitersprechen soll, und ich schweige und präsentiere!«

Aber William zündete auch für ihn ein Licht an, das war strahlend weiß.

»Heisssa –!« schneller als das Licht angezündet war stand der Pikbube mitten im Rittersaal, er kam angesaust und doch humpelte er, als hätte er ein krankes Bein; er grüßte nicht; es knackte in ihm, er war zerdrückt und geknickt gewesen; hatte vieles durchgemacht; jetzt redete er.

»Die haben alle ein Licht gekriegt und ich kriege auch eins, das weiß ich; aber wenn wir Buben eins haben, dann muß es den Herrschaften dreifach gegeben werden. Meinem Pikkönig und meiner Königin-Dame gebühren vier Lichter! Ihre Geschichte und ihre Prüfungen sind so traurig, die haben allen Grund, in Schwarz zu gehen und Grabesspaten im Wappen zu haben; ich auch! ich habe nun einmal den Spottnamen im Kartenspiel! ich werde ›Schwarzer Peter‹ genannt; ja ich habe schon schlimmere Namen gekriegt, es paßt nicht mal gut!« und dann flüsterte er: »Man nennt mich Dreckmatz! und einmal war *ich* doch erster Kavalier beim Pikkönig, und nun bin ich letzter. Ich erzähle nicht die Geschichte meiner Herrschaft, das wollen sie nicht haben! Der kleine Schloßherr mag selbst daraus machen, was er will, aber traurig! es ist zurückgegangen, und es geht nicht vorwärts, ehe wir alle auf dem roten Pferd höher hinaufreiten als Wolken sind!«

Und der kleine William zündete drei Lichter an für jeden König und drei für jede Königin, aber die Herrschaft in Pik kriegte jeweils vier. Da wurde es so strahlend hell im ganzen Rittersaal, so hell wie im Schloß des reichsten Kaisers; und die hohen Herrschaften grüßten mild und gnädig; die Herzdame neigte den Goldfächer zum Gruße, die Pikdame schwenkte die Goldtulpe, daß eine Feuerlohe herausschlug. Die hohen Paare stiegen aus Kartenblatt und Rahmen, traten im Menuett vom Fußboden herab und wieder hinauf; sie tanzten in der Lohe und die Buben mit, es war als stünde der ganze Saal in Flammen; es rieselte und rasselte, die Lohe schlug aus Fenstern und Wänden, das ganze Schloß stand in Glut und Flammen.

William sprang erschrocken zur Seite, rief nach Vater und Mutter: »Das Schloß brennt!« – es knisterte und loderte; aber im Feuer sauste und sang es:

»Nun reiten wir auf dem roten Pferd höher hinauf als Wolken sind. So gebührt es ritterlichen Männern und Frauen, die Buben reiten hintendrein!« –

Ja, dieses Ende nahm es mit Williams Schloß und mit den Papierherrschaften. William lebt noch und wäscht seine Hände: seine Schuld ist es nicht, daß das Schloß abbrannte.

Tod und Höllenpein

Die Kirche von Rørvig

Aus Nord-Seeland wird eine dunkle, merkwürdige Sage erzählt. Die Kirche von Rørvig liegt zu den Sandhöhen am sturmdurchbrausten Kattegat hinaus. Eines Abends ging dort draußen ein großes Schiff vor Anker, man hielt es für ein russisches Kriegsschiff. Spät in der Nacht wurde an die Pforte des Pfarrhauses geklopft, und mehrere bewaffnete, vermummte Personen befahlen dem Pfarrer, seinen Ornat anzulegen und mit ihnen zur Kirche hinauszukommen. Sie versprachen ihm gute Bezahlung, gebrauchten aber Drohungen, wenn er sich wehrte. Er ging mit. Die Kirche war erleuchtet, unbekannte Leute waren darin versammelt und alles in tiefem Schweigen. Vor dem Altar warteten Bräutigam und Braut in prächtigen Kleidern, als wären sie vornehmen Standes, aber die Braut war bleich wie eine Tote.

Als die Trauung vorbei war, fiel ein Schuß, und die Braut lag getötet vor dem Altar. Sie nahmen die Leiche und zogen alle mit ihr davon. – Am nächsten Morgen hatte das Schiff die Anker gelichtet. Niemand hat, bis in unsere Tage, eine Erklärung für dieses Ereignis gefunden; der Pfarrer, der es erlebte, schrieb das Erlebte in seine Bibel ein, die von Generation zu Generation in seinem Geschlecht vererbt worden ist, die alte Kirche liegt noch immer zwischen den Dünen am rollenden Kattegat, und die Sage lebt in Schrift und Gedächtnis.

Das Märchen meines Lebens

(Anfang und Ende)

Mein Leben ist ein schönes Märchen, so reich und glückselig! hätte ich, als Junge, als ich arm und allein in die Welt hinausging, eine mächtige Fee getroffen, und sie hätte gesagt: »wähl deine Bahn und dein Ziel, und dann, nach der Entwicklung deines Geistes, und wie es vernünftigerweise in dieser Welt zugehen muß, beschütze und leite ich dich!« mein Schicksal hätte dann nicht glücklicher, klüger und besser geführt werden können, als es das ist. Die Geschichte meines Lebens wird der Welt sagen was sie mir sagt: es ist ein liebender Gott, der alles zum Besten führt.

[...]

Ich sagte mein Lebewohl, wiederholte Hurra-Rufe erschallten, sie verloren sich in der Luft, als wir anfuhren; aber noch aus einzelnen Gruppen von Menschen, in der Stadt und nahe der Stadt, hallte das Hurra nach.

Jetzt erst, als ich ganz für mich allein saß, ging all die Ehre, Freude und Herrlichkeit, die mir Gott in meiner Geburtsstadt vergönnt hatte, wie in einer einzigen Summe vor mir auf. Das Größte und Höchste, was ich erleben konnte, hatte ich erlebt. Da erst konnte ich recht andächtig meinem Gott danken und beten:

»Verlaß mich nicht, wenn nun die Prüfungen kommen!«

Der Tannenbaum

Draußen im Walde stand so ein niedlicher Tannenbaum; der hatte einen guten Platz, Sonne bekam er, Luft gab's genug, und ringsum wuchsen viele größere Kameraden, Tannen und Fichten; aber der kleine Tannenbaum war ganz versessen aufs Wachsen; der dachte nicht an die warme Sonne und die frische Luft, er machte sich auch nichts aus den Bauerskindern, die vorbeigingen und plapperten, wenn sie unterwegs waren, um Erdbeeren und Himbeeren zu suchen; oft kamen sie mit einem ganzen Krug voll, oder sie hatten Erdbeeren auf Strohhalme gezogen, dann setzten sie sich zu dem kleinen Baum und sagten: »nein! wie ist der niedlich klein!« Das wollte der Baum absolut nicht hören.

Im Jahr darauf war er einen ganzen Schößling größer; und wieder ein Jahr darauf war er um noch einen länger; denn bei einem Tannenbaum kann man immer an der Zahl seiner Glieder sehen, wie viele Jahre er gewachsen ist.

»O wär ich doch so ein großer Baum wie die andern!« seufzte der kleine Baum, »dann könnte ich meine Zweige so nach allen Seiten ausbreiten und mit dem Wipfel in die weite Welt hinausschauen! Dann würden die Vögel ein Nest in meinen Zweigen bauen, und wenn der Wind weht, könnte ich genauso vornehm nicken wie die andern da!«

Er hatte nicht die geringste Freude am Sonnenschein, an den Vögeln oder an den roten Wolken, die morgens und abends über ihn dahinsegelten.

Wenn es nun Winter war, und ringsum lag glitzernd weiß der Schnee, dann kam oft ein Hase angesprungen und hüpfte geradewegs über den kleinen Baum hinüber, – ob, das war so ärgerlich! – Aber zwei Winter vergingen, und im dritten war der Baum so groß, daß der Hase um ihn herumlaufen mußte. O wachsen, wachsen, groß und alt werden, das ist doch das einzige in dieser Welt, dachte der Baum.

Im Herbst kamen immer die Holzfäller und fällten ein paar von den größten Bäumen, das passierte jedes Jahr, und der junge Tannenbaum, der nun schon ganz gut herangewachsen war, zitterte dabei, denn die großen, prächtigen Bäume stürzten mit Knacken und Krachen zur Erde; die Äste wurden abgehauen, ganz nackt, lang und dünn sahen sie aus; sie waren kaum wiederzuerkennen, aber dann wurden sie auf Karren gelegt, und Pferde zogen sie aus dem Walde fort.

Wo kamen die hin? Was stand ihnen bevor?

Im Frühling, als Schwalbe und Storch kamen, fragte der Baum sie: »Wißt ihr nicht, wo die hingebracht worden sind? Habt ihr sie nicht getroffen?«

Die Schwalben hatten keine Ahnung, aber der Storch sah bedenklich drein, nickte und sagte: »Tja, ich glaube schon! als ich nach Ägypten flog, bin ich vielen neuen Schiffen begegnet; auf den Schiffen standen prächtige Mastbäume, ich nehme an, das waren sie, sie rochen nach Tanne; ich kann ihnen ja viele Grüße ausrichten, die ragen hoch hinauf, hoch hinauf.«

»O wär ich doch auch groß genug, um übers Meer dahinzufliegen! Wie ist das überhaupt so, dieses Meer, und womit kann man es vergleichen?«

»Ja das ist so weitläufig zu erklären«, sagte der Storch, und dann ging er.

»Freu dich an deiner Jugend!« sagten die Sonnenstrahlen; »freu dich an deinem frischen Wachstum, an dem jungen Leben, das in dir ist!«

Und der Wind küßte den Baum, und der Tau vergoß Tränen über ihn, aber das verstand der Tannenbaum nicht.

Wenn es auf Weihnachten zuging, dann wurden ganz

junge Bäume gefällt, Bäume, die nicht einmal so groß und im selben Alter waren wie der Tannenbaum, der keine Rast und Ruh hatte, sondern immer nur wegwollte; diese jungen Bäume, und das waren ausgerechnet die allerhübschesten, behielten immer ihre Zweige, sie wurden auf Karren gelegt, und Pferde zogen sie aus dem Wald.

»Wo kommen die hin?« fragte der Tannenbaum. »Die sind nicht größer als ich, es war sogar einer dabei, der war viel kleiner; warum behalten sie alle ihre Zweige? Wo fahren die hin?«

»Wir wissen's! wir wissen's!« zwitscherten die Spatzen. »Wir haben unten in der Stadt durch die Scheiben geguckt! wir wissen, wo die hinfahren! Oh, die kommen in den größten Glanz und alle Herrlichkeit, die man sich denken kann! Wir haben zu den Fenstern hineingeschaut und gesehen, daß sie mitten in der warmen Stube aufgestellt und mit den schönsten Sachen geschmückt werden, vergoldeten Äpfeln, Honigkuchen, Spielzeug und vielen hundert Kerzen!«

»Und dann –?« fragte der Tannenbaum und zitterte in allen Zweigen. »Und dann? Was passiert dann?«

»Ja, mehr haben wir nicht gesehen! Aber das war unvergleichlich!«

»Ob ich geboren wurde, um diesen glanzvollen Weg zu lieben?« jubelte der Baum. »Das ist doch besser, als übers Meer zu fahren! Wie ich seufze vor Sehnsucht! Wenn es doch nur schon Weihnachten wäre! nun bin ich groß und ausgestreckt, wie die andern, die im letzten Jahr weggebracht wurden! – O wär ich nur schon auf dem Karren! wär ich doch drinnen in der warmen Stube mit all der Pracht und Herrlichkeit! und danach –? Ja, da kommt noch etwas Besseres, noch Schöneres, warum sollen die mich sonst so schmücken da muß noch etwas Größeres kommen, noch herrlicher –! aber was? Oh, ich leide! ich hab solche Sehnsucht! ich weiß selber nicht, was mit mir los ist!«

»Freu dich doch an mir!« sagten die Luft und das Sonnenlicht; »freu dich an deiner frischen Jugend draußen im Freien!«

Aber er freute sich kein bißchen; er wuchs und wuchs, winters und sommers war er grün; dunkelgrün stand er da; Leute, die ihn sahen, sagten: »das ist ein schöner Baum!« und zur Weihnachtszeit wurde er als erster von allen gefällt. Die Axt schlug ihm tief ins Mark, mit einem Seufzer fiel der Baum zur Erde, er empfand einen Schmerz, eine Ohnmacht, er konnte nicht im geringsten an irgendein Glück denken, er war traurig, daß er nun von zu Hause getrennt werden sollte, von dem Fleck, wo er entsprossen war; er wußte ja, daß er die lieben alten Kameraden nie wiedersehen würde, die kleinen Büsche und Blumen ringsum, ja vielleicht nicht einmal die Vögel. Die Abreise war durchaus keine angenehme Sache.

Der Baum kam erst wieder zu sich, als er im Hof, abgeladen mit den anderen Bäumen, einen Mann sagen hörte: »Der da ist prächtig! den brauchen wir und keinen andern!«

Nun kamen zwei Diener in vollem Ornat und trugen den Tannenbaum in einen großen, schönen Saal. Ringsum an den Wänden hingen Portraits, und an dem großen Fliesenkachelofen standen große chinesische Vasen mit Löwen auf dem Deckel; da standen Schaukelstühle, Seidensophas, große Tische voller Bilderbücher und mit Spielzeug für hundertmal hundert Reichstaler – das sagten jedenfalls die Kinder. Und der Tannenbaum wurde in einem großen, mit Sand gefällten Kübel aufgestellt, aber niemand konnte sehen, daß es ein Kübel war, denn es wurde grüner Stoff herumdrapiert, und er stand auf einem großen bunten Teppich. O wie der Baum zitterte! Was würde nun bloß passieren? Diener und Fräulein kamen und schmückten ihn. An jeden Zweig hängten sie kleine Netze, die aus farbigem Papier ausgeschnitten waren; jedes Netz war mit Süßigkeiten gefüllt; vergoldete Äpfel und Walnüsse hingen da, als wären sie angewachsen, und über hundert rote, blaue und weiße Lichtchen wurden auf den Zweigen festgesteckt. Puppen, die so lebendig aussahen wie Menschen – der Baum hatte nie zuvor so etwas gesehen –, schwebten im Grün, und ganz hoch oben in den Wipfel wurde ein großer Stern aus Flittergold gesetzt; das war prächtig, ganz unvergleichlich prächtig.

»Heute abend«, sagten alle, »heute abend soll er glänzen!«

»Oh!« dachte der Baum, »wär es doch nur schon Abend! wären nur die Lichter bald angezündet! und was dann wohl passiert? Ob wohl Bäume aus dem Wald kommen, um mich anzusehen? Ob die Spatzen ans Fenster fliegen? Ob ich hier wohl festwachse und winters und sommers geschmückt bleibe?«

O ja, er wußte genau Bescheid; aber er hatte richtig Borkenschmerzen vor lauter Sehnsucht, und Borkenschmerzen sind für einen Baum genauso schlimm wie Kopfschmerzen für uns.

Nun wurden die Lichter angezündet. Welch ein Glanz, welche Pracht! der Baum zitterte dabei an allen Zweigen, so daß eins der Lichter das Grün in Brand setzte; das verkohlte ordentlich.

»Gott bewahre uns!« schrien die Fräulein und löschten eilig.

Jetzt traute sich der Baum nicht einmal mehr zu zittern. Oh, das war ein Grauen! Ihm war so bange, daß er etwas von seiner Ausstaffierung verlieren könnte; er war ganz konfus in all dem Glanz, – – und nun gingen beide Flügeltüren auf, und eine Menge Kinder stürzten herein, als wollten sie den ganzen Baum umwerfen; die Älteren kamen bedächtig hintendrein; die Kleinen standen ganz stumm, – aber nur einen Augenblick, dann jubelten sie wieder so laut, daß es nachhallte; sie tanzten um den Baum herum, und ein Geschenk nach dem anderen wurde abgepflückt.

»Was tun die denn da?« dachte der Baum. »Was passiert

jetzt?« Und die Lichter brannten bis auf die Zweige herunter, und wie sie nach und nach herunterbrannten, wurden sie gelöscht, und dann durften die Kinder den Baum plündern. Oh, sie stürzten sich auf ihn, daß es in allen Zweigen knackte; wäre er nicht mit Spitze und Goldstern an der Decke festgebunden gewesen, dann wäre er umgestürzt.

Die Kinder tanzten mit ihrem herrlichen Spielzeug herum, niemand hatte Augen für den Baum, außer der alten Kinderfrau, die herumging und zwischen die Zweige lugte, aber das war nur um zu sehen, ob nicht vielleicht doch eine Feige oder ein Apfel übersehen worden war.

»Eine Geschichte! eine Geschichte!« schrien die Kinder und zerrten einen kleinen dicken Mann zum Baum hin, und er setzte sich genau darunter, »dann sind wir nämlich im Grünen«, sagte er, »und dem Baum wird es besonders guttun, wenn er mithört! aber ich erzähle nur eine Geschichte. Wollt ihr die von ›Ivede-Avede‹ hören oder die von ›Klumpe-Dumpe-der-die-Treppe-hinunterfiel-und-doch-auf-den-Thron-kam-und-die-Prinzessin-kriegte‹?«

»›Ivede-Avede‹!« schrien einige, »›Klumpe-Dumpe‹!« schrien andere; es war ein Gebrüll und Geschrei, nur der Tannenbaum schwieg ganz still und dachte: »Soll ich denn gar nicht dabeisein? überhaupt nichts tun?« Aber er war ja dabeigewesen, hatte getan, was er tun sollte.

Und der Mann erzählte von »Klumpe-Dumpe-der-die-Treppe-hinunterfiel-und-doch-auf-den-Thron-kam-und-die-Prinzessin-kriegte«. Und die Kinder klatschten in die Hände und riefen: »erzähl! erzähl!« sie wollten auch »Ivede-Avede« hören, aber sie kriegten nur das von »Klumpe-Dumpe«. Der Tannenbaum stand ganz still und gedankenvoll da, niemals hatten die Vögel im Walde so etwas erzählt. »Klumpe-Dumpe fiel die Treppe hinunter und kriegte doch die Prinzessin! Jaja, so geht es zu in der Welt!« dachte der Tannenbaum und glaubte, es wäre alles wahr, weil es doch so ein netter Mann war, der erzählt hatte. »Jaja! wer weiß, wer weiß! vielleicht fall ich auch die Treppe hinunter und kriege eine Prinzessin!« Und er freute sich auf den nächsten Tag, wo er wieder mit Lichtern und Spielzeug, Gold und Früchten eingekleidet werden würde.

»Morgen werd ich nicht mehr zittern!« dachte er. »Ich will ganz froh und zufrieden sein in all meiner Herrlichkeit. Morgen werd ich wieder die Geschichte von ›Klumpe-Dumpe‹ hören und vielleicht auch die von ›Ivede-Avede‹.« Und der Baum stand still und gedankenvoll da, die ganze Nacht.

Am Morgen kamen der Knecht und das Hausmädchen herein. »Jetzt geht's wieder los mit dem Ausstaffieren!« dachte der Baum, aber die schleppten ihn aus der Stube hinaus, die Treppe hoch, auf den Dachboden, und hier, in einem dunklen Winkel, in den kein Tageslicht fiel, stellten sie ihn ab. »Was hat das zu bedeuten?« dachte der Baum. »Was um alles in der Welt soll ich hier anfangen? Und was soll ich hier wohl zu hören kriegen?« Und er lehnte sich an die Mauer und dachte und dachte. – – Und Zeit genug hatte er, denn es vergingen Tage und Nächte; niemand kam herauf, und als endlich jemand kam, da war es, um einige große Kisten in die Ecke zu stellen; der Baum stand ganz versteckt, man hätte meinen können, er wäre reinweg vergessen worden.

»Jetzt ist es da draußen Winter!« dachte der Baum. »Die Erde ist hart und mit Schnee bedeckt, die Menschen könnten mich gar nicht einpflanzen; darum soll ich hier noch windgeschützt stehen, bis es Frühling wird! wie aufmerksam das bedacht ist! wie sind die Menschen doch gut! – Wenn es hier nur nicht so dunkel wäre und so furchtbar einsam! – Nicht einmal ein kleiner Hase! – Es war doch so nett da draußen im Wald, wenn Schnee lag, und der Hase sprang vorbei; ja, auch als er über mich wegsprang, aber das konnte ich damals nicht vertragen. Hier oben ist es doch schrecklich einsam!«

»Pi, pi!« sagte eine kleine Maus in diesem Moment und schlüpfte hervor, und dann kam noch eine kleine hintendrein. Sie schnupperten am Tannenbaum und schlüpften zwischen den Zweigen hinauf.

»Was für eine scheußliche Kälte!« sagten die kleinen Mäuse. »Sonst ist es eigentlich ganz wundervoll hier oben! Stimmt's, du alter Tannenbaum?«

»Ich bin überhaupt nicht alt!« sagte der Tannenbaum, »es gibt eine Menge, die sind viel älter als ich!«

»Wo kommst du her?« fragten die Mäuse, »und was weißt du?« Sie waren nun einmal so furchtbar neugierig. »Erzähl uns doch von dem schönsten Platz auf der Welt! Bist du dagewesen? Warst du jemals in der Speisekammer, wo die Käsestücke in den Regalen liegen und die Schinken unter der Decke hängen, wo man auf Talglichtern tanzt, und mager hineingeht und fett wieder herauskommt?«

»Das kenn ich nicht!« sagte der Baum, »aber den Wald kenn ich, wo die Sonne scheint, und wo die Vögel singen!« und dann erzählte er alles aus seiner Jugend, und die kleinen Mäuse hatten nie zuvor so etwas gehört, und sie hörten so aufmerksam zu und sagten: »nein, was du alles gesehen hast! wie glücklich bist du doch gewesen!«

»Ich!« sagte der Tannenbaum und dachte über das nach, was er selber erzählte; »ja, das waren, im Grunde, ganz lustige Zeiten!« – aber dann erzählte er vom Weihnachtsabend, als er mit Kuchen und Lichtern geschmückt war.

»Oh!« sagten die kleinen Mäuse. »Wie glücklich bist du doch gewesen, du alter Tannenbaum!«

»Ich bin überhaupt nicht alt!« sagte der Baum, »es war doch erst in diesem Winter, daß ich aus dem Wald gekommen bin! ich bin im allerbesten Alter, ich bin nur von etwas gesetztem Wuchs!«

»Wie schön du erzählen kannst!« sagten die kleinen Mäuse, und in der nächsten Nacht brachten sie vier andere Mäuschen mit, die sollten auch hören, wie der Baum erzählte, und je mehr er erzählte, desto deutlicher erinnerte er sich selbst an alles und fand: »das waren doch ganz lustige Zeiten! aber die können auch wieder kommen, die können auch wieder kommen! Klumpe-Dumpe fiel die Treppe hinunter und kriegte doch die Prinzessin, vielleicht kann ich auch eine Prinzessin kriegen«, und dann dachte der Tannenbaum an so ein niedliches kleines Birkenbäumchen, das draußen im Walde wuchs, das war für den Tannenbaum eine wirkliche wunderschöne Prinzessin.

»Wer ist denn Klumpe-Dumpe?« fragten die kleinen Mäuse. Und dann erzählte der Tannenbaum das ganze Märchen, er erinnerte sich noch an jedes einzelne Wort; und die kleinen Mäuse wären ihm beinahe bis in den Wipfel gehüpft, vor lauter Vergnügen. In der nächsten Nacht kamen noch viel mehr Mäuse, und am Sonntag sogar zwei Ratten; aber die sagten, die Geschichte wäre nicht lustig, und das betrübte die kleinen Mäuse, denn nun fanden sie sie auch nicht mehr so gut.

»Können Sie nur diese eine Geschichte?« fragten die Ratten.

»Nur diese eine!« antwortete der Baum, »ich hörte sie an meinem glücklichsten Abend, aber damals dachte ich nicht daran, wie glücklich ich war!«

»Das ist eine über alle Maßen schlechte Geschichte! können Sie nichts mit Speck oder Talglicht? Keine Speisekammergeschichten?«

»Nein!« sagte der Tannenbaum.

»Ja, dann haben Sie vielen Dank!« antworteten die Ratten und gingen nach Haus.

Zuletzt blieben auch die kleinen Mäuse weg, und da seufzte der Baum: »Das war doch ganz hübsch, wie die so um mich herum saßen, die emsigen Mäuschen, und hörten, was ich erzählte! Nun ist auch das vorbei! – aber ich will daran denken, daß ich mich freue, wenn ich nun wieder nach Hause gebracht werde!«

Aber wann geschah das? – Ja! es war eines Morgens, da kamen allerlei Leute und rumorten auf dem Dachboden herum; die Kisten wurden beiseite geschoben, der Baum wurde hervorgezogen; sie warfen ihn zwar ein bißchen hart zu Boden, aber sogleich schleppte ein Knecht ihn zur Treppe, wo das Tageslicht schien.

»Jetzt fängt das Leben wieder an!« dachte der Baum; er fühlte die frische Luft, den ersten Sonnenstrahl, – und jetzt war er draußen im Hof. Alles ging so geschwind, der Baum vergaß völlig, sich selbst zu beobachten, es gab ringsum so viel zu sehen. Der Hof grenzte an einen Garten, und darin stand alles in Blüte; die Rosen hingen so frisch und duftend übers Staket, die Linden blühten, und die Schwalben flogen umher und sagten »Quirre-wirre-witt, mein Mann ist da!« aber es war nicht der Tannenbaum, den sie meinten.

»Jetzt werde ich leben!« jubelte er und breitete seine Zweige weit aus; ach, sie waren alle welk und gelb; er lag in einer Ecke zwischen Unkraut und Brennesseln. Der Goldpapier-Stern saß noch immer oben in der Spitze und glitzerte im hellen Sonnenschein.

Im Hof selbst spielten ein paar von den lustigen Kindern, die zur Weihnachtszeit um den Baum getanzt waren und sich so an ihm gefreut hatten. Eins von den kleinsten sauste herüber und riß den Goldstern ab.

»Seht nur, was da noch an dem ekligen alten Weihnachtsbaum hängt!« sagte es und trampelte auf den Zweigen herum, daß es unter seinen Stiefeln knackte.

Und der Baum sah all die Blütenpracht und Frische im Garten an, er sah sich selber an, und er wünschte, er wäre in seinem dunklen Winkel auf dem Dachboden geblieben; er dachte an seine frische Jugend im Walde, an den lustigen Weihnachtsabend und an die kleinen Mäuse, die sich so froh die Geschichte von »Klumpe-Dumpe« angehört hatten.

»Vorbei! vorbei!« sagte der arme Baum. »Hätte ich mich doch gefreut, als ich es noch konnte! vorbei! vorbei!«

Und der Hausknecht kam und schlug den Baum in kleine Stücke, ein ganzes Bündel lag da; das prasselte herrlich unter dem alten Braukessel; und es seufzte so tief, jedes Seufzen war wie ein kleiner Schuß; darum kamen die Kinder, die draußen spielten, hereingelaufen und setzten sich vor das Feuer, sahen hinein und schrien: »piff! paff!« aber bei jedem Knall, der ein tiefer Seufzer war, dachte der Baum an einen Sommertag im Walde, eine Winternacht da draußen, wenn die Sterne schimmerten; er dachte an den Weihnachtsabend und Klumpe-Dumpe, das einzige Märchen, das er gehört hatte und zu erzählen verstand –, und dann war der Baum ausgebrannt.

Die Kinder spielten im Hof, und das kleinste hatte den Goldstern auf der Brust, den der Baum an seinem glücklichsten Abend getragen hatte; jetzt war das vorbei, und der Baum war vorbei und die Geschichte auch; vorbei, vorbei, und das sind einmal alle Geschichten.

Eine türkische Skizze

Wenn man von Pera hinuntersteigt zwischen den Zypressen des Kirchhofs, kommt man in ein kleines Viertel, das wohl noch zu Galata gerechnet werden muß, auch wenn es außerhalb von dessen Mauern liegt! hier ist eine echte türkische Straße, wo die Auswirkungen der neueren Zeit noch nicht zu spüren sind; sie verläuft etwas eckig, und sie ist so breit, daß ein Esel mit Lasten durchkommen kann, sie ist nicht gepflastert und scheint, nach Regenwetter, ein schlammiger Bach zu sein, in den Pfähle eingerammt sind, zwischen die ein Brett gelegt ist; alle Häuser sind aus Holz und haben zwei Etagen; die untere stellt einen offenen Laden vor, ohne Fenster und Tür, ein umgekippter Kasten, und hier sitzt auf dem erhöhten Fußboden der Türke mit seiner langen Pfeife, und ringsherum hängen seine Handelswaren. In bunten, langen Kleidern, meistens mit einem herrlichen Gesicht und Bart, sitzen hier die alten Türken! hier ist kein Geschwätz! jedes Haus könnte für einen Holzschuppen vor einem Wachsfigurenkabinett gelten, und die Wachspuppe davor hat man in Gestalt des Eigentümers selbst. Ein Rudel herrenloser Hunde balgt sich mitten auf der Straße, eine andere Horde zerrt an einem Aas, das hier liegt. Ich gebe das Bild, wie ich es gesehen habe. Fünf, sechs kleine Türkenjungen, so gut wie nackt, der eine wenigstens hat nur einen Turban auf, hüpfen mit wildem Heulen um ein totes Pferd, das, weil das Fell schon abgezogen ist, ganz blutig daliegt und in einem engen Winkel dieser Straße alle vier Beine in die Luft streckt, das nackte Kleine setzt sich darauf, um das blutige Tier zu reiten – und springt dann herum; das ist ein eigenartiger Anblick! – Aber findet sich kein Strahl von Poesie in diesem Unwesen! ich antworte: Doch, denn ich erinnere mich an die großen Weinreben, die an einzelnen Häusern ihre dicken Stämme die Holzwand hinaufstrecken und sich wie ein Laubdach über die Gasse hinbreiten bis zum Hause des Nachbarn, das es mit seinem Grün schmückt! – Ich erinnere mich an die schönvergitterte höhere Etage, die die Frauen einschließt und sie verbirgt vor dem Blick des Fremden! hier ist Poesie! der Türke selbst, der gelbe Opium-Esser, der da in roten Hosen und brandgelbem Kaftan mit grünem Turban sitzt, ist ein lebendiges Gedicht; er sitzt mit den Beinen über Kreuz, mit halbgeöffneten Augen und zitternden Lippen, mein Auge liest die zitternden Blätter, die hingehauchte Schrift; und so lautet sie: –

»Sieh, wie die Rebe sich rankt! ihr Blatt ist grün, wie mein Turban, ihr Saft ist rot, wie mein Blut! – Doch den Saft und das Blut soll niemand mischen, hat der Prophet gesagt! – Wein zu trinken ist Sünde, Wein ist für Christen und Juden! doch Opium-Wurzel ist Salomos Ring! die wird mir im Munde viel besser als Wein, wird ein Berg mit Trauben und Sonnenschein! jede Sorge weht dahin! ich fühle mich so gesund, ich werde so froh, ich werde vor Freude ganz wild, ich bin außer mir, ich schwimme und schwebe! Der Prophet weiß, was ich tu! ich umarme meine Frau, ich umarme zehn, zwölf! – ich neige den Kopf an die Marmorbrust, an Marmor, der anschwillt von Feuer und Flammen, man selber wird zu Flammen! jeder Nerv ist ein Blitz! das knistert, das knistert! Allah ist groß!«

Das schönste Märchen

Als Höhe- und Zielpunkt »Meines Lebensmärchens« erscheint in Andersens monumentaler Autobiographie die Verleihung der Ehrenbürgerwürde in seiner Geburtsstadt Odense. Sein Freund, der norwegische Dichter (und spätere Nobelpreisträger) Bjørnstjerne Bjørnson, erklärte ihm wenig später, »das schönste Märchen, das ich bisher erzählt hätte, sei das gewesen, was ich bei meinem Fest in der Ratsstube von Odense erzählt habe«. Hier ist es – Andersens Märchen von seinem höchsten »Glück in diesem Leben«.

Am vierten Dezember kam ich nach Odense. Das Wetter war kalt und stürmisch gewesen, ich war stark erkältet und litt an Zahnschmerz. Nun schien die Sonne, es war stilles, schönes Wetter geworden. Bischof Engelstoft nahm mich am Bahnhof in Empfang und führte mich zu meinem Heim bei sich im Bischofshof an der Odense Aa, von der ich im Märchen »Glockentiefe« erzählt habe. Mehrere Amtsleute der Stadt waren zum Abendessen eingeladen. Hier war es herzlich, lebhaft und gut.

Nun kam der bedeutungsvolle sechste Dezember, das schönste Fest meines Lebens. Ich konnte nachts nicht schlafen, ich war seelisch und körperlich benommen; ich fühlte Schmerzen in der Brust und in den Zähnen, es war als sollte mir ins Gedächtnis gerufen werden: du bist in all deiner Herrlichkeit ein Kind der Gebrechlichkeit, ein Wurm im Staube! und ich fühlte das nicht bloß in körperlichen Schmerzen, sondern in seelischer Demut.

Wie sollte und müßte ich mein unglaubliches Glück genießen! Ich konnte das nicht, ich zitterte darin.

Am Morgen des sechsten Dezember hörte ich, daß die Stadt festlich geschmückt war und daß alle Schüler frei hatten, weil es mein Fest war. Ich fühlte mich so benommen, gedemütigt und gering, als stünde ich vor meinem Gott. In mir leuchtete jede Schwachheit auf, jeder Fehler und jede Sünde in Gedanken, Worten und Werken! alles sprang wunderlich klar in meiner Seele hervor, als wäre es der Tag des Gerichts, und das war der Tag der Ehren! Gott hat es bemerkt, wie gering ich mich fühlte, als die Menschen mich so erhoben und ehrten.

Später am Vormittag kamen Polizeiwachtmeister Staatsrat Koch und Bürgermeister Mourier und holten mich zum Rathaus ab, wo ich meinen Ehrenbürgerbrief empfangen sollte. An fast allen Häusern in den Straßen, durch die wir fuhren, wehte der Danebrog; es wimmelte von Menschen aus der Stadt, vom Lande, Bürgern und Landbewohnern; ich hörte Hurrarufe, hörte vor dem Rathaus Musik; der Bürgerchor paradierte, und es wurden die Melodien meiner Lieder gespielt: »Gurre« und »Dich liebe ich! Dänemark, mein Vaterland!« Ich war überwältigt, und man wird verstehen, daß ich zu meinen beiden mich ehrenden Begleitern sagte und sagen mußte: »Wie muß wohl dem zumute sein, der zur Richtstätte fährt! Ich glaube, ich fühle mich jetzt wie er.«

Der Saal war gefüllt mit festlich gekleideten Damen und Würdenträgern in Uniform und Ornat, Bürger und Bauern sah ich.

Fünens Nachrichtenblatt brachte am selben Tag eine Schilderung der Festlichkeiten, die so lautete:

»Heute vormittag um zehn Uhr wurde dem Dichter H. C. Andersen im Rathaus der Stadt das Diplom eines Ehrenbürgers von Odense überreicht. [...]

Staatsrat Andersen dankte tief bewegt; unwillkürlich mußte er an seine Kindertage zurückdenken und an die Erinnerungen aus jener Zeit. An diesen Saal knüpften sich für ihn nun drei Erinnerungen: die erste handelte davon, wie er als Kind heraufgekommen war und ein Wachsfigurenkabinett angesehen hatte; da fühlte er sich von einem wunderlichen Gefühl ergriffen, als er die Könige und Fürsten und die berühmten Männer dieser Welt dargestellt sah. Ein zweites Mal sollte er ein Fest im Saal sehen; ein alter Stadtmusicus nahm ihn mit hinauf; man feierte des Königs Geburtstag, und aus dem Orchester im erleuchteten Saal blickte er hinaus auf die Tanzenden, unter denen er mehrere Bekannte sah. Die dritte Erinnerung war vom heutigen Tag, da er selbst nun als Gast in diesem Saale stand und mit so unendlich vieler Herzlichkeit empfangen wurde. Das Ganze kam ihm wie ein Märchen vor, aber es hatte ihn gelehrt, daß das Leben selbst doch das schönste Märchen ist.«

[. . .]

Nun begann das Kinderfest, ein Lehnstuhl wurde mir mitten in den Saal gesetzt, und Paar auf Paar kamen geschmückte Kinder und tanzten im Kreis um mich herum und sangen ihre Lieder.

Wie war ich glücklich, und doch – hinauf ins rein Himmlische darf der Mensch nicht erhoben werden; ich sollte und mußte fühlen, daß ich nur ein armes Menschenkind war, gebunden an die Gebrechlichkeit der Erde. Ich litt an entsetzlichem Zahnschmerz, der sich bei der Hitze hier oben und bei der Bewegung meines Gemüts zu einem nicht auszuhaltenden Grade erhob; trotzdem las ich den kleinen Freunden ein Märchen vor. Nun traf die Deputation der verschiedenen Corporationen der Stadt ein, die mit Fackeln und wehenden Fahnen zum Rathaus gekommen war. Ich sollte nun die Erfüllung jener Weissagung erleben, die die alte Frau mir ausgesprochen hatte, als ich als Junge aus meiner Geburtsstadt hinauszog: Odense sollte für mich illuminiert werden. Ich trat ans offene Fenster; alles erstrahlte im Fackelglanz, der Platz war dicht erfüllt von

Menschen, ihr Lied klang zu mir herauf, ich war seelisch überwältigt, ich war körperlich benommen, diesen Höhepunkt meines Glücks in diesem Leben konnte ich nicht genießen. Das Zahnweh war unerträglich, die eiskalte Luft, die mir entgegenschlug, ließ es in heftigem Schmerz auflodern, und statt die Glückseligkeit dieser Minuten recht zu genießen, die niemals wiederkehren werden, sah ich auf dem Liederblatt nach, wie viele Verse noch zu singen waren, bis ich der Tortur entgehen könnte, die mich die kalte Luft durch meine Zähne erleiden ließ. Dies war auch der Höhepunkt des Schmerzes; als das Lodern der Fackeln erlosch, die zu einem Feuer zusammengelegt waren, da erlosch auch mein Schmerz. Wie dankte ich da Gott!

Tante Zahnschmerz

Woher wir die Geschichte haben? –

– Willst du's wissen?

Wir haben sie aus dem Eimer, dem mit den alten Papieren drin.

Manches gute und seltene Buch ist zum Speckhöker oder Gemüsekrämer gegangen, nicht als Lesestoff, sondern als Gebrauchsartikel. Da wird Papier benötigt zu den Tüten für Stärke und Kaffeebohnen, Einwickelpapier für Salzhering, Butter und Käse. Geschriebenes ist auch ganz brauchbar.

Oft ist im Eimer, was nicht im Eimer sein sollte.

Ich kenne einen Krämerburschen, Sohn eines Speckhökers; er ist vom Keller ins Parterregeschäft aufgestiegen; ein Mensch von großer Belesenheit, Papiertüten-Belesenheit, Gedrucktes wie Handschriftliches. Er besitzt eine interessante Sammlung, darunter mehrere wichtige Akten aus dem Papierkorb irgendeines überbeschäftigten zerstreuten Beamten; verschiedene Briefe von Freundin zu Freundin: Skandalmitteilungen, die nicht weitergereicht, die von keinem Menschen erwähnt werden durften. Er ist eine leibhaftige Rettungsinstanz für einen nicht geringen Teil der Literatur, und er deckt darin einen großen Bereich ab, er hat den elterlichen Laden und den seines Prinzipals, und da hat er manches Buch gerettet, oder Blätter aus einem Buch, das es doch verdient hätte, zweimal gelesen zu werden.

Er hat mir eine Sammlung gedruckter und handschriftlicher Sachen aus dem Eimer gezeigt, am reichhaltigsten aus dem des Speckhökers. Da lagen ein paar Blätter aus einem größeren Schreiber-Buch; die überaus schöne und deutliche Handschrift zog gleich meine Aufmerksamkeit auf sich.

»Das hat der Student geschrieben!« sagte er, »der Student, der hier über uns gewohnt hat und vor einem Monat gestorben ist. Er hat schrecklich an Zahnschmerzen gelitten, wie man sieht. Das ist ganz unterhaltsam zu lesen! Hier ist nur noch ein Rest des Geschriebenen, das war einmal ein ganzes Buch und noch etwas mehr; meine Eltern haben der Wirtin des Studenten ein halbes Pfund grüne Seife dafür gegeben. Hier ist alles, was ich davon aufheben konnte.«

Ich lieh es mir aus, las es, und nun teile ich es mit.

Die Überschrift war:

Tante Zahnschmerz

I.

– Die Tante gab mir süße Sachen, als ich klein war. Meine Zähne hielten es aus, wurden nicht verdorben; jetzt bin ich älter geworden, Student geworden; sie verwöhnt mich noch immer mit süßen Sachen, sagt, ich sei ein Dichter.

Ich habe in mir etwas von einem Poeten, aber nicht genug. Oft wenn ich durch die Straßen der Stadt gehe, kommt es mir vor, als ginge ich durch eine große Bibliothek; die Häuser sind Bücherregale, jede Etage ist ein Bord mit Büchern. Da steht eine Alltagsgeschichte, dort eine gute alte Komödie, wissenschaftliche Werke aus allen Fächern, hier Schundliteratur und gehobene Lektüre. Ich kann phantasieren und philosophieren über all das Bücherwerk.

Es ist etwas in mir von einem Poeten, aber nicht genug. Viele Menschen haben bestimmt genausoviel davon wie ich, und tragen doch kein Schild oder Halsband mit dem Namen *Poet*.

Es ist eine Gottesgabe, die ihnen und mir gegeben ist, ein Segen, groß genug für einen selbst, aber allzu klein, um sie wieder mit anderen zu teilen. Sie kommt wie ein Sonnenstrahl, füllt Seele und Gedanken; sie kommt wie ein Blütenduft, wie eine Melodie, die man kennt, und man weiß doch nicht woher.

Neulich abends, ich saß in meiner Stube, brauchte dringend Lesestoff, hatte kein Buch, kein Blatt, da fiel mit einem Mal ein Blatt, frisch und grün, vom Lindenbaum. Der Luftzug trug es durchs Fenster herein zu mir.

Ich betrachtete die vielen verzweigten Adern; ein kleiner Wurm bewegte sich über sie dahin, als wollte er ein gründliches Studium des Blattes unternehmen. Da mußte ich an die Menschen-Weisheit denken; wir kriechen auch auf dem Blatt herum, kennen nur das, und dann halten wir sofort Vorträge über den ganzen großen Baum, über Wurzel, Stamm und Krone; den großen Baum: Gott, Welt und Unsterblichkeit, und kennen von dem Ganzen – nur ein kleines Blatt!

Wie ich so dasaß, bekam ich Besuch von Tante Mille.

Ich zeigte ihr das Blatt mit dem Wurm, sagte ihr, was ich dabei dachte, und ihre Augen strahlten.

»Du bist Dichter!« sagte sie, »vielleicht der größte den wir haben! sollte ich das noch erleben, dann gehe ich gern ins Grab. Du hast mich immer, schon seit Brauer Rasmussens Begräbnis, in Erstaunen versetzt mit deiner mächtigen Phantasie!«

Das sagte Tante Mille und küßte mich.

Wer war Tante Mille, und wer war Brauer Rasmussen?

II.

Mutters Tante wurde von uns Kindern Tante genannt, wir hatten keinen anderen Namen für sie.

Sie gab uns Zucker und Kompott, ohne Rücksicht darauf, daß es ein großes Unheil für unsere Zähne war, aber sie war schwach gegenüber den süßen Kindern, sagte sie. Es wäre ja grausam, ihnen das kleine bißchen Süßes zu verweigern, das sie so gern haben.

Und darum hatten wir die Tante so gern.

Sie war ein altes Fräulein, so weit ich zurückdenken kann, immer alt! Ihr Alter stand einfach still.

In früheren Jahren litt sie sehr an Zahnschmerzen und redete immer davon, und da war ihr Freund, Brauer Rasmussen, einmal witzig und nannte sie *Tante Zahnschmerz*.

Er braute nicht mehr in den letzten Jahren, lebte von seinen Zinserträgen, kam oft zur Tante und war älter als sie. Er hatte gar keine Zähne, bloß ein paar schwarze Stümpfe.

Als kleines Kind hätte er zuviel Zucker gegessen, sagte er zu uns Kindern, und dann kam es, daß man so aussah.

Die Tante hatte bestimmt nie in ihrer Kindheit Zucker gegessen; sie hatte die prächtigsten weißen Zähne.

Sie schonte sie auch, schlief in der Nacht ohne sie! sagte Brauer Rasmussen.

Das war nun boshaft, wußten wir Kinder, aber die Tante sagte, daß er es nicht so meinte.

Eines Morgens beim Frühstück erzählte sie einen gräßlichen Traum, den sie in der Nacht gehabt hatte: daß einer von ihren Zähnen ausgefallen wäre.

»Das bedeutet«, sagte sie, »daß ich einen wahren Freund oder eine wahre Freundin verliere!«

»Wenn es ein falscher Zahn war!« sagte der Brauer und grinste, »dann kann es nur bedeuten, daß Sie einen falschen Freund verlieren!«

»Sie sind ein unhöflicher alter Mann!« sagte die Tante so wütend, wie ich sie weder vorher noch nachher gesehen habe.

Später sagte sie, es wäre bloß eine Neckerei ihres alten Freundes gewesen; er wäre der edelste Mensch auf der Erde, und wenn er eines Tages sterben würde, dann würde er zu einem kleinen Gottesengel im Himmel!

Ich dachte viel über diese Verwandlung nach, und ob ich wohl imstande wäre, ihn wiederzuerkennen in der neuen Gestalt.

Als die Tante jung war und er auch, hielt er um ihre Hand an. Sie bedachte sich zu lange, blieb sitzen, blieb allzu lange sitzen, wurde zum immer alten Fräulein, aber auch zur immer treuen Freundin.

Und dann starb Brauer Rasmussen.

Er wurde zum Grab gefahren im teuersten Leichenwagen und hatte großes Geleit, Leute mit Orden und in Uniform.

Die Tante stand in Trauerkleidern am Fenster mit uns Kindern, abgesehen von dem kleinen Bruder, den der Storch vor einer Woche gebracht hatte.

Jetzt waren Leichenwagen und Geleit vorüber, die Straße war leer, die Tante wollte gehen, aber das wollte ich nicht, ich wartete auf den Engel Brauer Rasmussen; er war ja nun ein kleines geflügeltes Gotteskind geworden und mußte sich zeigen.

»Tante!« sagte ich. »Glaubst du nicht, daß er jetzt kommt! oder wird der Storch, wenn er uns wieder einen kleinen Bruder bringt, uns dann den Engel Rasmussen bringen?«

Die Tante war vollkommen überwältigt von meiner Phantasie und sagte: »Dieses Kind wird ein großer Dichter!« und das wiederholte sie solange ich in die Schule ging, ja noch nach meiner Konfirmation und nun bis in die Studentenjahre hinein.

Sie war und ist mir die teilnehmendste Freundin, in Dichter-Schmerzen wie in Zahnschmerzen. Ich kriege ja Anfälle von allen beiden.

»Schreib einfach alle deine Gedanken auf«, sagte sie, »und leg sie in die Tischschublade; so machte es Jean Paul; er wurde ein großer Dichter, den ich allerdings nicht mag, er ist nicht spannend! Du mußt spannend sein! und du wirst spannend sein!«

In der Nacht nach dieser Rede lag ich in Sehnsucht und Qual, in Bedrängnis und Lust, der große Dichter zu werden, den die Tante in mir sah und fühlte; ich lag in Dichter-Schmerzen! aber es gibt schlimmere Schmerzen: *Zahnschmerzen;* die zerdrückten und zerpflückten mich; ich wurde ein Wurm, der sich krümmt, mit Kräuterkissen und spanischer Fliege.

»Das kenn ich!« sagte die Tante.

Es lag ein Lächeln der Trauer um ihren Mund; ihre Zähne schimmerten so weiß.

*

Aber ich muß einen neuen Abschnitt anfangen in der Geschichte von mir und der Tante.

III.

Ich war in eine neue Mietwohnung eingezogen und hatte dort einen Monat gewohnt. Darüber sprach ich mit der Tante.

»Ich wohne bei einer ruhigen Familie; die denkt nicht an mich, und wenn ich dreimal läute. Ansonsten ist es ein wahres Spektakelhaus, laut und lärmend von Wind und Wetter und Menschen. Ich wohne gerade über dem Tor; jeder Wagen, der aus- oder einfährt, setzt die Bilder an den Wänden in Bewegung. Das Tor knallt und rüttelt das Haus, als wäre es ein Erdbeben. Liege ich im Bett, gehen mir die Stöße durch alle Glieder; aber das soll ja nervenstärkend sein. Wenn der Wind weht, und hierzulande weht er immer, dann schlingern die langen Fensterkrampen draußen hin und her und schlagen gegen die Mauern. Die Türschelle des Nachbarn zum Hof läutet bei jedem Windstoß.

Unsere Hausbewohner kommen kleckerweise heim, spät

am Abend, tief in der Nacht; der Mieter genau über mir, der tagsüber im Posaunenblasen unterrichtet, kommt als letzter heim und geht nicht eher zu Bett, als bis er eine kleine Mitternachtsrunde gemacht hat, mit schwerem Schritt und eisenbeschlagenen Stiefeln.

Doppelte Fenster gibt es nicht, aber es gibt eine gesprungene Scheibe, darüber hat die Wirtin Papier geklebt, der Wind bläst trotzdem zu den Ritzen herein und macht ein Geräusch wie eine summende Bremse. Das ist Einschlafmusik. Falle ich endlich in Schlummer, werde ich alsbald vom Hahnenschrei geweckt. – Hahn und Huhn melden aus dem Hühnerverschlag beim Kellermann, daß es bald Morgen wird. Die kleinen Nordlandpferdchen – die haben keinen Stall, die sind beim Sandloch unter der Treppe angebunden – treten gegen Tür und Paneele, um sich Bewegung zu verschaffen.

Der Tag dämmert; der Hausmeister, der mit der Familie auf dem Dachboden schläft, poltert die Treppe herab; Holzschuhe klappern, das Tor knallt, das Haus bebt, und wenn das überstanden ist, fängt der Mieter oben mit seiner Gymnastik an, stemmt mit jeder Hand eine schwere Eisenkugel, die er nicht halten kann; sie fällt und fällt wieder, während zur gleichen Zeit die Jugend des Hauses, die zur Schule soll, schreiend heranstürzt. Ich gehe ans Fenster, öffne es, um frische Luft zu kriegen, und es ist erfrischend, wenn ich sie kriegen kann und nicht die Jungfer im Hinterhaus Handschuhe im Fleckenwasser wäscht, davon lebt sie. Ansonsten ist es ein nettes Haus, und ich wohne bei einer ruhigen Familie.«

Das war das Referat, das ich der Tante über meine Mietwohnung hielt; ich hielt es lebendiger, der mündliche Vortrag hat frischere Wortklänge als der geschriebene.

»Du bist ein Dichter!« rief die Tante. »Schreib einfach deine Rede auf, dann bist du genauso gut wie Dickens! ja mich interessierst du sogar viel mehr! Du dichtest, wenn du berichtest! Du beschreibst dein Haus, daß man es vor sich sieht! Es graust einen! – Dichte weiter! Leg etwas Lebendes hinein, Menschen, liebreizende Menschen, am besten unglückliche!«

Das Haus schrieb ich wirklich nieder, wie es dasteht mit allem Geräusch und Gebrechen, aber bloß mit mir selber, ohne Handlung. Die kam später!

IV.

Es war zur Winterszeit, spät am Abend, nach der Komödienzeit, entsetzliches Wetter, Schneesturm, daß man sich kaum noch vorwärtsbewegen konnte.

Die Tante war im Theater, und ich war dort, um sie nach Hause zu begleiten, aber es war schwer genug, selber zu gehen, ganz zu schweigen davon, daß man andere begleiten konnte. Die Mietwagen waren alle mit Beschlag belegt; die Tante wohnte weit entfernt in der Stadt, meine Wohnung war dagegen dicht beim Theater, wäre das nicht der Fall gewesen, hätten wir bis auf weiteres im Schilderhaus stehen müssen.

Wir stapften voran durch den tiefen Schnee, umsaust von den wirbelnden Schneeflocken. Ich hob die Tante hoch, ich hielt sie fest, ich stieß sie vorwärts. Nur zweimal fielen wir hin, aber wir fielen weich.

Wir kamen an mein Tor, wo wir uns abschüttelten; auch auf der Treppe schüttelten wir uns ab und hatten doch noch Schnee genug, um damit den Fußboden im Hausflur zu bedecken.

Wir zogen Überzeug und Unterzeug aus und alles Zeug, das man sonst noch ausziehen konnte. Die Wirtin lieh der Tante trockene Strümpfe und eine Morgenhaube; das wäre nötig, sagte die Wirtin und fügte hinzu (was der Wahrheit entsprach), daß die Tante in dieser Nacht unmöglich nach

Hause kommen könnte, bat sie, mit ihrem Wohnzimmer vorliebzunehmen; da wollte sie ein Bett herrichten auf dem Sofa vor der stets abgeschlossenen Tür zu meinem Zimmer.

Und so geschah es.

Das Feuer brannte in meinem Kachelofen, die Teemaschine kam auf den Tisch, es wurde gemütlich in der kleinen Stube, wenn auch nicht ganz so gemütlich wie bei der Tante, wo zur Winterszeit dicke Gardinen vor der Tür hängen, dicke Gardinen vor den Fenstern, doppelte Teppiche mit drei Lagen dickem Papier darunter auf dem Boden liegen; man sitzt da wie in einer gutverkorkten Flasche warmer Luft; aber wie gesagt, es wurde auch bei mir daheim gemütlich; draußen sauste der Wind.

Die Tante parlierte und schwadronierte; die Jugendzeit kam wieder, der Brauer kam wieder, alte Erinnerungen.

Sie konnte sich noch daran erinnern, wie ich den ersten Zahn kriegte, und an die Familienfreude hierüber.

Den ersten Zahn! Unschuldszahn, schimmernd wie ein kleiner weißer Milchtropfen, der Milchzahn.

Es kam einer, es kamen mehrere, eine ganze Abteilung, in Reih und Glied, oben und unten, die herrlichsten Kinderzähne, und doch bloß der Vortrupp, nicht die richtigen, die das ganze Leben währen sollten.

Auch die kamen und die Weisheitszähne dazu, Flügelmänner in der Reihe, geboren unter Schmerzen und großen Mühen.

Die gehen wieder, jeder einzelne! die gehen, bevor die Dienstzeit um ist, selbst der letzte Zahn geht, und das ist kein Festtag, sondern ein Tag der Wehmut.

Dann ist man alt, auch wenn die Laune noch jung ist.

Solche Gedanken und Reden sind kein Vergnügen, und doch kamen wir in ein Gespräch über all dies, wir kamen zurück in die Kindheitsjahre, redeten und redeten, es wurde zwölf Uhr, ehe die Tante sich in der Stube nebenan zur Ruhe begab.

»Gute Nacht, mein liebes Kind!« rief sie, »jetzt schlafe ich, als läge ich in meinem eigenen Sarg!«

Und sie ging zur Ruhe; aber Ruhe wurde nicht gegeben, weder im Haus noch draußen. Der Sturm rüttelte an den Fenstern, schlug mit den langen, schlingernden Eisenkrampen, läutete Nachbars Türschelle im Hinterhof. Der Mieter von oben war heimgekommen. Er ging noch seine kleine Nachtrunde auf und ab; warf die Stiefel von sich, ging dann ins Bett und legte sich zur Ruhe, aber er schnarcht, daß man es mit guten Ohren durch die Decke hören kann.

Ich fand keine Rast, ich kam nicht zur Ruhe; das Wetter legte sich auch nicht zur Ruhe; es war unmanierlich lebhaft. Der Sturmwind sauste und sang auf seine Weise, meine Zähne fingen auch an, lebhaft zu werden, die sangen und sausten auf ihre Weise. Sie setzten an zum großen Zahnschmerz.

Es zog vom Fenster her. Der Mondschein fiel auf den Fußboden. Das Leuchten kam und ging, wie die Wolken im Sturmwetter kamen und gingen. Es war eine Unruhe in Schatten und Licht, aber zuletzt sah der Schatten auf dem Fußboden aus wie ein Etwas; ich blickte auf dieses Bewegliche hin und fühlte einen eisig kalten Windhauch.

Auf dem Boden saß eine Gestalt, dünn und lang, wie wenn ein Kind mit dem Griffel etwas auf die Tafel zeichnet, das aussehen soll wie ein Mensch; ein einziger dünner Strich ist der Leib; ein Strich und noch einer sind die Arme; die Beine sind auch bloß je ein Strich, der Kopf ist ein Vieleck.

Bald wurde die Gestalt deutlicher, sie kriegte eine Art Kleid, sehr dünn, sehr fein, aber es zeigte an, daß sie weiblichen Geschlechts war.

Ich hörte ein Summen. War sie es, oder war es der Wind, der wie Bremsen im gesprungenen Fenster surrte.

Nein, das war sie selbst, Madame Zahnschmerz! Ihre Entsetzlichkeit *Satania infernalis,* Gott schütze und bewahre uns vor ihrem Besuch.

»Hier läßt sich's wohl sein!« summte sie; »das ist hier ein gutes Quartier! sumpfiger Grund, Moorgrund. Hier sind die Mücken herumgesummt mit Gift im Stachel, jetzt hab ich den Stachel. Der will gewetzt sein an Menschenzähnen. Die schimmern so weiß bei dem hier im Bett. Sie haben Süß und Sauer getrotzt, Heiß und Kalt, Nußschale und Pflaumenkern! aber ich will sie rütteln, will sie reißen, die Wurzeln mit Zugwind düngen, daß sie kalte Füße kriegen!«

Das war eine entsetzliche Rede, ein entsetzlicher Gast.

»So so, du bist also Dichter!« sagte sie, »ja dich will ich hinaufdichten, empor in jedes Versmaß der Schmerzen! ich werde dir Eisen und Stahl in den Körper treiben, all deine Nervenfäden auffädeln!«

Es war, als führe mir ein glühender Pfriem in den Kiefer; ich krümmte und wand mich.

»Ein fabelhaftes Zahnwerk!« sagte sie, »eine Orgel zum Aufspielen. Maultrommelkonzert, großartig, mit Pauken und Trompeten, Flöte *piccolo,* Posaune im Weisheitszahn. Großer Poet, große Musik!«

Ja sie spielte auf, und entsetzlich sah sie aus, auch wenn man nicht mehr von ihr sah als die Hand, die schattengraue, eiskalte Hand, mit den langen pfriemdünnen Fingern; jeder von ihnen war ein Peinigungsinstrument: Däumling und Schlecker hatten Kneifzange und Schraube, Mittelmann lief in einen spitzen Pfriem aus, Goldfinger war ein Drehbohrer und Kleinfinger eine Spritze mit Mückengift.

»Dich will ich Versmaße lehren!« sagte sie. »Großer Dichter soll großen Zahnschmerz haben, kleiner Dichter kleinen Zahnschmerz!«

»O laß mich klein sein!« flehte ich. »Laß mich überhaupt nicht sein! und ich bin gar kein Poet, ich kriege bloß Dicht-Anfälle, Anfälle wie von Zahnschmerzen! fahre hin! fahre hin!«

»Gestehst du also, daß ich mächtiger bin als die Poesie, als

Philosophie, Mathematik und alle Musik!« sagte sie. »Mächtiger als all diese abgemalten und in Marmor gehauenen Gefühle! ich bin älter als sie alle zusammen. Ich wurde dicht beim Paradiesgarten geboren, draußen, wo der Wind wehte und die feuchten Pilze wuchsen. Ich brachte Eva dazu, sich etwas anzuziehen bei dem kalten Wetter, und Adam obendrein. Du kannst mir glauben, es lag Kraft im ersten Zahnschmerz!«

»Ich glaube alles!« sagte ich. »Fahre hin! fahre hin!«

»Ja, willst du es aufgeben, Dichter zu sein, niemals Verse schreiben auf Papier oder Tafel oder sonst ein Schreibzeug, dann will ich dich loslassen, aber ich komme wieder, sobald du dichtest!«

»Ich schwöre!« sagte ich. »Mach nur, daß ich dich niemals mehr höre oder fühle!«

»Sehen sollst du mich, aber in einer üppigeren Gestalt, einer die dir lieber ist, als ich es jetzt bin! Du sollst mich sehen als *Tante Mille;* und ich werde sagen: Dichte, mein lieber Junge! Du bist ein großer Dichter, der größte vielleicht, den wir haben! aber wenn du mir glaubst und anfängst zu dichten, dann will ich deine Verse in Musik setzen, dann spiele ich sie auf deiner Maultrommel! du liebes Kind! – Denk an mich, wenn du Tante Mille siehst!«

Dann verschwand sie.

Ich kriegte zum Abschied etwas wie einen glühenden Pfriemstich in den Kiefer hinauf; aber der linderte sich bald, ich glitt gleichsam auf dem weichen Wasser dahin, sah, wie die weißen Seerosen mit den grünen breiten Blättern sich neigten, unter mir hinabsanken, welkten, sich auflösten, und ich sank mit ihnen, löste mich auf in Frieden und Ruhe – –

– »Sterben, schmelzen wie der Schnee!« sang es und klang es im Wasser, »fortdunsten in der Wolke, dahinfahren wie Wolken! – –«

Herab zu mir durch das Wasser schimmerten große, leuchtende Namen, Inschriften auf flatternden Siegesfahnen, das Patent der Unsterblichkeit – geschrieben auf den Flügel der Eintagsfliege.

Der Schlaf war tief, ein Schlaf ohne Träume. Ich hörte nicht den sausenden Wind, das knallende Tor, das Läuten der Türschelle nebenan und die schwierige Gymnastik des Mieters.

Glückseligkeit!

Da kam auf einmal ein Windstoß, so daß die abgeschlossene Tür zur Tante aufsprang. Die Tante sprang auf, kam in die Schuhe, kam in die Kleider, kam herein zu mir.

Ich schlief wie ein Gottesengel, sagte sie und wagte mich nicht zu wecken.

Ich erwachte von selbst, schlug die Augen auf, hatte glatt vergessen, daß die Tante hier im Haus war, aber bald entsann ich mich dessen, entsann mich der Zahnschmerzvision. Traum und Wirklichkeit gingen ineinander über.

»Du hast gestern abend nicht vielleicht etwas geschrieben, nachdem wir einander gute Nacht gesagt hatten?« fragte sie. »Ich wünschte, es wäre so! Du bist mein Dichter, und das bleibst du!«

Mir schien, sie lächelte so verschlagen. Ich wußte nicht, ob es die brave Tante Mille war, die mich liebhatte, oder die Entsetzliche, der ich in der Nacht ein Versprechen gegeben hatte.

»Hast du gedichtet, liebes Kind!«

»Nein, nein!« rief ich. »Du bist doch Tante Mille!«

»Wer sonst!« sagte sie. Und es war Tante Mille.

Sie küßte mich, stieg in die Droschke und fuhr heim.

Ich schrieb auf, was hier geschrieben steht. Es ist nicht in Versen, und es soll niemals gedruckt werden – –.

*

Ja, hier hörte das Manuskript auf.

Mein junger Freund, der angehende Krämergeselle, konnte das Fehlende nicht auftreiben, es war in die Welt hinausgegangen, wie das Papier, in das Salzheringe, Butter und grüne Seife eingewickelt sind; es hatte seine Bestimmung erfüllt.

Der Brauer ist tot, die Tante ist tot, der Student ist tot, er, dessen Gedankenfunken in den Eimer gingen.

Am Ende ist alles im Eimer.

Das ist das Ende der Geschichte, – der Geschichte von *Tante Zahnschmerz*.

Komische Verliebtheiten

Der Streit der Gelehrten darüber, welches Andersens letztes Märchen gewesen sei, hat sich gegen »Tante Zahnschmerz«, entschieden (das lediglich als letztes zu Lebzeiten gedruckt wurde) und zugunsten von »Was die alte Johanne erzählte« (das als letztes geschrieben wurde). Die allerletzten »Geschichten« aber, die Andersen erzählte, diktierte er auf dem Sterbebett seiner mütterlichen Betreuerin. Sein Tagebuch, das Frau Melchior am Ende nach seinen Anweisungen schreiben mußte, entwickelt in den letzten Eintragungen eine plötzliche Gesprächigkeit: nie erzählte Erlebnisse diktiert der Sterbende noch, alte Geschichten. Die einzige längere von ihnen ist die folgende, deren einleitendes Stichwort fast wie ein Titel formuliert und darum hier als Überschrift gesetzt ist. Genau vierzehn Tage nach diesem Diktat am Mittwoch, dem 21. Juli 1875, notierte Frau Melchior Andersens Tod.

Welcher Schrecken früher bei jedem Brief mit der Fuß-Post, Unartigkeiten, die man in keine Zeitung setzen dürfte oder wollte. Komische Verliebtheiten.

Eines Tages bei der Krönung Christians VIII. (der Philosoph Steffens mit Frau und Tochter vom König hierzu eingeladen), als ich im *Hôtel du Nord* wohnte, kam ein in Seide gekleidetes junges, etwas schiefes Mädchen, bat mich, ihr für den Geburtstag ihrer Mutter ein Gedicht zu schreiben. Ich sagte, sie müßte zu meiner Wohnung hinaufkommen, etwas später kam sie, rauschte gleich herein, setzte sich aufs Sopha, sprang von da aus auf die Erhöhung am Fenster, das auf das Regisseurzimmer des Theaters hinausgeht.

»Wie unvergleichlich schön Sie wohnen«, rief sie; »Sie

sind *mein* Dichter, ich liebe Sie!« sprang wieder zum Sopha hinüber, streckte sich aus. »Umarme mich«, sagte sie.

»Gott bewahre! was geht mit Ihnen vor?« rief ich.

Sie wurde furchtbar zudringlich.

»Aber haben Sie denn keine Mutter?« sagte ich. »Was würde die bloß sagen, wenn sie Sie so sähe und hörte? Sie sind gewiß von Sinnen. Sie müssen wirklich Ihrer Wege gehen, mir wird angst und bange vor Ihnen, Sie bitten mich – – – Gehn Sie Ihrer Wege.«

Da veränderte sich ihre ganze Persönlichkeit.

»Sie sind ein ekelhafter Mensch«, sagte sie. »Ich habe Sie geliebt, jetzt hasse ich Sie. Sie sind ein Dichter? Sie wissen ja nicht einmal, was ein Dichter ist.«

»Gehen Sie«, sagte ich und zitterte.

Sie lief davon, ich zog hastig mein Zeug über, lief hinüber zu den Etatsrat-Collins. Die alte Madame Thyberg begegnete mir.

»Aber was ist denn mit Ihnen los?« fragte sie. »Was ist geschehen?«

»Gott, es ist ein Frauenzimmer bei mir gewesen.« Sie lachte, als sie die Erklärung hörte.

Tags darauf kam Doctor Andreas Bunzen mich besuchen, ich erzählte ihm die Geschichte.

»Wie hieß sie?« sagte er.

Ich nannte ihren Namen, wie sie ihn gesagt hatte.

»Das ist doch das hysterische Fräulein, das draußen im Hospital liegt, das Sie liebt und fortwährend unanständig aus Ihrem *Mulatten* zitiert.« Er gab mir ein paar wunderliche Beispiele. »Sie ist zufällig entwischt und zu Ihnen hinaufgehuscht, wir werden sie schon festhalten.«

Mehrere Jahre später glaube ich sie auf der Straße getroffen zu haben, noch etwas schiefer als vorher. Es sah so aus, als ob sie mich überhaupt nicht erkannte. Man erwähnte übrigens ihre Verwandtschaftsverhältnisse, weit entfernt, mit den alten Collins …

Eines Tages bekomme ich einen Brief: »ein junges Mädchen bittet sich eine Unterredung aus, bittet mich nach Amager hinauszukommen, schreibt ihre Adresse; ich soll Äpfel und Kirschen bekommen; aber sie glaubt doch, daß es mir bequemer wäre, mich zu der Zeit morgen da und da einzustellen, am Farimags-Weg.« Sie beginnt den Brief mit »Herr Professor« und schließt mit »Ewig geliebter Hans Christian«.

Ich antwortete natürlich mit keiner Silbe.

Da schickt sie mir Brief auf Brief. »Ich muß und will mit Ihnen reden, ich werde Sie verfolgen, ich weiß, in welche Häuser Sie kommen. Zum Beispiel zur alten Frau Ørsted.« Das erzählte ich dort. Jedesmal, wenn dort in meiner Anwesenheit geläutet wurde, sagte die ganze Familie: »Das ist Andrea«, so war ihr Name, den sie im Brief gesehen hatten.

Eines Tages bei Madame Anholm bekomme ich einen Brief, unterschrieben »Adelgunde«: »Ich liebe Sie, als Dichter und Mensch, habe Sie niemals gesehen, reise heute aus der Stadt ab; ich muß Sie sehen und Ihre Hand drücken.« Sie setzt eine Zeit fest, ungefähr zwischen zwölf und eins, am Tag natürlich, wo ich sie beim Spaziergang zwischen Gothers-Straße und Nordwall treffen soll, werde dort eine junge, in Seide gekleidete Dame mit Klapp-Sonnenschirm treffen.

Das erzählte ich gleich beim Lunch bei den Etatsrat-Collins. Der jetzige Admiral Sommer, der hörte, daß ich nicht hingehen wollte, sagte: »Tod und Höllenpein, dann geh ich selber.«

Meiner Meinung nach waren es junge Studenten, die da am Wall wohnten und sehen wollten, wie ich angelaufen kam. Bald wurde ich darüber unterrichtet, daß von einer solchen Dame keine Spur zu sehen gewesen wäre. Ich ging, kam zu Hause an. Madame Anholm empfing mich mit einem Gruß von Adelgunde, die bedauerte, daß ich nicht zur bestimmten Zeit zur Stelle gewesen wäre.

»Wie sah sie aus?« fragte ich.

»Niedlich, schwarze Seide und Klapp-Sonnenschirm.«

»War sie nicht verrückt?« fragte ich. »Sie sah wohl unanständig aus?« fragte ich.

Keine Spur!

Was soll ich anfangen mit all diesen Geschichten.

Epilog

Märchen und Geschichten, die zu schreiben wären

Von den Märchen, die in dieser 1859 entworfenen Liste genannt sind, hat Andersen in den folgenden Jahren einige ausgeführt. Die reizvollsten Titel aber sind Versprechen geblieben, die sich die Leser-Phantasie erfüllen kann.

A.
Alliken døde. / Die Dohle starb.

B.
Brødrene. / Die Brüder.
Brandtrommen. / Die Brandtrommel.

C.
Citrontræt og Slaaentornen. / Zitronenbaum und Schlehdorn.

D.
Dødens Testament. / Das Testament des Todes.

E.
Eventyrtræt. / Der Märchenbaum.

F.
Fattigmands Søn. / Der Sohn des armen Mannes.
Fyens Købstæder. / Fünens Marktorte.
Formlys og Spædelys. / Formkerze und Rohkerze.
Familieliv paa Flasker. / Familienleben in Flaschen.

G.
Gaardhanen. / Der Hofhahn.

H.
Havfruesang ved Gammelstrand. / Meerfraugesang am Gammelstrand.
Haidukken. / Der Heiduck.

J.
Jux. / Jux.

K.
Krukkeborgerkonen. / Das affektierte Bürgerweib.

L.
Lygtemanden. / Der Lichtmann. Das Glühwürmchen.
Løs Snak. / Loses Gerede.

M.
Marer. / Nachtmahre.

N.
Nordlys. / Nordlicht.
Nummeret. / Die Nummer.
Nul med Stjerne. / Null mit Sternchen.

O.
Odense Krønike. / Die Chronik von Odense.

P.
Peer Gantes Gjenvei. / Schäker-Peters Abkürzung.
Pen og Blækhuus. / Feder und Tintenfaß.
Phantasiens Caravaner. / Die Karawanen der Phantasie.

Q.
Qvæg og Qvædlinger. / Rindvieh und Rindviecher. Quak und Quaklinge.

R.
Rødhaaret. / Rotschopf.

S.
Sangfuglen. / Der Singvogel.
Stormen flytter Skildt. / Der Sturm macht Schilderumzug.

T.
Tran Lampe og Gas Løgte. / Tranlampe und Gasleuchte.

U. –

V.
Varulven. / Der Werwolf.
Visse vasse. / Singe sange.

X.
X. / X.

Y.
Ysk. / Ysk.
Yygdrasil i Bogladen. / Der Weltenbaum im Buchladen.

Z.
Z. / Z.

Æ.
Æ. / Äh.
Æddikeaalen. / Aal in Essig.

Ø.
Ørentvisten. / Der Ohrwurm.

Nachbemerkung

1. Schräge Märchen

Was HCA »Märchen, erzählt für Kinder«, dann »Märchen und Geschichten«, schließlich nur noch »Geschichten« nannte, ist ein Konglomerat von Heterogenem, das erst in den landläufigen Auswahlbänden für Kinder homogenisiert worden ist. Nicht nur Volksmärchen-Bearbeitungen und romantische Kunstmärchen stehen dicht beieinander, satirische, parabelhafte, novellistische Texte, sondern überhaupt »märchenhafte« und solche, die es in jedem herkömmlichen Verständnis gar nicht mehr sind. Eine allegorisierende Proklamation wie »Die Muse des neuen Jahrhunderts«, Andersens umfangreichste ästhetische Programmschrift, gehört in eine romantisch korrekte »Märchen«-Sammlung so wenig hinein wie die Geschichte vom toten Mops und den Gerberei-Aktien, die hier unter der lieben Überschrift »Herzenskummer« trotzdem steht. Umgekehrt sind die 156 »Märchen und Geschichten«, die Andersen am Ende in der Ausgabe seiner *Gesammelten Schriften* gelten lassen wollte und die seither den vollständigen Kanon zu bilden vorgeben, nur ein Teil dessen, was er an »Märchen und Geschichten« geschrieben hat. Aus den Reisebüchern beispielsweise, die seine Abenteuer in Schweden, Italien oder dem Orient schilderten, nahm er einzelne selbständige Stücke in die »Märchen«-Sammlung auf, während andere dort stehenblieben und in Vergessenheit gerieten. Andere Märchen wurden in Dramen oder Romanen oder in den Prosagedichten des *Bilderbuchs ohne Bilder* erprobt, entworfen, gespiegelt: Die Pariser »Dryade« auf der Weltausstellung des Jahres 1867 zum Beispiel hat im *Schweden*-Buch einen Verwandten in Gestalt des alten Bergtrolls, der die industriell umgebauten Wasserfälle des Trollhättan erforscht; eine kleine Schwester der weltberühmten kleinen Meerfrau muß schon in einer Ballade des frühen Märchendramas *Agnete und der Meermann* an der verbotenen Liebe leiden; der Krieg, den der lustige kleine Soldat im »Feuerzeug« gegen König und Staat gewinnt, wird in einer Traumerzählung des Romans *Nur ein Spielmann* als Krieg der Wiener Vorstädte gegen die metternichsche Stadt halluziniert.

Manches blieb unfertig liegen und wurde erst im Nachlaß entdeckt (so die Geschichte vom »Schreiber« oder die Höllenfahrt in den »Tunnel«). Anderes war zwar amerikanischen Demokraten, nicht aber Untertanen des heimischen Königshauses zuzumuten (so die Geschichte von »König, Dame und Bube«, die im *Riverside Magazine* in englischer Übersetzung erschien, während das dänische Original ebenso im Kopenhagener Schreibtisch blieb wie die derbdrastische erste Version des »Klods-Hans«). Andere Märchen schließlich wurden nie geschrieben und lugen doch schon in die Welt – wie die »Komischen Verliebtheiten«, die der Sterbende noch diktierte (»Was soll ich anfangen mit all diesen Geschichten«), und das Verzeichnis noch zu schreibender »Märchen«, mit denen diese Auswahl offen endet.

Prinzipien der Auswahl sind die Neugier auf eine andre als die Biedermeier-Perspektive auf Andersen und die Leselust des Herausgebers. Von den gut drei Dutzend Texten, die er ausgesucht hat, stehen zwei Dutzend nicht oder nicht in dieser Textgestalt in den üblichen Ausgaben von »Andersens Märchen«, manches davon liegt bisher in überhaupt keiner deutschen Übersetzung vor. Schräg sollte es gern sein, aber das ist in Andersens Schriften bei näherem Hinsehen fast alles. Die Anordnung der Texte soll ein Spiegelkabinett darstellen, in dem die Texte einander auf geringe und auch auf sehr weite Distanz ansehen, brechen oder verzerren; ein Kabinett, in das Besucher ebensogut gelegentliche Blicke werfen können, wie es einen durchlaufenden Weg vom Eingang zum Ausgang gestattet.

2. Babylon-Sprache

Nachdrücklicher als viele andere Geschichtenschreiber stellt Andersen die Übersetzung vor Entscheidungen zwischen Lexikon und Musik. Wenn der Märchenerzähler seine Dryade, die mythische Gestalt *par excellence,* in die Passagen und Pavillons der Pariser Weltausstellung schickt, dann läßt er sie diese Hauptstadt des 19. Jahrhunderts erleben als »ein Babylon-Reich, eine Babylon-Sprache, ein *Welt-Wunder*«. Bei der Ankunft in dieser Sprachwunderwelt »bebt« die Dryade »in der Wollust der Erwartung«. Die Sätze, die solche Empfindungen schildern, bilden sie in ihren Klängen ab, in gespannten Rhythmisierungen, Reimwörtern, Alliterationen: »bævede i bevægelse, i Forventningens Vellyst«. Die Wollust, die den Begriffen unaussprechlich ist, ergreift und bewegt hier und in den meisten anderen Texten den Körper der Sprache – in der Pariser Nacht (wie immer dort, wo es gefährlich und aufregend wird) in Daktylen und Alliterationen: »Hermellem Buskene brandte er Baal« – »Hinter dem Flieder flammte ein Feuer«; in der Melancholie der Vergänglichkeit: die Dryade blickt auf zu »dem Segeln und Wogen der Wolken« (»hun saae i de seilende Skyers Skikkelse«; später: »sie vermißte die wogenden Wolken«, »savnede de seilende Skyer«); »Arme Dryade! ein Tautropfen, nur eine Träne, vergossen, zerflossen« (»rundet, forsvundet«); in der Bedrohung und Verführung elementarer Naturkräfte: »lotrecht in die schwarze Tiefe fällt eilend das Wasser herab« (»lodret i det sorte Dyb falder

der ilende Vand«), und der schaudernde Schweden-Reisende »schwankt auf den schaukelnden Streben« (»gaaer paa den gyngende Gulv«). Wenn in der Erzählung von »Schlammkönigs Tochter« das unheimlich-selige Versinken im Moor geschildert wird, dann gibt der Boden der Prosa nach, und in heimlicher Versrede strömen »Töne und Träume«, »Toner og Tanker«.

Das Verlockende und Unheimliche raunt so zwischen den vernünftigen Bedeutungen hindurch wie der ganz buchstäbliche Klang-Zauber von heidnischer Magie, die Runen wirft »gegen Harm und Hexerei«, »Seid og Syge«, und von christlicher Erlösung, die sich im liturgischen Singsang vollzieht. Wie in solchen poetisch-prosaischen Arabesken, so ist Andersens Märchensprache überall zweideutig, zwielichtig, bis hinein in die sperrige Interpunktion; und wie sie oszilliert zwischen Pathos und Witz, fingierten Mündlichkeit und manieristischen Hakenschlägen, pathetischen Lyrismen und salopper Umgangssprache, so kann sie auch schwanken zwischen betörender Sinnlichkeit und spröder allegorischer Abstraktion, verstecktem Eigensinn und hemmungsloser Sentimentalität, beißender Schärfe und sanfter Ironie; insgeheim ist Andersens poetische Sprachmusik immer dissonant, unstimmig, gebrochen, zerrissen, gesprungen. Vor die Entscheidung zwischen Lexikon und dieser Musik gestellt, hat die Übersetzung sich im Zweifelsfall für die Musik entschieden.

3. Dank –

– an Christine Detering, Lutz Rühling, Bernhard Glienke, Wilhelm Heizmann, Ulrike Hahn und vor allem an Anne-Bitt Gerecke.

Kiel, im April 1996 Heinrich Detering

Andersens Nachleben

> *... reads the chams of H. C. Endersen all the weaks of his evenin*
> James Joyce, *Finnegans Wake*

Auf dem Höhepunkt seines Lebens kehrte der durch die Märchen und Erzählungen weltberühmt gewordene Hans Christian Andersen zurück in seine Geburtsstadt, die er als Vierzehnjähriger mit zehn Reichstalern in der Tasche verlassen hatte, um sein Glück in Kopenhagen zu machen, und die jetzt zu seinen Ehren illuminiert wurde, wie es ihm in der Kindheit von einer alten, weisen und wahrscheinlich erfundenen Frau prophezeit worden war. Odense war ihm zu Ehren erleuchtet, Andersen trat ans offene Fenster des Rathauses, um sich der herbeigeströmten Menge Volks zu zeigen. Da traf ihn ein kalter Luftzug, und Zahnschmerzen verdarben ihm den Rest des Jubeltags.

Zahnweh und Licht, Leiden und gloria mundi – aus diesem Helldunkel hat Andersen die Märchen geschaffen, zu denen er im Alter auch sein Leben zählte. Das Märchen dieses Lebens war genau so in Erfüllung gegangen, wie er es als Kind vorhergesagt hatte: erst mußte man viel Böses durchmachen, aber dann wurde man berühmt. Bloß ging es mit dem Wunsch wie mit Märchenwünschen – sie treffen nur dem Wortlaut nach ein, die Fee stellt sich taub für das, was der Wünschende eigentlich meint, in der Eile aber nicht ausdrücklich erwähnt. Und davon, daß mit dem Ruhm die Leidenszeit beendet wäre, war nirgends die Rede gewesen.

So kam es, daß sie auch dann kein Ende nahm, als der englische Hochadel Schlange stand, um den Sohn eines Schuhmachers und einer Trinkerin zur Gesellschaft zu laden, die Herrscherhäuser Europas ihn empfingen, die großen Zeitgenossen auf Nennung seines Namens die Arme öffneten. Der Dichter der *kleinen Meerfrau* traf Victor Hugo, Wagner, Heine, Dickens, Ibsen, Balzac, und den Pferderennen von Vincennes – das Tagebuch Queneaus vermerkt es als den Gipfel der Ehre – wohnte er in der Loge Napoleons III. bei. Andersen blieb immer auf Gönner angewiesen, wohlhabend war er nie; er hatte »berühmt« gesagt, nicht »reich und berühmt«, das Publikum lernte ihn aus Raubdrucken kennen. Aber amerikanische Kinder sammelten Kollekten für ihn – das Schicksal hatte Wort gehalten, sein Ruhm war weltweit. Briefe mit der Adresse »Hans Andersen, Dänemark« fanden ihr Ziel so sicher, als wären es heimkehrende Tauben. »Ich mag Ihre Märchen so gern, daß ich Sie gern besuchen würde, aber das geht nicht, deshalb möchte ich Ihnen schreiben«, beginnt eines dieser zu Hans nach Dänemark verschickten Billetts. »Wenn Papa aus Afrika nach Hause kommt, will ich ihn bitten, daß er mich zu Ihnen mitnimmt.« Die Absenderin war Anna Mary Livingstone. Ihr Vater wäre auf den richtigen Mann getroffen, einen Kollegen, den Erforscher der dunklen Regionen der Seele, die Jean Paul zum »wahren inneren Afrika« erklärt.

Andersens Leiden sind ausufernd wie der Nil. In England und der Welt feiert man ihn, in Dänemark bewahrt man Gleichmut, im Haus des Ziehvaters Collin schneekönigliche Kühle. Von der Triumphreise zurück, muß er erleben, wie unter seiner Kopenhagener Wohnung laut plaudernd nach oben gezeigt wird: »Sieh einer an, da steht unser im Ausland so berühmt gewordener Orang-Utan!« Das traf eine der Schmerzquellen. Enorme Füße, eine riesige Adlernase, Schweinsäuglein und überlang herabschlackernde Arme, eine dürr hochragende Gestalt, so daß er außer

Orang-Utan auch Kranich genannt werden konnte, des Zappelns und Schwänzelns wegen aber auch Eidechse – so das Äußere des großen Dänen. Andersen litt ein Leben lang an ihm, galt dabei als furchtbar eitel; die überkompensierte Scheu des Häßlichen, der zu oft angestarrt wurde und sich noch als Sechzigjähriger in Seitengassen verzog, wenn Passanten sich lachend nach ihm umdrehten.

Der Körper war aber nicht nur häßlich, er war auch das hohe Tor, durch das jede Minute der Sensenmann treten würde – verkleidet, so dumm war er nicht, als gutmütiges Zipperlein. In der *Prinzessin auf der Erbse* hat Andersen auf diese Nachtseite seiner Natur ein Kerzenlicht geworfen. Er hatte ein Vorbild, einen alten schwedischen Stoff, von dem er an entscheidender Stelle abweicht. Im alten Märchen wird die Kleine von Hund oder Katze gewarnt, wenn die Herrschaft ihr ein Hölzchen unters Matratzenlager steckt, um ihre Empfindlichkeit auf die Probe zu stellen. Beim Hypochonder sind die Einsager überflüssig, die Prinzessin spürt die Erbse von allein. Sie spürt sie nicht nur, sie wird von ihr gemartert.

Eine ahnungsweise Vorstellung von Andersens Hypochondrie und dem Wogen seiner Ängste bekommt man durch das Tagebuch eines seiner wechselnden jungmännlichen Reisebegleiter. Andersen verschluckt sich beim Essen und muß den Tisch verlassen, um sich auszuhusten. »Obwohl die Gastgeberin Widerspruch erhob, behauptete er, daß eine Nadel im Fleisch gewesen sei; er habe sie verschluckt und könne sie deutlich in seinem Körper spüren. An diesem Abend und am nächsten Tag machte er sich große Sorgen wegen der möglichen Folgen. Er war so verängstigt, daß er darüber die Befürchtung vergaß, aus einer kleinen Pustel über seiner Augenbraue könnte ein großer Auswuchs werden, der sein Auge verdecken würde – eine Sorge, über der er wiederum vergessen hatte, daß er sich einbildete, einen Bruch zu bekommen, weil ich ihn aus Versehen mit dem Spazierstock ganz leicht in der Magengegend angestoßen hatte, was ihn wiederum von dem Gedanken abbrachte, er könne sich Gelenkwassersucht zugezogen haben, worüber er sich bei der Ankunft in Wien große Sorgen gemacht hatte.«

Andersen wurde siebzig, die längste Zeit war nicht der Leib krank, sondern das Gemüt. Die innere Unruhe ließ ihn nirgends bleiben, wie Kleist und Nietzsche ist er immer woanders, immer auf Reisen, die ablenken sollen und nie lange Linderung schaffen. Anders als Nietzsche, der sich mit seinen Leiden zurückzog, war der im Zickzack durch Europa eilende Märchenmann eine gefürchtete Nervensäge. Durch heillosen Egozentrismus fiel er noch den geduldigsten Gastgebern zur Last. Charles Dickens machte, als der Besuch wieder abgereist war, seinen Gefühlen in einer Karte Luft, die noch lange danach ihr festes Plätzchen über der Frisierkommode im Gästezimmer behielt: »Hans Christian Andersen schlief in diesem Zimmer fünf Wochen – der Familie schien es eine Ewigkeit!« Im *Manchester Guardian* war später zu lesen, wie man ihn hinter seinem Rücken genannt hatte – »the bony bore« –, und wie man vor Verlegenheit gestorben war, als er in einem seiner entzückenden Einfälle bei einem Dinner begann, einen Margeritenkranz zu flechten und auf dem Hut Wilkie Collins' zu drapieren.

Der arme Andersen war lästig, die schlimmste Last aber blieb er sich selbst. Durch ständige Bewegung konnte er sie verschieben und die Druckstellen wechseln, abladen konnte er sie erst am letzten Tag. Als Diener ihres Herrn vagabundierten auch seine Symptome, die Zwänge, Tics und fixen Ideen. Andersen litt unter Depressionen und Wahnvorstellungen; Großvater und Vater starben im Irrsinn, er selbst blickte oft genug schwankend von der Klippe hinab. Wenn sich unbekannter Besuch anmeldete, schlief er nicht mehr, überzeugt davon, er erwarte seinen Mörder. Aus

Angst vor Hausbränden führte er ein Seil im Koffer mit, und wie bei manchen Lokalen jeden Morgen dieselbe verblichene Tafel »Heute frische Muscheln« vor der Tür steht, lag auf seinem Nachttisch immer der Zettel: »Ich bin scheintot.«

In gewissem Sinn war er es. Lebenslänglich auf der Gefängnisinsel, auf die er seit der Jugend verbannt war, in nie gelockerter Einsamkeit, von einem Gift, einer Wunde moros und mürbe gemacht – wenn dieses Leben einem Märchen glich, dann einem Andersenschen, das ihm niemand nachleben wollte. Die Fabel vom Glückskind, die er mit seiner Autobiographie in die Welt gesetzt hatte, ist eine matte Stilisierung, die am wenigsten ihn selbst betrügen konnte. Anders die Märchen, die nicht leugnen, zu lügen (sondern leugneten, nicht zu lügen). Sie erzählen von immer nur einem, dem wahren inneren Afrika.

Die Literaturgeschichte läßt sich nicht viel träumen vom Nachleben, das der als biedermeierlicher Idylliker bis heute mißverstandene Schriftsteller führt. Nicht ganz zu Unrecht fürchtete er, lebendig begraben zu werden. In gewissem Sinn wurde er es. Sein Märchenwerk spukt in so vielen Emanationen durch die Literatur der Moderne, daß deren Hauptstadt Paris um eine Dépendance in Kopenhagen und eine Zwergkapitale in Odense erweitert werden müßte, wo man sich so früh zu Hansens Ehren illuminieren ließ. Andersen kam aus der Provinz und kämpfte sein Leben lang mit dem Drachen der Orthographie, aber er war nicht naiv – das ist einer der Gründe für seine so kraß unterschätzte innerliterarische Wirkung. Zu seinem öffentlichen Debüt trat er als *Villiam Christian Walter* auf, links und rechts einen Riesen eingehakt; von Anfang an war der Verehrer Shakespeares und Scotts Literat und Intellektueller. Als Seelenkundler, als Livingstone der Märchenpoeten, steht er weit eher auf der Seite Richard Wagners, dessen

Tannhäuser er 1846 in Leipzig einsam beklatschte, als auf der seiner Märchenbrüder Grimm. Wie Wagner ist Andersen ein abgefeimter Artist bei einem Fond von Kindlichkeit, ein Tüftler und Feiler, der sich seine ironische und suggestive, scheinschlichte Sprachmusik erst erfinden mußte. Bei aller Erfindungslust aber antworten auch seine Schriften zuerst auf die schon geschriebenen. Man hätte es nicht vermutet, aber Andersen zitiert genauso sublim und unverfroren wie irgendeiner seiner alexandrinischen Nachfahren. *Der Schatten,* sein spätes Märchen über Poesie und Verrat, wischt den naheliegenden Einwand gleich in der Einleitung beiseite und zeigt selbst auf das Vorbild, das Schattenmärchen seines Freundes Chamisso. Die Anspielungen auf *Peter Schlemihl* sind aber nur die offensichtlichen, die wichtigere und verschwiegene Quelle ist der *Amiphitryon* von Kleist. Hier, im dritten Akt, Szene fünf bis acht, wütet der Kampf zwischen Abbild und Original, den das Original verliert. Der Schatten setzt sich durch gegen den Menschen, verwirrt und zerstört dessen Identität, behauptet, er sei der eigentliche und der andere nur der Nachmacher – aufs Haar genau der Kampf zwischen Jupiter und dem gedemütigten Amphitryon, bis zum vernichtenden Höhepunkt, der Szene vor dem Volk, in der Alkmene den Gatten mißkennt, der Schlußszene im Palast bei Andersen: der Falsche wirft sich auf zum wahren Herrn, die Frau fällt auf ihn herein, der Wahre wird abgetan. So fand Andersen es bei Kleist, und wenn noch etwas fehlte, so war es die Idee, den Menschen so herabzuwürdigen, daß er am Schluß selbst nur noch Schatten ist. Aber auch die fand sich schon bei Kleist: »So dulde mich«, sagt der entmachtete Sosias zu Merkur, dem tyrannischen Spiegel, der sich das Original unterwirft, »So dulde mich *als deinen Schatten mindstens* / Der hintern Stuhl entlang fällt, wo du ißt.«

Dies der Nukleus des Märchens und ein Beispiel dafür,

wie Andersen arbeitet und wieviel Lasuren er aufträgt, um seinem Werk Tiefe zu verleihen. Er war alles, nur kein schlichter Hans – vor allem das durfte er nicht sein, wenn er welche malen wollte. Man wundert sich, bei den morbiden Tinten schon seiner frühen Märchen, daß er je für einen gehalten werden konnte.

Als 1835 das erste Heft der *Märchen, erzählt für Kinder* gedruckt wurde, war es auf seine dänische Art kein kleinerer Tag als der, an dem zwanzig Jahre später in Frankreich *Les fleurs du mal* erschienen. In dem später weggelassenen Zusatz »erzählt für Kinder« liegt der Hauptgrund, daß die Literaturgeschichte so viel weniger Notiz von ihm nimmt. In ihm liegt aber auch das Geheimnis der tiefen Wirkung. Andersen schrieb für die großen Leser, aber er kapert sie in der Kindheit. Er schlägt den ersten Pfad ins Leserherz, der bald überwächst, im Innern aber frisch bleibt wie kein späterer. Jedes Kind kennt seine Märchen. Ein paar dieser Kinder werden später Schriftsteller. Wenn sie nachlesen, was sie längst im Ohr haben, entdecken sie die vollkommen geschliffenen Kunstwerke – geheimnisvoll, wie der Palast aus treibendem Schnee, in dem die Königin residiert, der kein Geküßter entkommt; stoisch und grausam, wie der Soldat, der sich mit einem Säbelstreich Schatz plus Feuerzeug verschafft; hermetisch, aber nur zum Schein, wie der Berg des Zauberers, der sich Nacht für Nacht öffnet, um die Prinzessin zum Ballfest einzulassen; stark und leicht toxisch, wie der Branntwein, den die alten Weiber im Trauerfall schwarz färben, bevor sie ihn trinken; süßlich, aber nie ohne den Flor, den die Kuchenfrauen um die Zukkerferkel binden, wenn ein neuer Freier sein Leben riskiert; wortkarg und glühend, wie die Meerfrau, wenn sie auf Messern tanzt; verkannt und unsterblich, wie der hexenpeitschende Reisekamerad.

Verkannt aber nur von Lesern, die nicht selber schrieben. Die Zunft hat sich über das Jahrhundertwerk nie getäuscht. Die magnetischen Stücke haben die disparatesten Geister angezogen. Sie alle lasen Andersens Märchen: Thomas Mann und Nabokov, Fontane und Oscar Wilde, Leo Perutz und Chesterton, Kafka und Arno Schmidt, Mallarmé und Joyce. Und allen dienten sie, wie der Reisekamerad dem geprüften Freund, als Ratgeber und heimliche Einflüsterer.

*

Am besten verstanden hat den Abgrund der Andersenschen Märchenexistenz der Schriftsteller, der in seinem Sterbejahr auf der Welt erschien. Es war der eigene, in den er jederzeit blicken konnte. Auf die Frage, welche Bücher er sich nach einem Bibliotheksverlust als erstes wieder anschaffen würde, antwortete Thomas Mann vier Jahre vor seinem Tod: Nietzsche, Schopenhauer, »Andersen, fairy tales«. In diese Zeit fällt auch sein Bekenntnis, das eigentliche Symbol seines Lebens sei Andersens standhafter Zinnsoldat. 1928 hatte er in der Antwort auf die Anfrage einer Zeitschrift, welches Buch ihm in seinem Leben den stärksten Eindruck gemacht habe, die Rangfolge sogar vertauscht: »Ich könnte *Die Welt als Wille und Vorstellung* sagen oder Nietzsche oder Tolstoi. Aber ich glaube, ich muß weiter zurückgehen, ich glaube, einer der frühesten literarischen Eindrücke, deren ich teilhaft wurde, war auch der tiefste und nachhaltigste: Andersens Märchen.«

Andersens Märchen – die hatte bei einer ähnlichen Umfrage schon vierzig Jahre zuvor der Verfasser des *Stechlin* auf seine Liste der besten Bücher gesetzt. Der alte Fontane war dafür bekannt, ein Faible für die Melusinen zu haben, nach der die Heldin seines letzten Romans ihren Namen trägt. Schon jung aber und so versteckt, daß es nicht auffiel, hat Fontane die Quelle benannt, aus der ihm die Seejungfrau zugeschwommen war. In dem frühen Fragment *Oceane von Parceval* bemerkt er, sie sei »in Dänemark geboren«. Wenn man dem Hinweis folgt und die richtige Maske über Fontanes Texte legt, wird man entdecken, daß genau an den ausgesparten Stellen Augen und Mund der dänischen Meerfrau herausleuchten. In auffällig vielen seiner Romane sind die Melusinen nicht annähernd so gnadenlos, wie es ihnen zukommt. Die schaukelnde Effi wird »Tochter der Luft« genannt, zu den Töchtern der Luft steigt die kleine Meerfrau am Ende ihrer Passion auf. Und merkwürdig, immer beim ersten Zusammentreffen der Jungfer mit ihrem Prinzen finden sich folgende Details verstreut: Sonnenuntergang, Schiff, Tanz, Havarie, Feuerwerk. Man kann sie nachzählen, man kann sie mit Farbstift anzeichnen, pünktlich wie die kleine Meerfrau zu ihrem fünfzehnten Geburtstag steigen sie aus dem Meer der Nebensächlichkeiten: die Sonne geht unter, die Wolken glänzen rotgolden, ein Schiff fährt vorbei, auf dem getanzt wird, Raketen knallen und der Prinz ist der Schönste, Sturm kommt auf, das Schiff zerbirst, die kleine Seejungfrau rettet den Ertrinkenden und kehrt ins Reich des Meerkönigs zurück, sein Bild im Herzen; die Urszene, die erste Liebesbegegnung, der Fontane, sein Schüler und dessen Gegner ihre späteren nachschrieben.

Die Undinen vor Andersen haben gemeinsam, daß sie seelenlos sind. Sie stammen von den Elementargeistern des Paracelsus ab, die sich einen Menschenmann zum Gemahl gewinnen wollen, weil sie durch ihn der unsterblichen Seele teilhaftig werden können. Aber Undine bleibt kalt. Andersen hat diesen Stoff durch einen Geniegriff in ganz neue Falten gelegt. Auch seine Undine will eine unsterbliche Seele, der eigentliche Grund aber für ihren schmerzhaften Aufstieg in die Oberwelt ist die stumme Liebe zum Prinzen. Andersen hat in diesem Märchen seine unerfüllbare Liebe zu Edvard Collin verschlüsselt, dem wahren Geliebten seines Lebens, der wie der Märchenprinz die zum Schweigen verdammte Jungfer mit dem ungewöhnlichen Unterleib als einen guten Freund im Hause duldete, den Platz im Schlafzimmer aber echten Frauen vorbehielt. *Die kleine Meerfrau* entstand, als Collin heiratete; Andersen floh vor der Hochzeit und schrieb sein berühmtestes Märchen. Er hätte nicht einmal eine eigene Szene erfinden müssen, in der die Meerfrau für einen Ausritt in Männerkleidung gesteckt wird, um zu verstehen zu geben, daß sich eben das, ein Mann, in ihr verbirgt; ein Mann, der einen andern liebt und seine Nähe sucht, auch wenn ihm daraus nur Qualen erwachsen; Qualen, über die man sich das Herz ausschütten könnte, wenn einem die Hexe nicht gerade die Zunge abgeschnitten hätte. Vom Prinzen befragt, macht die Meerfrau nur große Augen: »sprechen konnte sie ja nicht«. Sie kritzelt aber auch nicht ein erklärendes Wort auf ein Zettelchen, was ihr körperlich nicht verwehrt wäre. Sie spricht nicht deshalb nicht, weil sie nicht könnte, sondern weil sie nicht darf. Wer in der Ausgabe von Andersens Märchen nachblättert, die im Zürcher Thomas-Mann-Archiv bewahrt ist, findet genau an dieser Stelle, nach dem »sprechen konnte sie ja nicht«, eine aus aller Ordnung fallende Lektürespur, ein mitten aufs Blatt geworfenes rotes Kreuzchen. Der Leidensgenosse wußte, worüber die Jungfer zu schweigen hatte.

An das Schweigegebot aber, dem sie unterliegt, klammert sich sein Antagonist, der Bekenntniszwang des Werks. Die kleine Meerfrau darf zwar nicht frei sprechen, doch eines bleibt ihr: der vom Prinzen bewunderte kunstvolle Tanz. Nur in der stumm beredten Kunst, die leicht und schwebend wirken mußte wie der Messertanz der kleinen Meerfrau, wie dieser aber nur unter geheimzuhaltenden Qualen zustande kam, konnte Andersen sein Eigentliches enthüllen: in den Märchen, die er meinte, als er einmal vom Volkslied sagte, in ihm könne der Mensch alles, was er in seinem Leid nicht sagen darf, »verblümt und doch frei« bekennen; den Märchen, die ihm endlich den Weltruhm eintrugen, der über die eine nie sich schließende Wunde, die Wurzelentzündung, die Urerkältung des Lebens, notdürftig genug hinwegzutrösten hatte.

*

»Es war spät abend als K. ankam. Das Dorf lag in tiefem Schnee. Vom Schloßberg war nichts zu sehn, Nebel und Finsternis umgaben ihn, auch nicht der schwächste Lichtschein deutete das große Schloß an.« Oft habe Franz Kafka ihr aus Andersens Märchen vorgelesen, berichtet Dora Diamant aus der Zeit, in der sein letztes Romanfragment entstand. Eines dieser Märchen handelt von einem kalten, mit K. beginnenden Helden, der in eine Sphäre gezogen wird, der er nicht mehr entkommen kann noch entkommen will, ein hermetisches, jenseitiges Zauberreich, das in tiefem Schnee versunken liegt. In diesem Reich bleibt Kay gefangen, gebannt von der Macht der Verführung und des Todes, gebannt von dem Schloß, das Kafkas letzter Roman im Titel trägt. Wer immer Andersens »Was im Schloß der Schneekönigin geschehen war« gelesen hat, wird wissen, welchem Vorbild das Spätwerk Symbolik und Titel verdankt. Die Exegeten sind in viele Richtungen ausgeschwärmt, um die Lieferantenwege zu entdecken, auf denen das erratische Schloß mit Stoff und Sinn versorgt wurde. Der Andersen-Spur ist niemand gefolgt, trotz des Schnees, in dem sie sich vom ersten Satz an so unverkennbar abzeichnet.

Kafka konnte *Das Schloß* nicht mehr beenden. Er starb 1924, im Jahr, in dem Thomas Manns *Zauberberg* erschien. Hätte ihn die Krankheit, die dort behandelt wird, nur etwas länger leben lassen, wäre ihm nicht entgangen, daß der Schnee auch dort aus polaren Zonen kommt, daß sich auch über Haus Berghof ein Eispalast wölbt und daß der Held auch dort im Bann jener Königin steht. Kafka hätte es schon deshalb nicht übersehen, weil er den *Tonio Kröger* liebte, in dem Thomas Mann die kleine Meerfrau wiedererweckt und noch einmal durch alle Stationen ihrer Passion führt. Das als Fräulein Kröger verspottete Mischgeschöpf endet in Dänemark beim »Messertanz der Kunst«. Krögers Nachfolger Leverkühn vergleicht sich dann offen mit Andersens Seejungfrau. Heimlich mordet er dabei seiner Eisjungfrau nach. Die antipodischen Jungfern gehören beim *Faustus*-Verfasser seit der Kindheit zum festen Personal, wie Klumpe-Dumpe und Tante Zahnschmerz, die Schneekönigin und der Zinnsoldat.

Zwiespältige Lage für den Verehrer Kafkas und Verächter Manns! Vladimir Nabokov wußte, daß er sich mit seinen Andersen-Figuren auf gegnerischem Gebiet bewegte. Im *Pnin* erscheint dieser Gegner als ein »Lübecker Kirchenfenstermaler« (schlimmer Fall: er wurde verrückt und hielt sich für eine Kathedrale). Sein Name, auch der wird uns verraten: »Hans Andersen – nicht verwandt mit dem Schlafenszeit-Dänen«. Der Satz, der Andersen nach Lübeck führt, ist lang, noch länger aber Nabokovs Nase nach diesem »nicht verwandt«. Nabokov zitiert Hans Andersen schon im Titel seines zweiten Romans *König, Dame, Bube.* In *Pale Fire* geht die häßliche Tochter des Dichters ins Wasser, weil sie sich nicht verwandeln kann wie das berühmte Entlein, auf das die Klage des Gedichts anspielt: »Doch ach, das schmutz'ge Schwänchen wurde nie / Zu einer Brautente«. Zum Höhepunkt der *Gabe* sieht der Held im Traum seinen verschollenen Vater wieder. Der Traum versetzt ihn in Andersens Schneepalast: sein Eisherz schmilzt und löst sich auf wie das Kays beim Wiedersehen mit der Befreierin. Als »Königin Frigida« erscheint die Herrin des Palasts in *Lolita.* Lolita selbst ist die Tochter einer »sehr mittelmäßigen Undine«. Humbert muß den Umweg über das Mittelmaß nehmen, um in die Arme Lolitas zu gelangen. Nachdem es ihm gelungen ist – »wassertretend« gehen sie auf ihr gemeinsames Zimmer –, schenkt er ihr zum Geburtstag einen Prachtband von Andersens *kleiner Seejungfrau*. Zeitgleich liebt Pnin, hoffnungslos, unbeirrbar und stumm, eine unwürdige »mermaid« – ihr Sohn entstammt dem Geschlecht jenes überhaupt nicht verwandten Hans Andersen, der auf die Lübecker Kathedrale prallt.

Die Meerfrauen bedrängen Nabokov nicht weniger als Fontane oder Thomas Mann. Eine »mermaid« ist auch die große Frauenfigur Lucette in der späten *Ada*. Wie so häufig in Spätwerken zeigt sich die früher verschleierte Motivik jetzt fast nackt. Die Meerfrau Lucette ist wie bei Andersen die geduldete und ungeliebte Dritte. Als sie den Unerreichbaren zum ersten Mal sieht, ist er in »sailor suit«, wie vor ihm Hans Hansen und Tadzio – der Prinz unter den Matrosen, den die Meerfrau beim ersten Auftauchen zum Geburtstag erblickt. Das tragische Ende, eine der stärksten Passagen im Werk Nabokovs, folgt dem Märchen bis in die letzten Gischtspritzer. Die Meerfrau ist mit ihrem Prinzen an Bord eines Schiffes, sie tanzt noch einmal, wirft einen letzten Blick auf die fremde Geliebte (sie sieht sie im Kino) und stürzt sich über die Reling ins Meer.

Es wird Nabokov befriedigt haben, daß nicht nur der Lübecker, sondern auch James Joyce den »charms« von Andersen erlegen war und noch in *Finnegans Wake* die »nymphs« sich in verdächtiger Nähe von Kopenhagen tummeln. Das konnte noch einen weiteren Mann-Verächter, der lieber Joyceschen Sirenen folgte, nicht verborgen geblieben sein. Auch Arno Schmidt kannte die Undinen, und nicht nur die Fouqués. Andersens Märchen stehen in seiner Bibliothek, den *Improvisator* hat er geschätzt. Aus einem Gespräch kurz vor seinem Tod ist die fast erschrockene Reaktion auf die Erwähnung der *Schneekönigin* überliefert: »Ach, *die* kennen Sie auch?!« Es paßt eigentümlich besser zu der Undine Andersens als zu der Fouqués, daß in *Seelandschaft mit Pocahontas* die Wasserjungfer mit ihren Flossenfüßen den Ich-Erzähler nicht nur im Wasser das erste Mal küßt, Tauchen, Ertrinken und Gerettetwerden mit ihm spielt, sondern auch Schritte wie ein Mann macht und wie die dänische Meerfrau mit ihm durch Märchenwälder reitet.

Hier überall ruhen, wie in den Wracks von Seeräuberschiffen, noch ungeöffnete Truhen und Schatullen. Erst vor kurzem hat der Romanist Ernstpeter Ruhe den Schlüssel zu einem der rätselhaftesten Sonette der hermetischen Lyrik entdeckt, Stéphane Mallarmés *A la nue accablante tu*. Es ist das Schlußgedicht der *Poésies,* und es endet mit dem Wort *sirène.* Durch seine Plazierung erinnert es an Baudelaires Finale der *Fleurs du mal,* in dem der Tod als alter Kapitän darangeht, den Anker zu lichten. Bei Baudelaire fehlen aber Mallarmés maritime Details; der gebrochene Mast, der Schiffbruch, der Schaum auf der Welle, der Meeresgrund und der Aufstieg aus ihm. Die versprengten Motive schließen sich sofort zusammen, wenn man ihnen *La petite sirène* unterlegt, zu der die Meerfrau in Frankreich übersetzt worden war. Erst durch Andersens unschuldige, sich selbst opfernde Gegen-Sirene enthüllt Mallarmés Gedicht seinen Sinn. Und nur deshalb konnte der Hermetiker es zu einem Selbstportrait verrätseln, weil er dem Märchen vom Nixenleid unter die Schuppen ins Herz gesehen hatte, in dem es brodelt und Tinte sich rückverwandelt in Blut.

Andersen und Mallarmé, Nabokov, Joyce – die Literaturgeschichte wird noch eine Weile brauchen, bis ihr diese Kombinationen nicht mehr fremd in den Ohren klingen. Dem leidenden Märchenfürsten aus Odense hätten sie nur bestätigt, daß das Wünschen noch allemal geholfen hat. Erst mußte man viel durchmachen, dann wurde man berühmt; so war es dem Wortlaut nach eingetroffen. Andersen hatte aber noch einen zweiten Wunsch. Er wollte ein großer Dichter in dieser Welt werden und ein noch größerer in der nächsten. Auch dieser Wunsch ist ihm in Erfüllung gegangen. Post mortem pocht er in den Wänden der Bibliotheken; die Nachwelt dichtet bis heute an ihm fort.

Michael Maar

Bibliographische Nachweise

Texte, die HCA nicht (oder nicht in der hier vorgelegten Textgestalt) in seine Märchen-Ausgabe letzter Hand aufgenommen hat, sind mit * gekennzeichnet. Kursiv gedruckte dänische Originaltitel entsprechen den Titeln der jeweiligen Erstdrucke. – Der Kurztitel *Eventyr* verweist auf die kritische dänische Ausgabe:
H. C. Andersens Eventyr. Kritisk udgivet efter de originale Eventyrhafter med Varianter ved Erik Dal og Kommentar ved Erik Dal, Erling Nielsen og Flemming Hovmann, Bd. I–VII, Kopenhagen 1963–1990. – Das Kürzel *RR* verweist auf die Ausgabe von Andersens Romanen und Reisebüchern sowie dem »Bilderbuch ohne Bilder«: *H. C. Andersen, Romaner og Reiseskildringer,* Bd. I–VII, Kopenhagen 1941–44. – Das Kürzel *SS* verweist auf die Gesamtausgabe *Samlede Skrifter,* 2. Auflage, Bd. I–XV, Kopenhagen 1876–1880. – Das Kürzel *MLE* verweist auf die Autobiographie *Mit Livs Eventyr,* Bd. I–II, hrsg. von Helge Topsøe-Jensen, Kopenhagen 1951.

*Der Schreiber.**
Skriveren (undatiert). Aus dem Nachlaß. *Eventyr* V, S. 235.

Der Schatten.
Skyggen (1847). *Eventyr* II, S. 129–140.

*Goetbes »Faust«, zweiter Teil.**
Goethes »Faust« anden Del. Aus dem Roman *At være eller ikke være* (1857). In: *RR* V, S. 141–145.

*Quak.**
Quak. Aus dem Nachlaß (1869). *Eventyr* V, S. 251–252.

*Sündflut No. 2.**
Syndfloden No. 2, en Mythe. Aus der satirischen Reiseerzählung *Fodreise fra Holmens Canal til Østpynten af Amager i Aarene 1828 og 1829* (1829). Neuausgabe von Johan de Mylius in der Reihe *Danske Klassikere,* Kopenhagen 1986, S. 7.

Der Gärtner und die Herrschaft.
Gartneren og Herskabet (1872). In: *Eventyr* V, S. 170–176.

*Die Geschichte des alten Steuermanns.**
Titel vom Hrsg. Aus dem »Zwischenspiel« des Dramas *Agnete og Havmanden* (1833). In: *SS* XI, S. 506 –507.

Die kleine Meerfrau.
Den lille Havfrue (1837). In: *Eventyr* I, S. 87–106.

*Ein Märchen.**
Titel vom Hrsg. Abschließendes Gedicht des Zyklus *Hjertets Melodier* (1830). In: *SS* XII, S. 68.

Schlammkönigs Tochter.
Dynd-Kongens Datter (1858). In: *Eventyr* III, S. 63–94.

*Hans Tolpatsch.**
Klods-Hans. En gammel Historie fortalt paa ny (1855), ursprünglicher Titel in der Handschrift: *Klotte-Hans.* Text der Druckfassung: *Eventyr* II, S. 291–294, Text der (fragmentarischen) Handschrift: *Eventyr* VII, S. 4–5.

*Die Muse des neuen Jahrhunderts.**
Det nye Aarhundredes Musa (1861). Text der Druckfassung: *Eventyr* IV, S. 112–117, Texte der (hier in Auswahl eingefügten) handschriftlichen Notizen in: Helge Topsøe-Jensen, *Fra en Digters Værksted. H. C. Andersens Optegnelsesbøger. Andet Afsnit.* In: *Fund og Forskning i det Kongelige Biblioteks Samlinger* X (1963), S. 133–136.

*Das Paradies der Erinnerung.**
Titel vom Hrsg. Anfang des unvollendeten Romans *Christian den Andens Dverg* (1831/32), hrsg. von Tage Høeg, in: *Anderseniana,* 1. Reihe, Bd. III (1935), S. 61–62.

Die Dryade.
Dryaden. Et Eventyr fra Udstillingstiden i Paris 1867 (1868). In: *Eventyr* V, S. 69–90.

*Die Auswanderer.**
Titel vom Hrsg. *Femtende Aften* in *Billedbog uden Billeder* (1840). In: *RR* IV, S. 18–19.

Trollhättan oder *Der Trollberg.**
Trollhättan. 2. Kapitel des Reisebuchs *I Sverrig* (1851). In: *RR* VII, S. 6–14.

*Ein Bild aus Schweden.**
Titel vom Hrsg. *Ni og tyvende Aften in Billedbog uden Billeder* (1840). In: *RR* IV, S. 32–33.

Der böse Fürst.
Den onde Fyrste. Et Eventyr. Genfortalt efter mundlig Meddelelse (1840). In: *Eventyr* V, S. 13–15.

*Die Eisenbahn.**
Jernbanen. Aus dem Reisebuch *En Digters Bazar* (1842). In: *RR* VI, S. 15–19.

*Im Tunnel.**
I Tunnelen. Untertitel vom Hrsg. Aus dem Nachlaß (1869), zuerst gedruckt in dem Ausstellungskatalog *H. C. Andersen på Jernbane,* hrsg. von Erik Drigsdahl, Odense 1986, S. 35.

Die Lumpen.
Laserne (1869). In: *Eventyr* V, S. 113–114.

*Ein Blatt, in Norwegen geschrieben.**
Et Blad, skrevet i Norge. Aus dem Nachlaß (vermutl. 1871), zuerst von Christian Svanholm veröffentlicht in: *Anderseniana,* 2. Reihe, Bd. I (1950), S. 224.

*Die Elfen in der Lüneburger Heide.**
Alferne paa Heden. Aus dem Reisebuch *Skyggebilleder af en Reise til Harzen, det sachsiske Schweiz etc. etc., i Sommeren 1831.* (1831) In der Neuausgabe von Johan de Mylius in der Reihe *Danske Klassikere,* Kopenhagen 1986, S. 29–32.

Der Wassertropfen.
Vanddraaben (1847/48). In: *Eventyr* II, S. 151–152.

Herzenskummer.
Hjertesorg (1853). In: *Eventyr* II, S. 245–246.

Das Feuerzeug.
Fyrtøiet (1835). In: *Eventyr* I, S. 23–29.

*Der Krieg der Vorstädte gegen die Stadt.**
Titel vom Hrsg. Aus dem Roman *Kun en Spillemand* (1837), in der Neuausgabe von Mogens Brøndsted in der Reihe *Danske Klassikere,* Kopenhagen 1988, S. 204–205.

*Der Bergtroll und der Bauernjunge.**
Titel vom Hrsg. Aus der (nicht weiter untergliederten) Sammlung *Danske Folkesagn,* die zu Lebzeiten HCAs nur in englischer Übersetzung in der New Yorker Zeitschrift *The Riverside Magazine* veröffentlicht wurde (*Danish Popular Legends,* jetzt in *Eventyr* V); hier übersetzt nach dem nachgelassenen dänischen Text, *Eventyr* VI, S. 44–46.

Geldschwein.
Pengegrisen (1855). In: *Eventyr* II, S. 323–326.

Der Floh und der Professor.
Loppen og Professoren (1873). In: *Eventyr* V, S. 115–118.

*König, Dame und Bube.**
Herrebladene. Aus dem Nachlaß, zu Lebzeiten HCAs nur in englischer Übersetzung im New Yorker *Riverside Magazine* veröffentlicht; hier übersetzt nach dem nachgelassenen dänischen Text in: *Eventyr* V, S. 247–250.

*Die Kirche von Rorvig.**
Titel vom Hrsg. Aus der (nicht weiter untergliederten) Sammlung *Danske Folkesagn,* die zu Lebzeiten HCAs nur in englischer Übersetzung, in der New Yorker Zeitschrift *The Riverside Magazine* veröffentlicht wurde (jetzt in *Eventyr* V); hier übersetzt nach dem nachgelassenen dänischen Text, *Eventyr* VI, S. 42–43.

*Das Märchen meines Lebens (Anfang und Ende).**
MLE (1855) I, S. 27, und II, S. 354.

Der Tannenbaum.
Grantræet (1845). In: *Eventyr* II, S. 41–48.

*Eine türkische Skizze.**
En tyrkisk Skizze. Aus dem Reisebuch *En Digters Bazar* (1842). In: *RR* VI, S. 254–256.

*Das schönste Märchen.**
Titel vom Hrsg. (nach Bjørnsons im Text zitierter Formulierung). *MLE* (1855), II, S. 340–352.

Tante Zahnschmerz.
Tante Tandpine (1872), In: *Eventyr* V, S. 213–222.

*Komische Verliebtheiten.**
Aus: *H. C. Andersens Dagbøger 1825–1875*, hrsg. von Kåre Olsen und Helge Topsøe-Jensen, Bd. 10, Kopenhagen 1976, S. 474–477 (diktiert am 21. 7. 1875).

*Märchen sind Geschichten, die zu schreiben wären.**
Eventyr som kunne skrives (1859). In: *Eventyr* VII, S. XIII–XIV.

Die kanonischen 156 »Märchen und Geschichten«, die HCAs Auswahl letzter Hand entsprechen, liegen in der Übersetzung Thyra Dohrenburgs in einer kommentierten Neuausgabe von Heinrich Detering vor (Düsseldorf und Zürich 1996).

HCAs *Ausgewählte Werke in Einzelausgaben,* einschließlich der 156 kanonischen und neun nachgelassenen Märchen, der Reisebücher und des *Bilderbuchs ohne Bilder,* hat Gisela Perlet übersetzt, bearbeitet und herausgegeben (Leipzig und Weimar seit 1973).

H. D.